Lydia Haider

Kongregation

Roman

Mit Illustrationen von
Anton Oskar Granzner

müry salzmann

1

I
andreas

Warum sich an diesem gleichgültigen Sonntag plötzlich diese Aufregung breitmachte, konnten wir uns nicht erklären. Wir saßen am Kaffeetisch mit Kuchen in den Mündern, als uns vom Fenster aus die Älteste auf die stehengebliebenen Spaziergänger aufmerksam machte. Zuerst waren es zwei, die nicht mehr weitergehen wollten, nervös telefonierten, dann blieben auch die nächsten beiden stehen, und das, obwohl es draußen minus zehn Grad haben musste. Als nebelig feuchte Fratze kroch das Wetter zum Fenster herauf, die Köpfe dicht gedrängt, wollten alle wissen, was denn da geschehen war. In etwa zweihundert Metern Entfernung war die Stimmung besorgniserregend angeschwollen, fahrig stiegen die dunklen Figuren am Straßenrand umher, und trotzdem der November die Büsche und Bäume gänzlich entkleidet hatte, war nichts Aufschlussreiches zu erkennen. Es musste etwas passiert sein, etwas Bedeutendes, Einschneidendes womöglich, das spürten wir bis in unser volles Zimmer herein. Dort unten, an unserem ehedem liebsten Spielplatz, am ewigen Gerinne, dem Bach, umzäunt von aufgefahrenen Pappeln und sitzendem Gestrüpp, für Banden und Revierkämpfe der Kinder der ganzen Gegend ein ungestörter Platz zum Austoben, an diesem Lieblingsplatz aller jungen Menschen der Umgebung, genau dort war etwas geschehen, das diesen Ort für immer unbespielbar machte, und das wussten wir in diesem Augenblick, obwohl wir noch keine Ahnung hatten, was genau hier über uns hereingebrochen war. Der Nebel hing schief über den nassschwarzen Baumstämmen, die wie Stummeln in allen Hängen ringsum staken, indes die Wolken, beschwert mit Wasser, tiefer denn sonst hingen. Und durch das Gewölk brach kein Licht, nicht einmal das Gebirge am Horizont erleuchtete uns die Gegend, selbst die Felsen schienen sich zurückgezogen zu haben, um sich aus diesem hundsgemeinen Kräftemessen herauszuhalten. Nach und nach kamen Einsatzfahrzeuge der Polizei, dann der Rettung und hielten genau dort an. Immer mehr Vorbeikommende blieben stehen, hielten sich die Hände vor die Augen, vor den aufgerissenen Mund. Nun war die Spannung zu groß, um noch länger im geheizten Zimmer zu bleiben, zitternd rissen wir die Mäntel von den Haken und liefen die Straße hinunter, die Blicke aus allen Fenstern ringsum im Nacken. Es lag ein spitzes Surren in der Luft, als würden sich unsichtbare Insektenschwärme nähern oder viele Fernseher auf lautlos gestellt, aber das Surren war wahrscheinlich das Blut in unseren Ohren und vereinigte sich mit den anderen Ohrentönen zu einem atonalen Geflimmer der Nerven, über uns im großen Äther aller Geräusche aufgehend. Wir hatten eine Geschichte betreten, durch uns und in uns, die uns aus keinem Buch bekannt war, kein Schullehrer hatte uns etwas Vergleichbares erzählt, wir beschritten die Quellläufe eines neuen Zeitalters, denn ein jegliches hat eine Zeit, und alles Vornehmen unter dem Himmel hat eine Stunde. Aus entgegengesetzter Richtung kamen die Eltern des Andreas zögerlich stockend zur Stelle, sie blieben an der Bachbrücke stehen und sahen nach unten, beide wichen mehrere Schritte zurück, die Polizei nahm sie wie in diesen Serien zur Seite. Nun kamen auch wir zur Unglücksstelle, mit langsamer werdendem Schritt, zurückgehalten von bösen Bildern, aber die Neugierde war da viel stärker, und wir erblickten schon von Weitem den vom kalten Wasser angeschwollenen, bleichen und doch rosig durchs kahle Gestrüpp strahlenden nackten Körper des Andreas, die Hose war ganz bis zu den Knöcheln gezogen, das Shirt nach oben gerutscht, die Farbe der Haut winkte wie die Fahne eines fremden Landes den freundlichen Gastgebern zu. In den Wellen bewegte sich der Leichnam und stieß dabei immer wieder ans Ufer, der steinige Untergrund hinderte den Körper am Fortschwimmen. Wir konnten nicht mehr weitergehen, wie angewurzelt blieben wir stehen, so wie an diesen argen Tagen nach rauschhaften Exzessen. Wir hatten sie nicht in der Hand, unsere noch so unbestimmten Körper, denn zu schmerzlich lähmend war der Anblick unseres Bruders im Geiste, unseres Freunds, ihn so schutzlos und entstellt im Wasser treiben zu sehen. Da begafften wir mit offenem Mund den früheren Spielgefährten, nun toten jungen Mann und konnten nicht fassen, dass das die Wirklichkeit sein sollte, waren uns sicher, dass er im nächsten Augenblick frech grinsend seinen Kopf heben und uns Reingefallen zurufen würde. Nur langsam erwachten wir aus einer Starre, die wir als unvergänglichen Nunc stans in uns aufnehmen mussten, und als wir in Atemschwere wie gewohnt hilfesuchend den Blick in Richtung eines Himmels wandten, da gaben die schwarzen Astarme über uns fälschlicherweise zu erkennen, dass das weltliche Gefüge weiter gleichförmig Bestand hätte. Doch so Andreas durch Wasser ging, wollten wir bei ihm sein, dass ihn die Ströme nicht sollten ersäufen, aber niemand hat ihn davor erretten können, und so wurde Andreas im Rahmen dieses überirdischen Autodafés einfach und gegen seinen Willen öffentlich tödlich getauft. Aus sicherer Entfernung folgten wir den weiteren Maßnahmen. Der Körper wurde bald geborgen, heraufgezogen aus dem steilen Graben, in dem das Wasser floss, in den Sarg gelegt und im Wagen weggebracht. Die Polizei forderte die Menschen auf, wieder in ihre faden Häuser zurückzugehen, was den meisten nicht leichtzufallen schien, alle wollten wissen, was denn hier geschehen war, und Theorien über Hergang und Todesursache wurden schamlos in die Luft gereimt. Dieses Reimen hatte den ganzen Tag angedauert, alles war in Aufruhr. Niemand konnte nicht darüber sprechen, und so wurde doch nur wieder geschwiegen. Es stellte sich heraus, dass Andreas auf dem Heimweg von einer Geburtstagsfeier gewesen war, unweit der Unfallstelle wurde ein Freund mit einem maßlosen Fest in sein nächstes Lebensjahr zelebriert. Wir wussten von dieser Party, waren aber diesmal nicht dabei gewesen. Dennoch soll es auch ohne uns eine ausgelassene Festivität gewesen sein, ohne den in aller perversen Munde so hoch gepriesenen Anstand, mit Musik abseits viel gehörter Sendeanstalten, gemeinschaftlicher Konsumation jeglicher das Bewusstsein erweiternder Substanzen, in Summe die Angst einflößende Gegenwelt zur Dorfgesellschaft. Die Konfrontation mit ihrer überlegenen Zahl war uns von Geburt an lebenserhaltendes Odium, unsere eingeborene Geisteshaltung. So auch des Andreas. Schon von allerfrühesten Kindesbeinen an galt er als ein Verweigerer und Querdenker, als ein Ankläger, weil er die von der Lehrerin in Auftrag gegebenen Gedichte zum Muttertag nicht auswendig lernen wollte, obwohl ihm dies ein Leichtes gewesen, sondern einige Zeilen selbst verfasste und dafür als Zweitklässler in Deutsch ein Nicht genügend einkassierte, oder weil er dem Pfarrer, so er in der Beichte nicht anerkennen wollte, dass sein gesamtes Leben eine schwere Sünde sei, wutentbrannt auf die Zehen gesprungen und aus dem Stuhl gelaufen war. Er war mit Haut und Haar, mit jeder dörflichen Faser seines Körpers gegen diese totale Vereinnahmung in Glauben und Denken und einer der wenigen, die sich trauten, in die Kronenzeitungsständer oder Weihwasserkessel zu urinieren und vielen Gewohnheitstieren so ihre sonntäglichen Freuden zu verderben. So war er nie unter ihrer oder des Herrn Peitsche gestanden, sondern bot ihnen allen wie der steilste Hahn am

Mist die Stirn, doch anscheinend frisst der Fuchs auch die gescheiten Hähne. Andreas war ganz anders als die landläufige Haltung vorschrieb, und er war mehr als nur einmal unsere Mitte, unsere Kraft, ein barfüßiger Landstreicher dem Aussehen nach, der nichts auf sein dennoch immer bezauberndes Äußeres gab und trotz zerrissener Hosen und Hemden weit ansehnlicher als die stundenlang sich striegelnden Dorfpfosten war, jemand, der blieb, wo Arbeit verrichtet und Raum zurück erkämpft werden musste. Es störte ihn nicht, dass seine Kunst, die er in freien Stunden betrieb und die ihrer Zeit und seinem Alter weit voraus war, von wenigen verstanden und als wertvoll erachtet wurde, sie war sein Schatz, entstanden aus den Abfällen seiner Gedanken, und nur wenige bekamen sie zu Gesicht. Wir konnten seine Zurückhaltung nachvollziehen, würde ihn doch die Öffentlichkeit dafür lächelnd zerrissen haben. Schon früher und weniger kampfeslustig als gewohnt soll er sich an diesem seinem letzten Abend auf den Heimweg gemacht haben, aber er kannte seinen Weg, niemals würde er einfach abkommen und den Hang zum Bach hinunterstürzen, das war gänzlich ausgeschlossen. Die Polizei vermutete, dass er sich auf der Brücke, auf der die Straße über das Wasser führte, seines drückenden Harns oder auch Stuhls entledigen wollte. Er musste dabei aber gestürzt und mit dem Kopf hart am Bachgrund zerschellt sein, was zum sofortigen Tod führte. Das war auch der Grund, warum seine Hose nach unten gezogen war, was sein Geschlecht arzthaft unverblümt preisgab, seine Menschlichkeit auf unsanft gemeine Weise zur Schau stellte. Und dort, wo er seine letzten Lebensmomente verbracht, stand nun ein schwarzes Eisenkreuz, mit seinem Bild und Sterbedatum darauf, rote Kerzen und ein warnender Psalm zur Andacht eines Abtrünnigen, mitten im Ort. Und das, obwohl viele, vor allem Alte, sicher nicht ständig an diesen Schandfleck, der ihnen von dem Bildchen frech entgegen lachte, erinnert werden wollten. Oder aber sie blickten mit Genugtuung auf das seine Hinschlachtung repräsentierende Zeichen und dankten dafür, vordergründig sprachen sie den Verwandten jedoch ihr großes herzliches Beileid aus und nötigten sich vielleicht sogar eine Träne heraus, während die Angehörigen ihrerseits Trauer vorspielten, insgeheim aber erleichtert waren, von dieser lebenslangen Anstrengung, der übergroßen Last und ständigen Rechtfertigungsnot endlich befreit zu sein. Auf der Brücke, wo wir als Kinder Steine gesammelt und über die Brüstung ins Wasser geworfen hatten, freilich stolz, wenn wir ihren Aufprall hörten, und wetteifernd, wer denn die größten werfen konnte, ab dem Laufalter als Anhang der Größeren, um dann später das Rudel selbst anzuführen und die dann wieder nachgekommenen Kleinsten in die elementaren Lebensgeheimnisse einzuweihen, sie zu demütigen und zu beschützen, herabzusetzen und zu führen, dort stand nun allen Folgegenerationen drohend dies schwere Kreuz. Direkt an dem Geländer drauf. Als wir dann etwas älter waren, da wurde uns erlaubt, ohne Aufsicht dort zu spielen, aber vorsichtig sollten wir sein, auf keinen Fall ins Wasser steigen, vor den Bisamratten achtsam, nicht in die Äcker gehen und auch keine Jüngeren schlagen, bald wieder zurück sein, nicht zu nahe an den in den Bach geleiteten Abflussrohren spielen, und jetzt stand hier dieses eine Demarkationslinie bezeichnende Kreuz. Das mahnte nun stärker, als tausend Mütter je mahnen können. Und als wir noch älter waren, trafen wir uns wieder am Bachufer, um heimlich zu rauchen, uns geschützt zu bereden, das Schnorren zu erlernen, unsere Musik zu hören, unsere Kleidung zu zeigen, uns natürlich gegenseitig zu imponieren. Die Mutigeren hatten schon Bierflaschen aus den väterlichen Kisten gestohlen. Oft kamen auch welche aus entlegenen Gegenden an unseren Platz, um sich anzuschließen, ihre motorisierten Räder zur Schau zu stellen, mit denen man noch gar nicht fahren durfte, um sich heimlich zu küssen, sich älter zu machen, und heute steht hier das schwarze Zeichen des Todes, die Tötungsmaschine des Jesus, sein Kreuz, ihnen Zeichen der Andacht, uns Symbol einer Vertreibung. Der Ort war nun verdorben, für Gutes wie Schlechtes nicht mehr benützbar, ein sinnlos blinder Fleck auf einer sinnlosen Landkarte der Gleichförmigkeit. Und ganz weit drinnen wussten wir schon, dass das hier erst der Anfang war. Wir hatten bereits zur ersten Stunde bemerkt, dass mit diesem vördersten Schlag unsere Zukunft nachhaltig verändert und der erstberufene Andreas möglicherweise nicht der einzige war, der unverhofft zerrissen, plakativ hingerafft wurde, das lag bereits in der kalt aufgeriebenen Luft, und dennoch nahmen wir die unausgesprochene, absenderlose Herausforderung fast siegessicher dankend an. Es war, als würde etwas aufbrechen, Großes sich träge in Bewegung setzen, und wir standen wie noch ahnungslose Lämmer im Auge dieses Orkans. Und dann kamen schon Nachtwache und Begräbnis, und es war wie zu erwarten, steil. Zur musikalischen Auflockerung von des Andreas Andacht wurde ein unangenehm intoniertes Ave Maria mit einem ausrangierten Rekorder abgespielt, zur Erinnerung an die schönen Zeiten, denn als die Familie seine Musiksammlung durchsah und wie zu erwarten für eine Messe nichts Verwendbares fand, da nahmen sie eben einen Klassiker. Und der Pfarrer war in seiner Hetzrede gegenüber der Ausgeburt der Hölle, wie er die jugendliche Maßlosigkeit in der heute so sündigen Zeit beschrieb, rasch auf Hochtouren gekommen. Die Schelte der abtrünnigen schwarzen Schafe der Gemeinde, und er brauchte keine Namen zu nennen, denn das eingeschworene Volk wusste genau, um wen es sich handelte, richtete sich gegen jede falsche Auslegung des Wortes, das da die Sünde hinweg nimmt und den Frieden gibt, der für diese Jugend hier leider niemals zu erreichen war, und obwohl der Kinderlimbus vom

Papst höchstpersönlich abgeschafft war, hatte er für Andreas ohnedies keine Relevanz, denn er war ja fast schon erwachsen zum Zeitpunkt seiner Hinstreckung, also blieb für ihn hier nur die direkte Höllenfahrt übrig, so leid es dem Geistlichen auch tat. Das hätte er sich vorher überlegen müssen. Und wer nicht hören will, der muss es dann fühlen, das ist ja die älteste Weisheit überhaupt. Wie dem auch sei, egal wo Andreas nun war, er hat unweigerlich sterben müssen, denn von Gott sich abwenden heißt fallen, was für Andreas doppelt wahr wurde. Die strafenden Blicke der Alten ließen uns fast in Flammen aufgehen, auch weil wir kein ordentliches Schuhwerk zum Begräbnis anhatten, ja nicht einmal durchgängig schwarz gekleidet waren, was sahen sie jeden Splitter in unseren Augen, und der Balken in ihren hinderte sie indes nicht diese zu sehen, wir waren auch so schon verstört genug, denn unsere Herzen zitterten, Grauen hatte uns betäubt, und in den lieben Nächten hatten wir keine Ruhe. Da war etwas nicht mehr wie früher, und du merkst plötzlich, dass die Luftmatratze, auf der du treibst, ein Loch hat, das du zu sehen zwar nicht imstande bist, es aber ganz leise und weit weg hören kannst, und du spürst, dass deine Treibstatt langsam aber sicher unter dir vergeht. Und in der Bedrängnis fühlten wir uns wie eine Schwangere, wenn sie schier gebären soll, sich ängstet und schreit in ihren Schmerzen. Wir hatten uns wie gewohnt bei allerlei Genussmitteln und entarteter Kunst intensiv darüber besprochen, jeden Abend und jede freie Minute, an allen erdenklichen Plätzen große und kleinere Zusammenkünfte einberufen. Wir sahen, dass viele ein ungestümes Meer waren, das nicht still hält und dessen Wellen Kot und Unflat auswerfen, und diese wiederum hatten an unserem Leben und Tun diesen Dauerauswurf erkannt. So zugespitzt war es davor nicht. Es war immer schon schwierig mit ihnen, aber so übel stand es noch nie. Wir stiegen über diesen absurden Riss, der durch unsere dörfliche Welt ging, nicht mehr hinweg. Und so widersprüchlich sich das auch anhört, es hat uns kurzzeitig sogar mit manchen zusammengebracht. Viele setzten sich in diesen Tagen zu uns bei den Wirten und in den Dorfbars und diskutierten mit, sie zahlten auch Schnaps, meist gleich ganze Runden. So wurden sie immer gesprächiger und trauten sich sogar, die Schuhe unter dem Tisch auszuziehen, zeigten sich als die Ewigalternativen und eingeborenen Althippies. So redeten wir viel, sie auch. Und doch war das ewige Sinnverlangen für alle viel zu groß, um sich dagegen wehren zu können, und das selbstvollendete System, hinter dem womöglich gar nichts mehr lag, wurde von Auslegungen, welcher Art auch immer, perversest zugepflastert. Da lallten viele dabei. Alle wollten es verstehen, jeder musste eine Erklärung haben für diesen furchtbaren Tod, und ohne eine solche konnte niemand schlafen gehen, erst wenn man sie hatte, ging man zu Bett, ansonsten wurde noch ein Gaches, dann noch ein Schnelles bestellt, und oft hat das ganz hässlich enden müssen. Am Tag der Beisetzung hat der Sohn des Direktors sogar mitten auf den Tisch gespien, einfach auf alles drauf, sogar auf das Geldbörsel seines Vaters, unschön. Und manche glaubten dann doch wieder an Transzendentes. Einige verstiegen sich sogar in den Gedanken, des Andreas Tod wäre eine Sendung eines allmächtigen und guten Gottes, der keine größere Freude hat, als seine Kinder in der Wahrheit wandeln zu sehen, und mit der Ausführung, also bewussten Tötung des Andreas, einem in Kauf genommenen Opfer, wäre dieser für uns alle fruchtbringende und für zukünftige Generationen wertvolle Stein ins Rollen gebracht worden. Andere wieherten wie aufgescheuchtes Vieh durcheinander, in der Angst, durch Ablehnung des Alten erst recht verurteilt und von dem Allmächtigen heimgesucht zu werden und dann des Todes zu sterben. Sie wollten gleich am nächsten Morgen und nüchtern gemeinsam umkehren und in Frieden neu beginnen. Es war, wie gesagt, steil. Doch lange hat dieser Zustand nicht angehalten. Die Besäufnisse mit den Anderen waren nach den drei Tagen wieder vorbei. Sie gingen zurück an ihre Plätze, vielleicht schämten sie sich auch. Wir waren erneut unter uns. So steckten wir kurzerhand das Schwert wieder an seinen Ort. Für wen sollte hier auch gekämpft werden. Andreas war unter der Erde. Und er wurde nach seiner Beisetzung sogar noch einmal ausgelöscht. Seine Angehörigen hatten all seine Schriften, Kunstwerke, Bilder und selbst seine Musik auf einer kleinen Anhöhe in unmittelbarer Nähe des Heimathofes in einem weithin sichtbaren Feuer verbrannt, dazwischen kistenweise auch seine Kleidung, die ihnen so verhasst war, ohne sich nach dem Hineinwerfen noch einmal umzublicken, wütend verbrannt, seine letzten Andenken und physischen Überreste vernichtet. Von diesem Akt der Auslöschung des Andreas waren die Leute so überzeugt, waren sie doch so tief verletzt worden von seiner über sie alle gebrachten schlechten Nachrede, wegen seines Lebensstils und seines beschämenden Abgangs, seines Nichtschweigens, Nichtglaubens, ja Nichtessens, dieses elenden Gemüsefressers, dass sie diesem letzten Feuer nicht einmal beiwohnen wollten, niemand war bei dieser entsetzlichen Tötung zugegen, nicht einmal ihre Anwesenheit war ihnen das wert gewesen, und so brannte der Überrest unseres Andreas ganz allein ab, so allein, wie er auch gekämpft hatte, und er hat einen guten Kampf gekämpft, er hat den Lauf vollendet, den Glauben gehalten. Des Andreas absolute Ausbrennung schien uns so, als würde auf eine bereits entwürdigte Leiche noch weiter lüstern eingestochen, als entstellte man einen kindhaften Leichnam noch mit einem extra stumpfen Buttermesser. Doch wir hielten fest an ihm wie zuvor. Wir behielten ihn. Denn die Andreas liebhaben, müssen sein, wie die Sonne aufgeht in ihrer Macht. Und das Land war still drei Tage.

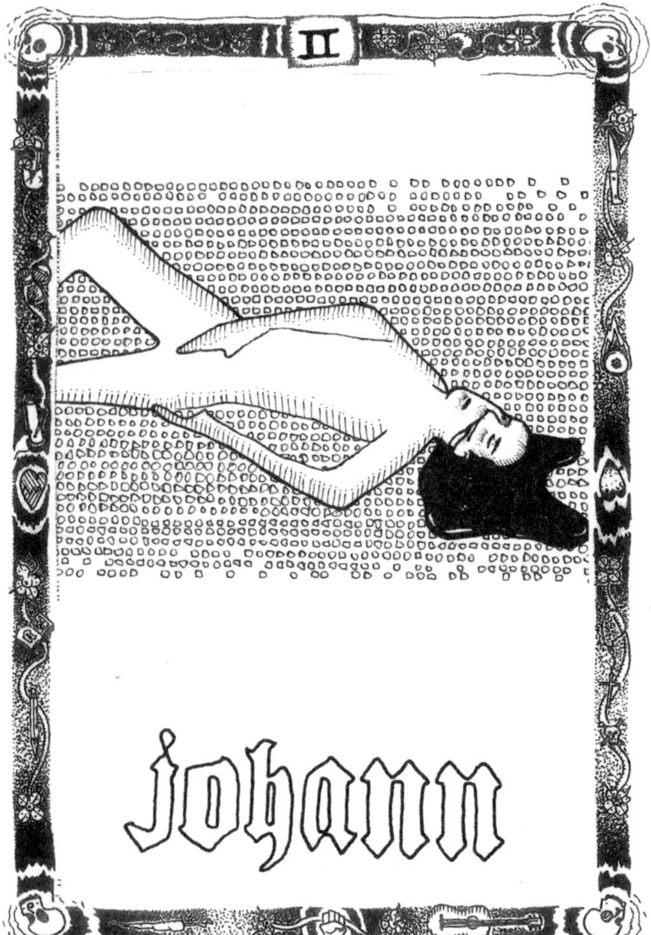
II
Johann

Die Nächte seither waren viel zu kurz, die Tage auch. Doch der Alltag hatte in seiner stumpfsinnigen Form in Stadt und Erdkreis fortzulaufen, und so wurde auch weniger über Andreas gesprochen. Mit wem hätten wir auch reden sollen. Das so sichere Bewusstsein, dass sie und wir, wir alle hier, gestört wurden, dass etwas entrückt wurde, verlief mehr und mehr ins Aus. Das brachte den Drang, das oberflächliche Leben wieder zu genießen, zurück und unsere Ortschaft von viertausend Seelen wurde so wieder beruhigt und gleichmäßig gespeist. Ein schrecklicher Unfall war es für die einen, Die arme Familie, hieß es von den nächsten, Wer sich gern in Gefahr gibt, kommt darin um, meinten die Rückwärtsgewandten, und Gott ist gerecht, die Niedrigsten. Damit war der Akt für sie geschlossen. Um nun wenigstens irgendetwas zu tun, wurden Pläne zum Zwecke ganzheitlicher Entrückungen geschmiedet. Das wenig später folgende große Feiern in einem alten Heustadl war darum ausgelassen wie immer. Natürlich wollten alle das hitzige Gefecht um die Deutung des Unfalls vergessen. Alle waren da, alle zu allem bereit, in dem Bewusstsein, dass dieser Abend dem Schmerz um Andreas, auch der gewohnten Langeweile eine kurze Auszeit verschaffe. Jeder wusste, wie weit er gehen musste, um seine Grenze zu überschreiten, damit es noch mehr spaßte, das war bei den einen, die Zahl an einabendlich möglichen verschiedenen Geschlechtsverkehrspartnern zu erhöhen, bei den anderen dem

Körper noch eine Spur mehr Thc zuzumuten als sonst und bei wieder anderen das vom übermäßigen Alkoholkonsum Erbrochene als Spur einer großen Tat bis an die elterliche Haustür zu ziehen. Jeder hatte sein Ding, wir wussten, worin jeder einzelne brillieren würde, da gab es die Tänzer, die das Parkett nicht verließen, ehe sie schweißdurchnässt waren, die Herumschmuser, die mitzählten, bei wie vielen sie das Rachenzäpfchen ertastet hatten, Spaßmacher und Hampelmänner, die mit abgeschmackten Witzen und in onanieartigen Endlosreden größere Gruppen weniger Wortbegabter um sich scharten, und natürlich jene, die gern nackte Haut zeigten und die bare Brustterrasse zum Allgemeingut großzügigen Beschauens und Begreifens machten. Nichts konnte an diesen Abenden peinlich oder falsch sein, die Schranken fielen tief, die sonst Versteckten waren die Mutigsten, und was war, war einfach, und was nicht war, noch möglich. Den Älteren waren diese Auslassungen ihrer Zöglinge mehr als nur ein Dorn im Auge, denn dieses ungezügelt gottlose Leben, das perverse Aufschließen ihrer selbst, der Austausch von viel zu freiem Gedankengut, Aufarbeiten von Früherem, das Suchen und Finden von Vorlieben, all das konnte den Alten ja sehr gefährlich werden, was sie selbstverständlich wussten und deshalb verhindern wollten. Also haben sie wahnsinnig oft und immer wieder versucht, uns anzupassen, uns ihrem Leben ganz gleich zu machen, uns zu biegen, um nur ja nicht aufzufallen. Sie haben immer schon gewollt, dass wir wie eine Heerschar Chamäleons in der Umgebung verschwänden, zerflössen und eins würden mit ihren violettkatholischen Sonnenuntergängen hinter braunen Äckerfurchen. Und so drohten sie uns mit der Streichung jeglicher finanziellen Unterstützung, dem Abzug allen Geldes, darüber hinaus mit Liebesentzug, sollten wir ihnen nicht Folge leisten, sollten wir uns nicht endlich einfügen, sollte nicht endlich Vernunft über uns kommen, und half dies Drohen nichts, dann kamen sie mit der höchsten aller Strafen, mit Enterbung. Den Großteil der Jungen hier haben sie so schon erfolgreich abgerichtet, für ihre Zwecke hingedrillt, einige Abtrünnige, meist aus den Reihen der Unsrigen, ließen sich ihre individuelle Aufklärung jedoch nicht nehmen und frönten ihrer Art weiter. So auch auf dieser ersten Ausschreitung nach des Andreas Tod. Ohne Unterlass nagelten die Basslinien auf uns ein, wir bildeten uns die Großartigkeit der Töne einfach ein, mehr und mehr stümperhafte Tänzer füllten wie der Rauch den Stadl. In den Ecken lagen bereits erste Alkoholleichen und spontane Liebesgemeinschaften herum, als das Geschehen eine verdächtige Wendung nahm. Noch vor Mitternacht brach ein Gewitter los, mit einem orkanartigen Schneesturm, der uns unerwartet den Strom kappte. Plötzlich war die Lautstärke von unerträglich laut auf noch unerträglicher still gesprungen. Und es war dunkel. Nur das Glimmen einzelner

Zigaretten war zu sehen, ein paar von früheren Festen zurückgelassene Kerzen flammten auf, da und dort Feuerzeuge. Der Wind drückte durch die Bretterritzen im Dach und verursachte ein stöhnendes Hintergrundflüstern, während sich der Donner mit gewaltigen Schlägen gegen den Dachstuhl warf. Wir waren dennoch nicht aus der Feierlaune zu bringen, nicht einmal, als der Sturm das große Scheunentor eindrückte, denn mit verstärkenden Brettern und Steinen waren viele ansonsten im Alltag Unentschlossene schnell zur Stelle. Wie wir so im Halbdunkel saßen und tranken, nahm die Sache unbeirrt ihren Lauf, der Frohsinn war bereits zu fortgeschritten, einige stimmten ein Weihnachtslied an oder versuchten sich im Jodeln, um die Stille nicht ertragen zu müssen, andere harrten demonstrativ auf ihren Plätzen aus, denn was die Alten beim Stammtisch konnten, das konnten die Jungen schon lange. Keine noch so versiffte Stadlecke war uns zu dreckig, keine Nische von alten Brechergüssen zu übelriechend, denn die Ausdehnung unserer Leiblichkeit musste ein neues Höchstmaß erreichen, Entgegenstehendes wurde lässig weggewischt, es gab keine Grenzen, solange wir sie nicht als solche anerkannten, denn an diesen Abenden waren wir die Chefs, da galt allein und ohne Einschränkung unser Wort, und unser Wille hatte so zu geschehen. Nachdem der Strom wieder gewohnheitsmäßig floss, liefen die eingebildet großartigen Melodien weiter durch unsere Körper, manch kühne Harmonienfolge löste einen Weinkrampf aus, andere sahen sich zum Mitkreischen ermutigt und brachten angestaute Emotionen zum Schnellablass. Während sich ein jeglicher Charakter von allen Seiten bedient fühlte, wurde das Feiern ein zweites Mal unterbrochen, denn des Andreas Mutter erschien in der Seitentür, konnte die Menschenansammlung nicht überblicken und fragte, wo denn Andreas sei, denn sie sei gekommen, ihn zu holen mit dem Auto, er müsse dann in dem fürchterlichen Sturm nicht allein nachhause gehen, sie habe sich gesorgt um ihn und sei hergekommen, zu schützen ihren Sohn, den sie geboren hatte und der doch uns gegeben war, die Herrschaft über beide Seiten lag auf seiner Schulter, er hieß uns Wunderbar, Rat, Kraft, Held, unser Wundervater, für sie hieß er Hochmut, Ratlosigkeit, Nestbeschmutzer, Rufmörder, Witzfigur, ihre Missgeburt. Unsere verdutzten Gesichter konnten der Mutter wenig Auskunft geben, niemand wusste, was hier zu sagen sei, keiner traute sich die so einfachen Worte in den Mund zu nehmen, keiner sagte Er ist tot, Tot ist er, alle stammelten wir herum, unterdessen sie den Hals reckte, um in der Menge ihren Sohn zu entdecken. Einer lief geistesgegenwärtig ins Haupthaus nebenan und brachte die dort vor dem Fernsehgerät verfallenen Eltern herüber, um mit der Alten zu sprechen, damit sie sie los würden, um nicht selbst Worte finden zu müssen. Die Stimmung war kurzzeitig auf ein Mindestmaß abgefallen, die

Gespräche kreisten wieder um Andreas, einige weinten, andere schrien, hauten verzweifelt auf den Tisch, gegen die Wand oder verließen vorübergehend das Fest. Andere tranken mit zu Schlitzen gezogenen Augen mehrere Gläser Schnaps hintereinander auf Andreas, wieder andere nutzten das Tief und legten ihren Arm um die Angebetete, hilflos nach Körperlichkeit verlangend. Die Handgreiflichkeiten und Rangeleien mehrten sich zu späterer Stunde, die Gewalt griff wie eine rasche Pest um sich, und als hätte sich jemand im Stil der Brown Note der Musik bemächtigt und Hass schürende Frequenzen eingemischt, entluden sich plötzlich die Gemüter wie unkontrollierter Durchfall. Obgleich sein Körper bereits in Verwesung unter der Erde lag, schaffte es Andreas dennoch, das bekannte Gefüge zu spalten, die Sache aufzurühren und sogenannte Freunde uneins zu machen, denn schon wieder standen sich die alten Fronten hart gegenüber und alle Ohren wurden taub, von der eigentlichen Sache kamen die Tobenden schnell ab, und manch einer versuchte eifrig heimzusuchen der Väter und Großväter Missetaten an den eigenen Familien, längst schon Verjährtes wurde stolz aufgerollt, der Hass suchte jede Übertretung zu sühnen, Feindschaft setzte sich zwischen die Eingeschworenen, und wo vorher mit Überschwang zugeprostet wurde, sollte jetzt ein Kopf zertreten, in die Ferse gestochen werden. Nachdem die eine oder andere Nase verunstaltet, das eine oder andere Gebiss entstellt war, machten alle ihren Mund doch wieder fröhlich, wurden wieder jung wie ein Adler, und es verbrüderte die Zerrissenen der Alkohol, ein gemeinsamer Joint schloss erneut den heiligen Bund entzweiter Nachbarshöfe, und mit übereinander geschlagenen Armen tanzten sie lachend zum Frieden den Sirtaki. Nach einigen Stunden leerten sich die verwinkelten Räume, die Morgendämmerung war bereits zu riechen, der Sturm hatte sich gelegt und es schien ein selbstbewusst kalter, aber sonniger Herbsttag anzubrechen. Die gefrorenen Wiesen und Felder lagen vor uns, wir hatten einen von lauthalsen Rufen begleiteten Heimweg angetreten, einige labten sich vom Rest in den Flaschen, andere erzählten vom gerade Erlebten, und so stolperten wir gemeinsam von Graben zu Graben und weckten mit übermütigem Gelächter so manchen Hofhund. Alle waren dann gut in ihren Betten verstaut, die von Zigarettenrauch verqualmte Kleidung lüftete auf den Terrassen, die Hunde waren wieder still, das Frühstück der ganz Jungen und der Alten hatte noch nicht begonnen. Es war ein durch und durch stiller Sonntagmorgen, an dem wir in einen Ohnmachtschlaf hinübertreten konnten, in dem Hoffen, so bald nicht daraus zu erwachen und dann endlich ruhig zu sein. Nach und nach verhüllte Müdigkeit das Bewusstsein und löschte den Blick aus, kam Ruhe in die aufgewirbelten Zustände. Es folgte rasch Betäubung. Doch nur wenige Stunden später wurden wir wieder geweckt, regelrecht aus den Betten gerissen, denn etwas war geschehen, das unserer Teilhabe bedurfte, so die Begründung der Älteren, und schon war es wieder vorbei mit Erholung und Ruhe, denn wir mussten noch schwer alkoholisiert und übermüdet zurück zum alten Feierstadl. Wir wussten nicht, was es war, und während wir im Laufen die Mäntel zuknöpften und das weiße Rauschen aus unseren Köpfen zu klopfen versuchten, da begannen wir uns insgeheim zu fragen, in welchen seltsamen Kampf, ja welchen Krieg wir hier so unschuldig gezogen waren: Am Fest hatten sich in den Morgenstunden einige Aufräumwillige zusammengetan, wie immer waren es die besonders traurigen Charaktere unseres Landstrichs, all jene, die sie mühselig und beladen waren, partout nicht schlafen konnten, solange die Betäubung nicht das größtmögliche Maß angenommen hatte. Die Aufräumer waren immer jene nach mehr und mehr Weltverneinung lechzenden unaufgeräumten Seelensauställe, Getriebene, deren Gefühlswelt meist zerschlagen am letzten Grund alles Erbaulichen darnieder lag. Diesmal waren nur noch wenige auf den Beinen, und schwer schleppten sich die Rastlosen durch die verstunkenen Räumlichkeiten und versuchten, mit äußerlichem Ordnungschaffen Ruhe in ihrem Inneren zu finden und sich vom Strom der Systematik mitreißen zu lassen. Obwohl ihnen die Dressur ihres Innenlebens nicht gelang, ja sie sogar zugrunde gingen an ihrer von skrupellosen und selbsternannten Architekten gebauten Seelenwelt, die ihnen bei jedem Schritt zu zerbrechen drohte, schafften sie es, sich nach außen als einfache, anständige und ausgeglichene Mitglieder der Gesellschaft zu verkaufen. Als die armen Krüppel dann einige Müllsäcke nach draußen brachten, entdeckten sie nur wenige Meter vom Stadleingang ihren Leidensgenossen, den toten Johann, rücklings am Boden liegend, der zertrümmerte Kopf in seiner Blutlache ruhend, aus der geöffneten Hose sein Geschlechtsteil hängend, der Mund entspannt geöffnet und gen Himmel starrend, seine Jeans an vielen Stellen nass vom Urin, und die karierte Unterhose lugte hervor, was dem kunsthaft wirkenden Bild in die Realität zurückhalf. Die Ermittler konstatierten Tod in der Folge eines gebrochenen Schädels sowie Genicks, es war ein doppelt schlagender Tod, eine zweifache Hinschlachtung, denn der Jugendliche war beim Urinieren ausgerutscht und rückwärts an einem Randstein ungebremst zu Fall gekommen, die Hand des Verstorbenen lag noch direkt neben seinem Penis. So lag er hingestreckt in der rundherum weiten und einfachen Gegend, unpathetisch und ohne Theater. Das entsprach auch ganz des Johanns Wesen, des einfachen Bauernsohns. Gegessen hatte er stets, was ihm hingestellt, die Haare sich vor dem Spiegel immer selbst geschnitten, und seine Kleidung besorgte er sich im einzigen Geschäft des Orts. Alles ohne Aufruhr. Nur keine Umstände machen. So verlangte man es schon von den Jüngsten. Und das Ergebnis lag nun hier vor dem Hof, der körperliche Rest eines unbedeutenden, einzelnen Menschen, eines Geringen, der kurzzeitig alles bedeutete und dessen Anblick sich dauerhaft und unauslöschbar in unsere Köpfe brannte. Wir kamen vor dem bescheidenen Ende des Johann zu stehen, eines Weggefährten und gewöhnlichen Mitglieds einer durch Abkunft bestimmten Gruppe, immer Anschluss und heimlich doch das Andere suchend, getrieben, gebeutelt und jetzt final hingeworfen. Sein rastloses und anstrengendes Leben war vielleicht auf diese Weise geheilt worden, denn in Johann erweist sich die Gnade. Das war der ruhige Johann gewesen, der eigentlich gar nicht ruhig war, nur wussten die Leute das nicht. So hatte sein Tod nun endgültig den grenzenlosen Hass der Ältesten auf uns gebracht, denn für sie handelte es sich um das unmittelbar vollzogene Strafgericht, das wie ein Feuersturm über uns alle gekommen war und dessen unschuldigstes Opfer, das arglose Lamm, der Sommersprossenjohann war. Wir, nur wir allein mussten ihn da hineingeritten haben, hatten ihn schamlos für unsere Zwecke benutzt, den wehrlosen Knaben verführt, der ohne Zweifel viel zu schwach war, um sich zu widersetzen, uns zu widerstehen, so sprachen sie, nannten uns Handlanger, listige Otterngezüchte, etliche schrien so, die Gemeinde war wie irre, und die meisten wussten gar nicht mehr, warum sie vor dem alten Feierstadl zusammengekommen waren. Johann war uns, der dämonischen Spinne, ins Netz gegangen, und das, obwohl sie ihm immer wieder gesagt hatten, Mein Kind, wenn dich die bösen Buben locken, so folge nicht. Wie weggetreten verfolgten wir das weitere Geschehen, wie dann auf uns gezeigt und nicht nur getuschelt wurde, wie des Johanns Angehörige die Faust fluchend gegen uns hoben. In den Tagen darauf wurden wir auf der Straße nicht mehr gegrüßt, dafür von ihren hasserfüllten Blicken gesteinigt. Es war ihnen ein immer schon herbeigewünschter Anlass, uns, die aufmüpfig Anderen, derenwegen sie so oft durch Feuer und Wasser zu gehen gezwungen, endlich gerecht und ehrlich zu hassen. Nun hatten sie den ersehnten triftigen Grund, ihren Vernichtungsdrang zu stillen, den angestauten Tötungswünschen genussvoll zu folgen und uns das soziale Messer endlich in den Rücken zu stechen. Bei jedem erneuten Zusammentreffen, auch wenn es nur zwischendurch mit dem Nachbarn, dem Postler, dem Fleischhacker war, rollten sie die grauenhafte Geschichte immer von Neuem auf, ließen den schweren Pinsel lustvoll über den gerade getrockneten Anstrich des Erlebten fahren, um ihre große Aufregung mit immer neuer Farbe kunstvoll auszumalen, dazu ein gratis Radl Wurst gustierend oder die welken Blätter nebenher wegrechend. Und dennoch waren sie von Angst erfüllt wie nie zuvor, schickten insgeheim mehr Stoßgebete gen Himmel, als ihr Alltag sonst zuließ, blickten öfter als gewohnt in Richtung Herrgottswinkel und hielten ihre Häuser rein wie an hohen Feiertagen. Wer wusste schon, wann der Richter wieder vor der Tür stehen und erneut Einlass verlangen würde. Es war eine furchtbare Angst, die sie schlecht schlafen ließ, deretwegen sie sich ständig umdrehten, weil sie glaubten, den heißen Atem des schwarzen Engels schon im Nacken oder seine Hand auf der Schulter zu spüren. Vor allem die ganz Alten zahlten mehr Messen denn je, die Gräber wurden peinlichst in Ordnung gebracht, die Spendeneinnahmen aller vereinsnahen Organisationen, aller Missionen stiegen in jenseitige Höhen. Ihr schlechtes Gewissen ließ sie zittern, so sehr, dass mancher beim Reinigen nach dem Stuhlgang unkoordiniert daneben fuhr, viele Eierspeisen brannten da an, und manches Kind wurde am Traktor vergessen.

III
Michael

Viele schotteten sich nun gänzlich vom Rest ab und versuchten, die gefährdete junge Nachkommenschaft straff an sich zu halten und in die Häuser und Isolation zu bringen. Eine kalte Welle von Abbitten und Abbitchen folgte. Nagellack und Makeup wurden ebenso wie das gottlose Feiern verboten, es hieß fromm bleiben und sich recht halten, denn nur solchen wird es zuletzt wohl ergehen. Wo zuvor schon streng geglaubt wurde, wurde noch ein Schäufelchen nachgelegt und das einfachste Bier, das unschuldigste Treffen zu verbieten gesucht, nach Schule oder Arbeit wurde verlangt, sofort nachhause zu kommen, und tagelang gab es nur die einfachsten Speisen, um sich den hart erbeteten Stand nicht zu verscherzen. So war nicht nur der Hader, sondern auch der Hass vor allem bei den Alten geschürt. Und wir waren es, die die große Schuld im Namen der Tiefgläubigen auf die Schultern zu nehmen hatten, denn Gott verlassen heißt sterben, und ihre Liebe schaffte es nicht, die Übertretungen zuzudecken. Sie konnten uns, die ihnen ebenbürtigen Einwohner des Landes, nach wie vor nicht vertreiben vor ihrem Angesicht, so wurden wir Aufsässigen ihnen zu Dornen in ihren Augen, zu Stacheln in ihren Seiten und wir drängten sie in dem Lande, weil darin auch wir ein Recht zu wohnen hatten. So war es zu einem unendlichen Kampf ausgewachsen, einem Trauerspiel von beschämend abgeschmackter Art, und sie umgaben uns wie aggressives Insektengetier, wenn es endlich zustechen will.

Sogar der Bauer bestand plötzlich schreiend darauf, Das ist meine Wiese, die habe ich gepflanzt, weg da, und wir lachten schon mehr als wir über sie weinten, denn sie erloschen uns wie ein Feuer in Dornen. Und in ihren Niederlagen, diesem ständigen Einfahren, wollten sie uns noch vehementer im Namen des Herren zerhauen. Die Flucht zur Schule oder Arbeit in die nahe Stadt war uns tröstlich notwendig, um diese grindigen Übergriffe und die traurigen Geschehnisse insgesamt zu verarbeiten, und so rollten wir mit den täglich gleichen Zügen hinaus und wieder zurück, immer hin und her, jeden Tag das gleiche Spiel, dieselben Gesichter, sie grüßten nun doch wieder, scheinheilig wie früher, alle redeten immer das Gleiche, aber keiner sprach über Andreas oder Johann, zwei so tragische und sie alle so peinlich berührende Unfälle. So wurde die träge Gemeinde nicht aus dem Schlaf gerissen, sondern noch tiefer betäubt. Und es kam, dass das Unheil weiter auf uns eindrosch, uns das nächste Heilsversprechen mit Blut besudelte und entstellte, denn höret, Folgendes geschah: Es war ein kalt trockener Herbstmorgen, an dem wir uns alle wieder am Bahnhof einfanden. Busse aus den verschiedenen Teilen der Gegend waren nach und nach eingetroffen und brachten weitum Verstreute zum immer gleichen Umstiegsritual. Der Vorplatz war bereits mit kleineren Gruppen Wartender voll, leises Gemurmel hing in der gefrorenen Luft, dort schrien hysterisch ein paar übermütige Junge auf und vergaßen sich, da versuchten welche, sich ihres morgendlichen Überdrusses mittels Nikotin zu entziehen, während im Hintergrund der orangegraue Sonnenaufgang seine länglichen Lichtfetzen an den Himmel hängte. Als wir an diesem Morgen dort so standen, bedrohten wir wortlos Berg und Wind, endlich zu schweigen, ja zu verstummen, darauf der Wind sich legte, und es ward eine große Stille. Die hiesige Welt war zu einer großen Ruhe gekommen, kein Wind traute sich wehen, auch die Vögel schwiegen, das lauteste war der Rauch aus den Schornsteinen der weiter entfernten Häuser, kein loses Laub lag zu unseren Füßen, dessen Stieben diese ehrfürchtige Andacht gestört hätte. So schauten wir in diesen Morgen hinein und glaubten uns sicher. Heilsgewiss warteten wir in der kalten Luft auf das fast unmerkliche Surren und hochtönige Schieben der Oberleitung, denn das kündete uns den noch nicht sichtbaren Zug. Dieser Ton ging beinah unter, wenn man ihn nicht bewusst herholte, weil er auch der je eigene Ohrenton sein konnte. Doch da es an diesem Morgen so vornehm still war, vernahmen ihn auch die weniger Hörbegabten ganz deutlich. Und da kam er, der Zug. Er hatte eine bedeutende Rolle, da er uns fast täglich für kurze Zeit aus diesem Kaff fortfuhr und uns eine bessere, selbstbestimmte Zukunft versprach. Nun kündigte das Quietschen auf den Schienen die baldige Fahrgemeinschaft eindeutig an. Dann sah man ihn auch schon, wie er um die Kurve bog, leicht seitlich in sie gedrückt. Wir steuerten wie immer langsam in Richtung Bahnsteig hinüber, bewegten uns wie das Wasser zum Abfluss zur Gleisanlage hin, gleichförmig, fast schreitend. Aus allen Enden der gedehnten Bahnhofsanlage kamen die Menschen auf den einzigen Bahnsteig zu, fädelten sich hier wie die Hühner auf der Stange auf. Ohne Chaos geschah das, wie jeden Morgen, Sträflingen gleich, die im Hof geordnet spazieren gehen. Zum Drängeln waren wir zu müde, oder das gute Benehmen verbot es. Wer rechnete da mit einem schlimmen Vorfall. Daher wird, was nun geschah, für alle Zeit als Angriff einer sei es guten oder bösen Allmacht in die Geschichte des Landes eingehen, jedenfalls als hinterhältiges Verbrechen gegen den Menschen, als eine hochmütig entartete Treibjagd. Wir wurden gewahr, dass ein paar Hitzköpfe heute trotziger noch als sonst waren, es war wie immer die Gruppe um Michael und seinen Zwillingsbruder, die sich entgegen aller Konvention und von stärkenden Sprüchen begleitet mit ihren angespannten Fäusten fingerknöchelspitz auf die Schultern schlugen. So wechselten sie hüpfend wie Boxer im Ring das Standbein. Die ungelenken Schultaschen rutschten dabei beweglichen Rückenpanzern gleich an ihren Körpern hin und her, auf und ab, und sie kreisten, den ruckartigen Bewegungen folgend, wie kleine zusätzliche Extremitäten am Rücken den Radius ihrer weitesten Ausschwingkraft ab. Doch die Chefs waren sie, die Träger dieser Taschen. Es war des Michaels oberster Lebensgrundsatz, der Herr bei sich im Haus zu sein. Er wollte nie gern ins Kino gehen, nur weil alle gern gingen. Er wollte nicht gegen Homöopathie sein, weil alle sie uncool fanden, und er wollte sein Basecap nicht verkehrt herum aufsetzen, weil das gerade alle Kataloge sagten, er wollte tun und nicht tun aus eigenen, freien Stücken. Diesem Antrieb zur Selbstbestimmung konnte er aber bis zu seinem Tod nicht entsprechen. Viel zu oft erlag er der Fehleinschätzung, das Ruder in der Hand zu haben, war tatsächlich aber nur einer von vielen unbedeutenden Mitläufern in irgendeinem Marathon, dessen Ziel nicht zu erreichen war, weil sich die Streckenführung willkürlich und ohne Vorankündigung wie in einem gemeinen Alptraum ständig änderte. Das erkannte Michael immer zu spät, und obwohl sein Geist willig war, war er zu schwach. Mit jedem neuen Tag musste er sich eingestehen, dass er gegen diese Allmacht an Kontrolle, gegen den reißend starken Strom der Mehrheit, gegen dies Vorgefertigte nicht ankam, obwohl er im Gebet darum gebeten, und so er daran geglaubt hatte, konnte er es nicht empfangen. Jeder Morgen war ihm ein schlechter Morgen, alles Hoffen, mühevolle Arbeiten nur Scheitern, seine Enttäuschung stand ihm so sehr ins Gesicht geschrieben, dass seine Mitschüler ihn boshaft Frusti nannten. So kam es, dass er das Andere gar nicht mehr wollte. Wir nannten ihn den armen Selbstwäger und waren von seiner so hoffnungslos gescheiterten Weltauffassung ebenfalls enttäuscht, weil er unserem Rat nicht gehorcht, nicht Zucht angenommen hatte. Es war furchtbar mit ihm. Sein Kampf richtete sich gegen die, die wie die besseren Jäger die Lichter im Holz früher erspähten und das Gefährliche auszuschalten wussten, die Wendigeren, Kapitaleren, die ihm somit immer mehrere Schritte voraus waren. Das waren auch wir. So hasste er uns. Und er dachte bei sich, Liebes Kind, bleib gern im niedrigen Stande, das ist besser denn alles, darnach die Welt trachtet, denn du sollst so sein wie sie alle, einer von ihnen, damit man dich nicht spürt, so wie du es vom ersten Atemzug an gelernt hast. So musste er letztlich am Zug der Zeit zugrunde gehen, in einer tagtäglich wiederkehrenden Tortur, und war geplagt ohne Ende, und seine Strafe war alle Morgen da. An seinem letzten anstrengenden Tag fuhr der Zug gewohnt langsam, fast im Schritttempo ein, aber schnell genug, um Michael noch mitreißen zu können. Als er, der mit dem Rücken zum Gleiskörper stand, versuchte, einem Schlag seines Bruders nach hinten auszuweichen, erfasste der einfahrende Zug seine Schultasche. Er war vom Strom seines Zeitalters mitgezogen worden, was sein unmittelbares Stürzen und das sogleich folgende unvermeidbare Überrolltwerden durch diesen Zug bedeutete. Ein noch nie gehörtes Quetschen, Brechen, Zerdrücken, Zerteilen, ein Krachen der berstenden Knochen, Sägen der reißenden Glieder, Platzen der zerpressten

Muskeln war die Folge, und es war dann so still herum, so glänzend weiß und steril still, so höchst lautlos trocken, dass sich die Geräusche seines berstenden Körpers wie ein Drei D Bild glasklar vom ebenen Hintergrund abhoben und so präzise in Erscheinung traten, wie es sonst nur nächtens in der reinen und unbewohnten Hochgebirgsluft möglich ist. Das war ein Sound, so pur und glockenrein, absolut unverfälscht und jenseits störender Nebengeräusche, so durch und durch echt, wie nur zünftige im Dirndl servierte Bauernjausen das sein können, so ahnungslos anständig, dass vermutlich des armen Jungen gewaltiger Vollstrecker ebenfalls erstaunt ob der jungfräulichen Aufrichtigkeit sein Handwerk noch eitler, ja lustvoll zu achten begann. Nur ein paar Sekunden später kam der Zug zum Stehen und ein röchelndes, gequält schnaufendes Schreien war von unter dem Zug zu vernehmen. Michael musste noch am Leben sein. Einige sprangen entsetzt unter hysterischen Ausrufen zur Seite, in das alte und unbenützte Gleis daneben hinein, und drehten ihre Gesichter schützend weg. Sein Bruder und ein Freund liefen wie ohnmächtig auf den Zug zu, schlugen wild auf das Todesfahrzeug ein, um es zu strafen oder vielleicht auch zur Seite zu bewegen. Von des Michaels zerquetschtem Körper war vom Bahnsteig aus nichts zu sehen, dafür ließ uns sein Stöhnen und wimmerndes Ächzen einen kurzen Blick in eine Dimension werfen, die kein Weltgerichtstriptychon je nachzeichnen könnte. Es war die Berührung mit einer jenseitigen Strafkolonie, die als das geöffnete Tor, als Eingang zum Höllenschlund bezeichnet werden kann, ja so musste die Hölle sich anfühlen, das musste die wahrhaft schlimmste Strafe eines Gottes sein, die höchste Läuterung, der wir hier als perverse Zuschauer willenlos beiwohnen mussten, und des Michaels Schmerzgeschrei hatte Strahlen über uns geschüttet, es hat uns mit Feuer tief in die Erde geschlagen, dass wir nicht mehr aufstanden. Einige suchten sofort das Weite, liefen zurück zum Bahnhofsgebäude, über die Wiese weg, irgendwohin. Andere versuchten sich die Ohren zuzuhalten, um dieser erzwungenen Teilhabe zu entkommen. Wie ratlose kleine Kinder blieben sie angewurzelt stehen und trachteten durch ihr eigenes hilfloses Schreien jenes des Michael zuzudecken. Manche gingen kniend zu Boden und begannen von den Ereignissen schwer geschockt wie fremde Betende nach vorne und hinten zu wippen, redeten wie in fremden Zungen unverständliches Zeug und sabberten dabei unkontrolliert, denn wie ein brüllender Löwe ging das betäubende Rufen des Michael umher und suchte, welchen es verschlinge. Die Szene verdichtete sich zu einer akustischen Marter, einer allumfassenden, aber trotzdem je individuellen Tortur, denn Michael sterben zu hören, den einstigen Kämpfer nun so machtvoll niedergehen zu sehen, das war ein seltenes Naturschauspiel, und hätte man dieses sein exklusives

Sterbegeschrei vorhersehen können, wären sie in Scharen angereist, um Teil des Außergewöhnlichen zu sein, um das leibhaftige Fegefeuer in Aktion zu erleben oder einen gierig geilen Blick in die jenseitige Welt zu werfen. Des Michaels Bruder rief in einer Dauerschleife dessen Namen, im einzigen Modus der Sterbebegleitung, der ihm blieb, denn seine Hand konnte er ihm nicht mehr halten. Als sich der Zug langsam in die entgegengesetzte Richtung bewegte, erlosch Michael, sein Schreien war einfach zu Ende, man hörte ihn nicht mehr, und als wir unmittelbar darauf sahen, wie seine erschöpften Augen und der entsetzte Mund so da hingen, der Kopf seitlich gelehnt, fast modellhaft überheblich, da mussten sich viele von uns an Ort und Stelle einfach übergeben.

IV
frana

Des Michaels grauenhafter Tod hatte uns alle mehr als verstört. Wir gingen Robotern gleich tagelang nur den nötigsten Arbeiten nach, brachten nur mit größter Anstrengung das alltägliche Verrichten zu einem Ende. Eine großräumige Lähmung der Bevölkerung war nach diesem dritten Tod, einer wieder so kindlichen Seele, die Folge, die Menschen fühlten sich unsicher und wie von einer unsichtbaren Macht bedroht. Sie waren in einer bodenlosen Existenzangst angekommen, die die Alten aus Zeiten des Nationalsozialismus kannten, die Jungen von deren Erzählungen. Doch die damalige Gefahr war an Menschen gebunden und von solchen ausgegangen und nicht wie heute einfach vom Himmel gefallen. Unvorhersehbar schien jegliches Sein nun, nicht mehr im Kleinsten zu berechnen, als würde eine hinterhältige Willkür agieren, die bisherige Weltordnung rücksichtslos erschütternd. Das über alle Maßen Grauenhafte an der jetzigen Situation war die Unmöglichkeit des Sympathisierens, ein unmittelbarer Vollzug von Anhängerschaft nicht möglich, da niemand wusste, wer hier Freund und wer Feind war, und gerne hätten sich die Menschen auf die richtige Seite gestellt, gerne wären sie, um sich nicht in die Schusslinie zu stellen, etwas zurückgetreten, hätten den einen oder anderen Glauben fallengelassen, um ihr Leben und das ihrer Lieben zu retten oder zu verlängern. Sie wollten wissen, wo sie herkamen, wer ihr Urahn war, ihr Altvorderer, dieses Arschloch, damit sie sich ihm ehrfürchtig nahen und das Glück wieder auf ihre Seite bringen konnten. Viel schlimmer noch als die Deutungsnot war nur wenige Tage später die erschütternde und unvermittelt plötzliche Nachricht vom Tode unseres Franz: Seine Mutter hatte ihn am Morgen nach einer durchfeierten Nacht zum gemeinsamen Frühstück wecken wollen, aber nur noch den steifen und blassblauen Leichnam in seinem Bett angetroffen. Ganz einfach lag der tote Körper im von weißen Spitzen über und über bestickten Herrschaftsgemach. Sein langes schwarzes Haar war im geradlinigsten Mittelscheitel wie modelliert nach hinten geglättet, am bauschigen Polster der in gewohnter Position ruhende Kopf, der Seidenpyjama gleichmäßig auf den formschönen Gliedern verteilt. Seine Augen waren so herrlich geschlossen, so sanft und ohne jeglichen Falten verursachenden Druck, so einfach hingeschlossen und fallengelassen, wie luftig schwebende Sommervorhänge zugezogen, geziert von geschwungenen Wimpern und so entzückend anzusehen, dass man sie kindhaft unschuldig sofort hätte küssen wollen. Franz war, da er mehrere große Glasscherben verschluckt, an inneren Blutungen nächtens stillheimlich verblutet, so die Mitteilung der Polizeibeamten. Seine unmöglich natürlich erklärbare Todesposition hatten die Kriminalbeamten noch genauer nachforschen lassen, ein Mord war nicht gänzlich ausgeschlossen worden, obwohl Motive dazu unauffindbar, war doch Franz, unser scherzhaft Assisi genannter Freund, einer der beliebtesten Menschen im Ort und sogar weit darüber hinaus gewesen. Er wusste die Sprachen aller Menschen zu sprechen, weil er in allen Schichten zuhause war, als scheinbarer Kosmopolit und Geistesmensch trotzdem die Sprache des Volkes auf dem Land hier beherrschte wie das Volk sie selbst nicht. Obwohl seine reichen Eltern immer wieder gefordert hatten, doch endlich von diesen Menschen abzulassen, sie gehen zu lassen, waren sie seine große Erfüllung und seine liebste Beschäftigung, denn er suchte bis zuletzt größtmögliche Abwechslung, den heimlichen Kulturschock. Überall war Franz gern gesehen, geliebt wie kein anderer, sein einnehmendes Wesen hatte Kleinbürger, Konservative, die ärmsten Arbeiter und hochmütigsten Bildungsbürger, schlichtweg alle Klassen gleichermaßen beim höflichsten, aber niemals übertriebenen Gruß dahinschmelzen lassen. Sein schneewittchenhaftes Äußeres ließ ihn strahlend erscheinen, er brauchte es aber so wenig wie ein dreimastiges Segelboot einen grindigen Motor. Die wenigen Menschen, die von Franz nicht sofort begeistert waren, beugten sich vor seinem Reichtum und Einfluss, vor der ererbten Macht und schmiegten sich an ihn, ja umschmeichelten ihn wie hinterhältige Katzenbiester. Dies rechtfertigten sie damit, dass Franz dafür in den Himmel komme, weil sie sich helfen ließen, denn der Gottlose borgt und bezahlt nicht, der Gerechte aber ist barmherzig und gibt, und dazu brauchte es sie, denn ohne Nehmer wird dem Geber das Geben ja unmöglich. So dachten sie. So mochten sie ihn. Obwohl Franz stets Kleidung trug, die dem landläufigen Stil gar nicht entsprach, sahen die Menschen seine avantgardistische Art sich anzuziehen nicht als Angriff auf ihre Bekleidungsweise, sondern erkannten darin seinen frühreifen Mut zum Besonderen, stellten ihm dies Wagnis niemals als lächerlich in Rechnung, verbuchten es vielmehr als kühne Furchtlosigkeit. Wie sie so vieles bei ihm guthießen, so gern übten sie am Rest der Andersdenkenden oder sich regelwidrig Verhaltenden scharfe Kritik und hatten somit immer schon mit vielerlei Maß gemessen. Das haben wir Franz aber niemals übel genommen, war es doch ihr ekelhaftes Schandmaß, das besser ihm als keinem zugute kam. Ein Widerspenstiger machte die unwillig sich entziehenden Dummen dennoch weise. So unterhöhlte er beständig ihre geistige Armut und verwandelte sie in mildtätige Herzen, und das gelang ihm überall und zu jeder Zeit. Es war seine große Gabe die Rede, die dem Müden Kraft und Stärke genug dem Unvermögenden gab. Der adelige Franz hatte sich uns schon in ganz jungen Jahren angeschlossen, uns, den gewöhnlichen Abkommen einer arbeitenden Landbevölkerung. Zuerst lernte er zu sprechen wie wir und dann wie sie, um so direkten Zugang zu diesem Volk zu haben und seinen Einflussbereich zu erweitern. Wir wiesen ihn ein in Umgangsformen, Trinksprüche und anderes Nützliche, wir zeigten ihm, wie man zu verbalen Übertretungen auch seine Fäuste einsetzte. Nächtelang lauschte er unseren Vorträgen, um als Lehrling nur wenig später die Meister zu übertreffen und selbst zu sprechen, seine Gedanken so zu verpacken, wie dazu nur das Genie fähig ist. Er knüpfte an unsere Schule an und schaffte es mühelos, die Geschichte weiterzuschreiben, vorwärts zu denken und seine Ideen unbeschnitten fortzutreiben, damit sie Junge gebaren und sich also vermehrten. Er heizte der fasziniert folgenden Menge, die seinen rhythmischen Reden wie tanzend lauschte, öfter als an nur einem Abend so gehörig ein, dass ganz Schwindelige glaubten, sie erlägen einem gratis Drogentrip. Sein Ruf eilte ihm schon nach wenigen Monaten weit voraus, denn wo er war, dort war der Mittelpunkt des hiesigen Orkus, er war ihr verkehrter Psychopomp, und aus dem tiefen Grab des Jenseits brachte er sie in die Realität zurück und redete ihnen ihre sie fast schon mumifizierenden Mullbinden weg, dachte mit ihnen aus dem Totenreich heraus und führte sie zurück an die Steuerknüppel. Die grellsten Diskolichter verblichen bei seinen anmaßenden Gedankenspielen, kein noch so rhetorisch geschulter und in vernichtendem Sprücheklopfen bewanderter Lederjackenträger bot ihm die Stirn, Prolos fraß er zum Frühstück, und als Abendmahl reichte er den in Ekstase Zuckenden seinen neusten Shit. Auch wir liebten seine Hetzreden und Schelten, den Aufruf zum Ungehorsam, zur Empörung und fühlten uns gleichzeitig befreit und erleichtert, dass wir so viele Abende nun wie arbeitslos waren und Franz für uns sprach, unser meisterhaftes Sprachrohr, dessen Redekunst und große Belesenheit wir nie erreichten, und wir lechzten nach dem so eigenwilligen Kopf und seinem vollen Mund. Er war ein Showman, jemand, der ständig für die Armen und Schwachen sprach und ihnen geheime und doch so logische Wege zum selbsttätigen Ausbruch wies, jemand, der alle anwesenden Ohren an seine Rede fesselte. Nicht anders war es an seinem letzten großen Auftritt gewesen. Wir hatten diese seine letzte Nacht noch gemeinsam in ausschweifenden Gesprächen verbracht, denn Franz bekam gewöhnlich mehr zu sehen als der Rest und teilte dies stets mit uns, es knisterte dabei vor Aufregung, und wir merkten, dass wir füreinander ideale Partner waren. Verblüffte Gesichter in den zweiten Reihen konnten unsere kühnen Theoriegespanne nicht stoppen, ermutigt von Franzens wohlwollendem Blick und reizendem Lachen, seinem vorgelehnten Oberkörper, der versprach, ganz bei der Sache zu bleiben, dem fast unmerklichen Augenzwinkern, das einen gesicherten Weg und seine unausgesprochene Zuneigung zeigte, all das hielt uns bei ihm, fesselte uns an ihn. Die unverwechselbare Stimme, die ihm immer und überall Gehör verschaffte, war von nachdrücklicher Resonanz und so grundtief angesetzt, dass die Dinge selbst mitzuschwingen gezwungen waren. So auch in dieser Nacht im Dorfgasthaus. Es war eine einmalige Tonlage in seiner Stimme, das Vibrato erfasste den gesamten Körper wie der Stuck die Jugendstilvilla seiner Eltern, der Rhythmus seiner Ausschweifungen war stakkatohaft präzis, die deutliche Aussprache niemals übertrieben, aber jedem professionellen Sprecher immer um Längen voraus. Franz bezahlte immer und überall und für alle, er war aus reichem Haus und konnte sich das ohne Verluste leisten, was auch noch jene Menschen um ihn scharte, die dies nicht seines Wesens und seiner bezwingenden Ausstrahlung wegen getan haben. Seine letzte Nacht war eine besonders ausgelassene, wir hatten alle bereits viel zu viel getrunken, Franz bestellte eine Runde nach der anderen, unsere Gedanken und Vorstellungen gerieten zu einem wunderlichen Ding, das keine Muse brauchte, denn die waren wir uns selbst. Siehe, wie fein und lieblich es war, dass Brüder einträchtig beieinander wohnten, und so schafften wir es, die Abwesenheit der so früh Fortgerissenen nicht zu bemerken. Es war eine durch und durch gelungene Zusammenkunft, eine jener, wie man sie sonst nur aus kitschigen Biografien längst verstorbener Künstler kennt. Eigentlich hassten wir das verkrampfte Verweilen in Gaststätten, wo der Körper so vielen Konventionen unterworfen ist, man sich nicht frei bewegen und der individuellen Physis gerecht werden kann, sondern man genau so sitzen muss wie alle anderen, der unmöglichsten Musik als Hintergrundrauschen wehrlos ausgeliefert, wo der fehlende Kunstverstand von den Wänden und aus allen Möbeln spottete und die eigentliche Kunst zu zerstören drohte, eingeflochten in diese bauwerkliche Hilflosigkeit und Wändescheußlichkeit, und zu Kopfe diese ewig hölzerne Deckenfürchterlichkeit, Allgegenwart absoluter Geschmacklosigkeit. Das hassten wir. Aber wir gingen dennoch hin, um uns dort zu versammeln. Ja wo denn sonst, wenn es draußen zu kalt und nicht Wochenende war, wo wir bei jemandem zuhause feiern konnten, und diesmal war es aus all diesen Gründen. Und wo wir in eine Gaststätte kamen, da sprachen wir zuerst, Friede und Freiheit sei uns in diesem Hause, auf dass uns der hier heimische Unverstand nicht tödlich verwunde. Und es war dann auch niemals so. Wahrlich der Wein machte lose Leute aus uns, ohne hindernde Angst, und wir ließen die uns von Kirche und Schule umgehängten Mäntel im Schrank hängen. Erst kurz bevor die ersten Arbeitswütigen ihren Weg in die Routine antraten, machten wir uns als größere Gruppe auf den Heimweg, die Arme eingehakt, ungezügelt singend oder euphorisch weiter diskutierend und die Themen bis vor unsere Haustüren tragend. Manche fielen anstatt allein diesmal zu zweit in die Betten, andere provozierten schlafende Eltern mit Erbrochenem, das sich würgend in Kübel entlud. Franz war, so erzählte uns später der Wirt, als einer der letzten Gäste kurz nach uns gegangen und hatte als sein letztes

Abendmahl eine frische Flasche Bier mitgenommen. Auch die Stelle, an der Franz auf seinem Heimweg gestürzt und mit geöffnetem Mund direkt auf dem harten Glas gelandet war, konnten die Ermittler nachträglich bezeichnen. Teile der zerbrochenen Flasche hatte der so über uns hinausgewachsene Franz einfach verschluckt, ohne es zu bemerken, und hat sich damit ein letztes Mal noch weiter öffnen können als je zuvor möglich, er hat ein letztes Mal sein Innerstes geöffnet, ganz preisgegeben und ist damit in seinem Schlussakt über sich selbst hinausgewachsen. Und so hat uns auch Franz verlassen, uns im Kampf allein zurückgelassen, einer unserer Führer, unser Franz, dessen Speerspitze sich im entscheidenden Moment gegen ihn selbst gerichtet, ihn kaltblütig aufschnitt und am eigenen Blut ertrinken ließ. Über sein schändliches Maul der Volksverführung war der Tod in ihn gekrochen. Unser Orator, der die verlorene Generation zurück ins Leben führte und den scheinbar Ohnmächtigen neuen Geist einhauchte, war vielleicht zu gefährlich geworden, er wurde ja schon mit Jesus und dem Dalai Lama verglichen und hat so mit seinem Können und in seiner Hohheit zu sehr am Watschenbaum gerüttelt. Langsam aber sicher war durch diesen letzten Tod, des Franz, unser Ort geschwächt. Die Ressourcen an junger Kraft und Offenheit bewegten sich immer schon an der gefährlichen Grenze zum Kippen in Stumpfsinn, Konservatismus und stures Folgeleisten, und mit des Franzens

Tod war ein ganz Großer niedergegangen, einer unserer Bahnbrecher, dessen so leichtfüßig geschlagene Schneise dann auch für uns gangbar war, unser Gott aus dieser Theatermaschine. Das, was Franz hier geleistet, was seine außergewöhnliche Rede vollbracht, hat jeden von uns auf seine Art gezwungen, das Gehen neu zu erlernen, und wer viel lernt, der muss viel leiden, denn wo viel Weisheit ist, da ist auch viel Grämen. Aber wir waren nicht eitel beharrlich, und so lösten wir uns meist schnell von schlechten Angewohnheiten wie dem Grüß Gott oder dem Sie für die Älteren, und die Dorfgesellschaft litt chronisch an Bauchschmerzen und Verstopfung, weil sie unsere Dreistheiten nicht mehr verdauen konnte. Wir wurden durch die Hinwegnahme des Franz zwar schwer und unwiderruflich verwundet, doch dass er uns so gemein und ohne Aufsehen, so seinem Wesen unangemessen und im Vergleich zu des Michaels Tod einfach und platt, nämlich so über alle Maßen hundsordinär entrissen wurde, schürte in einem Ausmaß unsere Wut, unseren inneren Kampfgeist und die niedrigsten Verteidigungsmechanismen, wie das ansonsten nur schwer zu erreichen gewesen wäre, und bestärkte uns in dem Gedanken, unsere Feinde zu lieben und denen wohl zu tun, die uns hassten, denn wir brauchten sie jetzt so dringend wie nie zuvor. Wir brauchten Stärkung von außen, neue Verbündete, eine frisch rekrutierte Anhängerschaft, um in diesem ungerechten Wettkampf, in dem die Karten so ungleich verteilt waren, in dem fiesen Gemetzel noch irgendwie dableiben zu können, um auf diese falsche Waage unser völliges Gewicht zu werfen. Daher taten wir, was auch unsere Widersacher ständig und seit Jahrtausenden tun, und wir bedienten uns ihrer ausgeklügelten Strategie, ihrer meisterhaft vollendeten Taktik, die schon unser Franz perfekter als ihre Urväter beherrscht hatte und dem wir nun schuldig waren, seine Rolle selbst anzunehmen. So stiegen wir auf alle uns zugänglichen Kanzeln, benützten jedes Podest als willkommene Redegelegenheit, missbrauchten wie sie jede private Kommunikation, um unterschwellig Botschaften zu senden und die unschuldigen und ahnungslosen Opfer ins schon halb sinkende Schiff zu holen. Wir erzählten jedem Einzelnen genau das, was er hören wollte, was wir nur zu gut gelernt, und lockten sie, wie man kleine Kinder mit Gummibärchen ködert, läuteten all unsere Glocken, rührten die Trommeln in der Nacht, um alle Bereiten aus ihren Betten zu holen, damit sie sich uns anschlössen, uns verstärkten, mit uns mitliefen, denn ohne sie würden wir untergehen, und ohne uns würden auch sie untergehen und vernichtet werden, jeder Einzelne, und um sie und uns zu erhalten, um uns alle zu erretten, sprachen wir ihnen zu: Wer Ohren hat zu hören, der höre!

VI
simon

Es war uns tatsächlich gelungen, mit viel Glauben und falscher Hoffnung einige Unangepasste oder vom Leben unrettbar Enttäuschte zu überzeugen und als Anhänger zu gewinnen. Mit ihnen war die Motivation erneut entfacht. Wir waren uns sicher, dass wir nun etwas Weltbewegendes tun, dass hier aktiv eingeschritten und umgedacht werden soll und dass wir uns mit dieser durch die Mitglieder neu gewonnenen Kraft nicht fürchten müssen. Vor wem sollte uns auch grauen. Wie übermotivierte Politiker schüttelten wir sehr zur Verblüffung vieler Alter mehr Hände als gewohnt, versuchten, so wie auch unser Franz das meisterhaft getan hatte, zuerst über ihre eigenen Umgangsformen, über ihre Sprache und ihr Sprechen mit ihnen auf Augenhöhe zu gelangen, setzten uns dazu, tranken einen Schnaps, blieben ein bisschen länger, um dann im geeigneten Moment das Gespräch auf Themen zu lenken, die uns ihre Gunst einbrachten, um sie im Schweiße unseres Angesichts voll mitten in die Sache rein unser Brot essen zu lassen. Und wir redeten wie ein Mann mit seinem Freunde redet und holten die Armseligen zu uns, denn es ist doch nicht gut, dass der Mensch allein ist, und so boten wir uns freundlicherweise als Gefährten an. Da hatten ja auch sie etwas davon. Es handelte sich dabei um eine Beziehung, wie sie ansonsten nur Pilz und Moos eingehen, und wir waren überzeugt, als hartnäckige Flechte dem Dorf aus der Misere zu verhelfen, indes wir trotzdem nicht genau wussten, was wir hier taten. Und die Neuen wussten es noch weniger. Sie liefen weiter wie eine aufgeschreckte Schafherde von Hoffart zu Trauerspiel und ließen sich dabei wie vom Schäferhund von uns lenken, denn siehe die Schafe sendeten sich selbst mitten unter die Wölfe, während wir sie aus sicherer Entfernung beobachteten und versuchten, ihr Scheitern verwertbar zu machen. Ja die Symbiose bröckelte, von Anfang an. Aber eine andere Idee fehlte uns einfach. Es schien uns keine Lösung für das Problem in Reichweite, wir griffen ständig ins Leere, ein Ausstieg aus der zum Himmel schreienden Lage nicht möglich. Wir konnten uns des Gedankens nicht erwehren, dass hier ein abscheuliches Spiel mit uns getrieben wurde, dass das eine Probe sei, dass etwas oder jemand uns in ein noch nie da gewesenes Grauen einbaute, uns als Statisten verwendete oder dahinter ein viel größerer und für uns unentschlüsselbarer Plan liege, was uns schlimmer dünkte als ein zufälliges Randomverfahren. Auch die Polizei, die aufgrund fehlender Indizien immer wieder nur von Unfällen sprach, die zwar tragisch, aber natürlich waren, konnte das Geschehen nicht stoppen. Aber irgendwie hatte auch diese einen Verdacht. Nur konnte ihn niemand aussprechen. So gerne die ansässigen Polizisten jemanden verhaftet hätten, sie konnten es freilich nicht. Wen auch. Und sie wurden langsam aber sicher nervös. Immerhin waren auch ihre Zöglinge in Gefahr, denn wer wusste, wer als nächstes dran sein würde, es konnte schließlich jeden treffen. Lediglich die ganz Fundamentalen waren überzeugt, sich nicht im Visier zu befinden, das stellten sie auch bereitwillig dem Rest der gemeinen Gemeinde zur Schau, und sie redeten schon keine Alltagssprache mehr, sondern nur noch in Psalmen und anderen Versen. Und gleichzeitig hatte auch die Presse Geschmack an der seltsamen Akkumulation tödlicher Unfälle gefunden. Einige Artikel in diversen Schmierblättern waren erschienen, doch zur Adventszeit war die Öffentlichkeit weniger an derart jammervollen Auswüchsen von Körperlichkeit interessiert. Die grausigen Todesarten wären zu jeder anderen Jahreszeit ein gefundenes Fressen für sowohl ständig gelangweilte Journalisten als auch für noch gelangweiltere Leser gewesen, aber nicht im Advent, unmöglich zu Weihnachten, das verbot sich von selbst, und deswegen wurde die Berichterstattung auch bald wieder eingestellt. Nur für uns war es noch lange nicht vorbei. Wieder hatten wir die schwärzeste Kleidung zu tragen, schon wieder ein Begräbnis, und Franz erhielt ein noch ansehnlicheres und für die hiesigen Verhältnisse übermäßig pompöses und über die Beerdigungen aller anderen Jugendlichen erhabenes Abschiedszeremoniell. Wir wussten nicht, wie uns geschah, die Ereignisse waren surreal und grotesk in ihrer Häufung. Noch ärger erschien uns die Überheblichkeit der eingeschworenen Alten, die sich auf der einen Seite so über das donnernde Begräbnis des Franz freuten, alle Fahnen hoch hielten, in Tracht im Gleichschritt mitmarschierten und den allerletzten Laientrottel aus seinem Loch pfiffen, um die Musikkapelle nur noch reicher zu bestücken, denn man wollte für das großzügige Zehrungsmahl, von dem sie vom Dorfwirt schon vorher erfahren hatten, auch einiges bieten und den um ihr einziges Kind trauernden Eltern etwas zurückgeben. Doch auf der anderen Seite schimpften sie über Franz, der den Tod verdient haben musste, wenn ihn ein Allmächtiger in diese Serie der mahnenden Schlachtungen aufgenommen hatte, denn das passierte ja schließlich nicht ohne Grund. Die Eltern waren ja auch selbst schuld, sie hatten Franz nie zu etwas gezwungen, ließen ihm die Freiheit zur Konfession und zum Denken, und nun konnte man sehen, wohin das alles führte, denn sie haben sich nicht an gottesfürchtige Leute gehalten. Für uns waren diese Reden keine Neuheit. Das Erschütternde war, dass es uns nicht erschütterte. Und so nahmen wir wie leere Hülsen am Prozedere teil und ließen alles über uns ergehen, waren fertiger denn je in diesen drei Tagen, und auch das Rekrutieren einer neuen Anhängerschaft war uns immer sinnloser vorgekommen und vergangen, denn unsere Augen waren dunkel geworden vor Trauern, und unsere Glieder waren wie ein Schatten. Wir blieben die, die wir waren, und wir ließen sie einfach gehen. Wir versuchten nicht mehr einen für uns alle errettenden Weg zu finden, sondern beließen es einfach dabei. Wir waren mit diesem Entschluss und dem Eingeständnis, hier machtlos zu sein, aber nur weil sie es sein wollten und damit auch uns machtlos machten, an einem Punkt angelangt, an einem so bitteren Gedankenende, dass es uns beinahe zerstob, uns brach, uns fast auseinandergehen ließ, unser Wir schon auslöschte. Was brauchten wir uns jetzt noch, wir konnten uns auch getrost in unsere Betten legen, die Decken über die Köpfe ziehen und einfach darauf warten zu sterben. Jeder einzeln. Und wir waren nicht einmal selbst schuld daran. Wir hatten unsere Hände gewaschen. Nein sie waren schuld an diesem Verderben, sie hatten diesen großen Verlust zu verantworten, weil sie es immer schon gewohnt waren, dass jemand Anderes für sie streitet und sie dabei still waren. Und so hatten sie es verlernt, für sich einzustehen, selbst zu denken, und waren ganz zu Schafen einer Weide geworden. Und nun rissen sie auch uns, ihre einzige Hoffnung auf den richtigen Weg und die Wahrheit, ihre Rettung mit in ihr selbst geschaufeltes Grab. Insgeheim jedoch spürten wir, dass sich hier die Spreu vom Weizen noch trennen werde. Auch wenn wir verzweifelt waren, wenn alles verloren schien, es würde ein ewiges Licht leuchten. Und wenn nicht heute oder morgen, wir mussten uns nur in Warten üben und nicht vorzeitig aufgeben. Doch da kam auch noch der Winter hereingebrochen. Die ersten Schneeflocken waren bereits gefallen, was unsere Not verschärfte, drängte doch der Schnee in die Häuser zurück, in die Einkehr, in die verordnete Besinnlichkeit zu dieser Jahreszeit. Er verschluckte die Geräusche rundherum und verwandelte das Draußen in eine noch dumpfere Härtelandschaft. Erleichternde Gespräche und Debatten, einfach etwas, das uns das Geschehene hätte verarbeiten lassen, gab es wieder nicht. Der Rahmen verweigerte alles Tiefergehende und ließ uns in unserer Verzweiflung allein zurück. Bei Adventskränzen und Vanillekipferln verbot es sich, über diese ekelhaften Unfälle zu sprechen. Der geheiligte Kerzenschein erwies sich als ungeeignet für Psychosachen. Auch wenn der eine oder andere bei Ihr Kinderlein kommet in spastisches Weinen ausbrach, war das noch nicht Anlass genug, um die Vorfälle zu thematisieren, denn das war ein unbegreiflich Werk, was gibt es da noch zu reden, und möchte der Mensch hier eingreifen, dann wird es noch viel schlimmer. Wir alle verharrten und blickten voller Angst jedem neuen Morgen entgegen. Und dass wir jung waren, machte es untragbar. Wir stellten uns die Frage, wer wohl der nächste Tote sein, wann und wo es geschehen werde, mit wem wir möglicherweise die letzten Worte wechseln, wessen Lebensgeschichte schon bald als peinliche Power Point Präsentation an der Kirchenwand gezeigt wird. Das Spekulieren blieb jedoch meist auf halbem Wege stecken. Zu wenig wurde gesprochen, heilsame Treffen verhindert, zu viel gefaltene Hände, gehaltene Goschen. Aber nach Tagen der Finsternis kam unser Wille, unser Mut zurück. Wir ließen uns nicht mehr gehen. Wir hielten fest an uns und erinnerten uns gegenseitig, nächtelang, immer wieder an unsere Stärke, und wir wollten nicht weichen, ehe der Letzte darnieder lag. Wir waren es ja gewohnt, zu Unrecht geschlagen zu werden. So krochen wir heraus aus diesem Sumpf und öffneten die Augen erneut. Und dies Licht schmerzte kurz, aber aus uns kam das Denken. Und wir nahmen allmählich die gewohnte Gestalt an. Das durfte nicht das Ende sein, und wie der Löwe auf den Raub lauert, so war es zuletzt mit dem altbekannten Optimismus. Jetzt erst recht. Die überall sich ausbreitende Freude auf das bevorstehende Weihnachten war uns in dieser Rückkehr keine Hilfe, denn zu viele unserer weitesten Mitglieder suchten ihr Heil im Kreis der Familie und entsagten dem gewohnten Treiben auf Geheiß der Älteren. Zu überreden waren sie schwer bis gar nicht. Das machten sie aber nicht etwa, weil die vielen toten Freunde Anlass zur Abkehr von Maßlosigkeit und jugendlichem Leichtsinn waren, sondern weil man schlicht und einfach Schiss vor Gott, Schiss vor Satan oder Schiss vor wem auch immer hatte, Riesenschiss. Im Advent war es sowieso immer schwer, größere Treffen zu organisieren, da sich die Besitzer der großen Höfe und Stadln aus Gründen der Unangemessenheit nun ganz verweigerten. Und in ihrer übergroßen Angst, ihrem furchtsamen Gehirnfasching war nun die gesamte Gegend toter als die toteste Hose. Diesen Ängstlichen hat sich dann auch unser Simon angeschlossen. Lange genug haben seine Verwandten auf ihn eingeredet, sogar gedroht, ihm ansonsten Liebe und Geld zu entziehen, sollte er noch länger auf diesem die gesamte Sippschaft beschmutzenden Pfad wandeln. Und so tat er es den anderen gleich und redete sich ein, dass die Todesserie ein Fingerzeig sei, eine mahnende Geste an uns in Todsünde lebenden Heranwachsenden, die damit die gesamte Gemeinde in Gefahr brachten. Deshalb entzog er sich uns vollständig, ließ ab von uns und kehrte zurück zu seiner Familie, die er in ganz jungen Jahren verlassen, ihrer Arbeitsmoral und ihren Werten den Rücken gekehrt hatte. Damals waren ihm als Sohn eines Sägewerksbesitzers die Berufswünsche, die die an Traditionen orientierte Familie für ihren Erstgeborenen zurechtgelegt hatte, als Beschneidung seiner geistigen Möglichkeiten erschienen, denn was sollte er in einem Sägewerk, das er nach genuiner Abfolge übernehmen und leiten sollte, versauern und sein eigentliches Potential verkümmern lassen. So bestand er darauf, die Schule und später ein Studium absolvieren und mindestens ein Instrument lernen zu dürfen, denn ansonsten würde er den Betrieb nicht übernehmen. Und widerwillig willigte die Familie ein. Im selben Atemzug wurde er einer von uns, schloss sich uns an, war von der ersten Stunde an immer dabei, lernte mit uns zu denken, Fragen zu stellen und sich zu trauen, die eigenen Bedürfnisse zu leben. Und er formte seinen Geist nach seinen Vorstellungen und machte sich ein Leben, das nichts auf später verschob. Und er erkannte früh sein unbestechliches Talent im Denken, im Theoretischen und in der Musik, was ihm zu Alpha und Omega wurde. In seinem Kopf wich die gewohnte Buchstabenschrift dem musikalischen Notensystem. Er hatte den Mut, sein Geometriebedürfnis mit seinem Musikverständnis zu verbinden, und sein Gesellschaftsverzicht unterstützte ihn im Schaffen großartiger Werke. Die brachte er dann sogar zahlreich zur Uraufführung. Da kamen Gleichgesinnte aus den angrenzenden Dörfern, es gab Proben und viel Neues. Und er benützte die Akustik längst vergessener Heuschober oder Steinbrüche für seine Zwecke. Seine Musik, die auf unerhörte Weise Hohes und Niedriges verband, die Alles und Nichts war, hatte sogar aus den Städten ein Echo provoziert. Und schon kamen sie von Weiter her, um des Simons enorme Kompositionen zu hören, und immer mehr kamen, um sich unter der gewaltigen Hand des Simon zu demütigen, damit er sie erhöhe zu seiner Zeit. Und Lokalzeitungen musste er Interviews geben und sich als Wunderkind bezeichnen lassen, einen modernen Erneuerer, und immer wieder gab es welche, die im Rausch der Erregung während der Konzerte ausriefen, Die Musik selbst ist wahrhaftig auferstanden und Simon erschienen. So war Simon in kurzer Zeit zum Märtyrer geworden, denn die eingesessenen Einheimischen verdammten seine Kompositionen, seine Teufelsmusik, sein anmaßendes Werk, denn wer so mit den Stilformen der alten Meister und den Geschenken der Musikgeschichte umgeht, der muss schlichtweg ein Soldat Satans sein oder zumindest einer grauenhaften Geschmacksverwirrung unterliegen. Denn seine Musik war wie ein Apfel, der nach Schweinsbraten schmeckte. Sie war eine Täuschung, ein Manöver der übergroßen Art, etwas, das immer schon viel versprach, aber dann noch mehr einlöste, als jemals zu erahnen war, eine Erwartungszerstörung auf feinste Weise. Und wo einer seiner Taktwechsel das Feld wie eine Horde Pferde gesetzlos zertrampelte, die Reiter in großen Haufen von Ferne daherzogen, als flögen sie wie die Adler eilen zum Aas, genau dort pflanzte er wenig später seine eigenen jungen Vorstellungen in die kahle Erde. Wir waren nun immer und überall als strategische Rückendeckung unseres Tondichters aufgestellt, denn groß waren die Werke des Simon, und wer ihrer achtete, der hatte eitel Lust daran. So auch wir. Und unsere Kunst, die wir zum Überleben in diesen Breiten mehr noch als den Sauerstoff brauchten, ließen wir uns von den ansässigen Hottentotten nicht vermiesen. Sein überwältigendes Genie konnte er jedoch nicht lange leben, denn als Simon neben des Michaels Bruder am Zug rüttelte und vom verschlingenden Rufen seines Schulkollegen niedergestoßen wurde, da stand er nicht mehr auf. Und obwohl er bei sich dachte, Also ists geschrieben, und also musste ich leiden und werde auferstehen von den Toten am dritten Tage, und wurden seine Wünsche ansonsten auch immer wahr, so war es dann einfach nicht so. Die Auferstehung kam und kam nicht. Und er dachte bei sich, dass es doch das Furchtbarste sei, ein Mensch zu sein. Seine Ohren waren zu sensibel, zu erhaben, um des Michaels vernichtendes Schreien zu ertragen, sein elegantes Denken, seine fragile Gefühlswelt zu kunsthaft zart, um nicht im unrettbaren Ich zu vergehen. Oder zu zerlaufen. Oder wie ein Porzellankätzchen einfach aus dem vierzigsten Stock geworfen zu werden. Die wenigen Tage, die er nach des Michaels Tod noch zur Schule ging, waren eine Qual, und dass er nun alleine an einem Tisch zu sitzen hatte, da sein Banknachbar nicht mehr war, zerstörte ihn restlos. Und so wurde er hingeschlagen, mit einem einzigen Hieb niedergedroschen, auf dass er nackt zu Boden ging und sein Leid ihm alle Kenntnisse, alles Geschick, seine Musik schlagartig ausfahren ließ. Wie ein Opossum verharrte er in einer Totenstarre, die Welt hatte plötzlich keine Töne mehr und war ihm lautlos geworden. Der gebrochene Simon versuchte nun doch, es seinem Vater gleichzutun und im Familienbetrieb Fuß zu fassen. Die von den Eltern nie unterstützte Schullaufbahn, denn schau, wofür braucht er überhaupt die Schule, wenn er sowieso das Werk übernehmen wird, gab er gänzlich auf. Auch weil es ihm seither verhasst war, den Zug zur Stadt zu benützen. So blieb er einfach dort, wo er hingeboren wurde, was seiner

Familie große Freude und ihm augenblicklich eine Taschengelderhöhung und einen neuen Fernseher bescherte, denn mein Kind, gehorche der Zucht deines Vaters und verlass nicht das Gebot deiner Mutter, so wird es dir letztlich wohl ergehen. Ihn persönlich bekam man seither nicht mehr zu Gesicht, das Sägewerk hatte ihn vollständig vereinnahmt, so kam es auch, dass wir Simon nie mehr lebend wiedersahen, unseren selig machenden Tonschöpfer, den Führer alles Hörbaren, denn folgender schwere Unfall hatte sich im Sägewerk, als Stunde seines Todes, ereignet: An einem kalten Wintermorgen war Simon, ein starker Raucher, nach seinem ersten Rundgang vor das hintere Tor der Haupthalle getreten. Das Rauschen vom dort steil abstürzenden Gebirgsbach war ihm das Geräusch von Heimat und Zuhause, von feiner Geborgenheit, da er als Baby und später als kleines Kind in seinem Wagen immer vor dieses Tor gestellt wurde, um dort ungestört seinen Mittagsschlaf zu halten. Es beruhigte ihn dieses Rauschen so sehr, dass er wie ein pawlowscher Hund ständig gähnen musste und sich zufrieden die Hände rieb. So sich selig am richtigen Ort wissend, hat er seine Zigarettenschachtel aus dem Blaumann gezogen und den hellen Rauch fest durch seinen Körper fahren lassen, den Blick in die Ferne gerichtet und den Bäumen bis in die Wipfel folgend. Doch er warf die Zigarette nach nur zwei Zügen auf den Boden und trat sie kurz wedelnd aus. Im Hof war eine Holzlieferung früher eingetroffen als erwartet, und die junge Fahrerin des Wagens war Simon schon vor einigen Tagen aufgefallen. Er wollte durch sein Rauchen, dieses Laster, seinen schon hart erschundenen Eindruck nicht verspielen. Darum lief er nun mit festen Schritten über den leicht mit Schnee bedeckten Asphalt direkt zum Lastwagen hin. Er sah, dass sie eben schwungvoll ausgestiegen war, und nutzte sofort die Gunst der Stunde, wollte ein paar Worte wechseln, bemerkte wieder ihre so speziell geformten Augen und ihren unverhältnismäßig großen Mund, und er bat sie schließlich in sein Büro, um Formalitäten zu klären und einiges andere Vorgegebene, um sie und ihren Mund noch länger ansehen zu können. Er schickte sie vor, da er noch, bedingt durch seine Nervosität, im Maschinenraum der Hauptsäge eine straff gezogene Zigarette rauchen wollte. Das sagte er ihr natürlich nicht. Das Nikotin sollte ihn etwas beruhigen und das Gespräch mit ihr in eine persönlichere Richtung laufen lassen, vielleicht würde sie ja Gefallen an seiner hohen Position finden und ausgleichend dazu den Altersunterschied ignorieren. Als sie dann fast eine Stunde in Erwartung umschmeichelnd anrüchigen Geplänkels zuerst frohgemut, dann immer genervter im Büro auf ihn gewartet hatte, ließ sie nach ihm schicken. Und als er auf dem gesamten Gelände nicht auffindbar war, einige Kollegen aber wussten, dass er bei Zeiten auch den Maschinenraum der zentral gelegenen Hauptsäge als schnelle Rauchgelegenheit benützte, suchten sie ihn dort und fanden ihn nicht, dafür aber unterhalb der großen Hauptsäge selbst, und das Blut bahnte sich bereits seinen Weg am Boden unter der dreckigen Abdeckung hervor und verquoll mit den Sägespänen am grauen Asphaltboden zu einem dicklichen Brei. Die Säge war von Haut und Fleischteilen behangen, während sein Körper, von der Sägemaschine sorgfältig zerstückelt, am unteren Ende des Holzauswurfes liegend ruhte und wie ein Haufen Holz auf Schlichtung wartete. Die Ermittlung der Polizei hat dann ergeben, dass Simon tatsächlich im Maschinenraum geraucht hatte, seine Zigarette aber durch eine schmale Öffnung am Boden gefallen sein musste. Zwar hatte er versucht, durch seine große Kraft und durch seinen ausgestreckten Arm, kein Ding war ihm unmöglich, die nicht fix verankerten Bodenverschläge zu entfernen und die Zigarette zu erwischen. Dann war er aber in Panik, einen großen Brand auszulösen, zur Hauptsäge geeilt, um diese von der gegenüberliegenden und doch zu weit vom Ausknopf entfernten Seite abzustellen, dabei von der Säge erfasst und zuerst geradlinig enthauptet und in der Folge gesamtkörperlich in regelmäßige und scheitartig dünne Scheiben vollständig zerschnitten worden. So haben es die Sägewerksarbeiter später beim Dorfwirt erzählt. Ihn hat das mit Eisenhaken versehene Förderband an der Kleidung zu fassen bekommen und schon im nächsten Augenblick mit dem großen Schneideblatt enthauptet. Also hat er, wie die

Arbeiter behaupteten, zumindest keine große Todesangst ausstehen müssen, sondern ist vielmehr fast hinterhältig geköpft worden. Eigentlich ein schöner Tod, wie seine Kollegen mit gesenktem Haupt, tief ins Glas blickend, sich Mut zusprachen, weil sie ja weiter jeden Tag an dieser Säge zu arbeiten hatten. So hat die Säge mit ihrer Dekapitation entschieden, wo des Simons Kopf hingehörte, nämlich hierher, an diesen konkreten Ort, ins Sägewerk. Und auch noch viel näher an seinen Körper heran. Zu weit weg waren seine Gedanken von seinen realen Möglichkeiten, und zu weit weg war er mit seinem Wünschen und Hoffen auf eine Karriere irgendwo außerhalb, vielleicht als ein alle Schüler zu Jubelgeschrei maieutisierender Musiklehrer, oder als Ästhet an einer Hochschule, was er da immer daherphantasiert hat. Und so hat die Säge seinen Kopf dorthin zurückgebracht, wo er eigentlich zu sein hatte. Der lag nun in einem Fleischhaufen, einem gut durchmischten Berg aus Körperteilen seiner selbst, denn die Arbeit mit dem Körper, das Handwerkliche, lag bei ihm in der Familie, und dem sollte er sich annehmen. So und nicht anders hatte es zu sein. Darum war es ja auch so. Die wartende Lastwagenfahrerin hat in der Zeit, da das gesamte Sägewerk des Simons Ende betrachten kam, vor dem hinteren Tor für ihren großen Mund eine Beruhigungszigarette gebraucht, und sich auch kurz über die ungerauchte Tschik auf dem hier schneefreien Asphalt gewundert.

VI
thomas

Es dünkte uns, dass ein starker Engel einen Stein groß wie ein Mühlstein aufhob, ihn auf unsere Gemeinde warf und sprach, Also wird mit einem großen Sturm verworfen die elende Gesellschaft an diesem Ort und nicht mehr gefunden werden, und mit den Jungen hat er anscheinend angefangen, tot waren ihrer bereits fünf. Und wir tüftelten nach wie vor an einer Lösung, die uns alle erretten sollte, weil hier und jetzt Gewalt geschah, und wir erkannten, dass wir die einzigen dazu Fähigen waren, denn ihr geistiger Reichtum ist ihnen schon lange verfaulet, und ihre Kleider sind unübersehbar mottenfräßig geworden. Doch sie sahen es nicht. Des Simons Einäscherung und Urnenbeisetzung war ohne nennenswerte Vorkommnisse noch vor den Feiertagen vonstatten gegangen, so seine Angehörigen, die es schwer bercuten, Simon in das Sägewerk zurückgeholt zu haben, denn nun standen sie in der Öffentlichkeit als die Schuldigen an ihres Sohnes Tod da. Darum redete der gesamte Ort schon hinter oder auch vor vorgehaltener Hand über die Familie, die aus übertriebenem Traditionsbewusstsein, weil sie den Betrieb unbedingt dem ältesten Sohn übergeben wollte, auf dem Gewissen hatte, und die Dorftrutschen sprachen sogar schon vom so musikalischen und begabten Simon, den man besser in die Konzerthäuser dieser Erde geschickt hätte, als ihn im Sägewerk in sein Verderben laufen zu lassen. Und da und dort waren Witze wie Wo gehobelt wird, da fallen Späne oder

Die haben halt am eigenen Ast gesägt zu hören. Es waren dies die immer gleich lässigen Aufschneider, die nichts gerade aussprechen konnten, weil man das hier nicht so machte. Es waren die, die zu kommunizieren nur im viel zu auffällig billigen Spaß fähig waren. So auch heute. Wir überhörten das Meiste, waren die Erlebnisse doch zu niederschmetternd, um sich überhaupt auf Debatten oder Streitereien über so ganz Grundlegendes, über ein Sprechen selbst einzulassen. Der Weg in die Verschlossenheit galt uns als günstiger, weil ohne Steine, denn langsam aber sicher erschien uns Reden als das völlig Falsche, denn jene, die hier aufmüpfig und vor Publikum aufgetreten waren, wurden sichtlich hinweggerafft, einem Erdboden gleich gemacht, flugs eliminiert. Wer es dennoch tat, war selbst schuld. Die Tatsache, dass wir von der Ortsgemeinschaft diesmal nicht als satanisch Verführende dargestellt wurden, nahm diesem Unfall ein Stück weit die Schwere. Und obwohl wir ganz sicher wussten, auch für keinen anderen Tod unserer Genossen oder Freunde in irgendeiner Form verantwortlich zu sein, hatten sie es uns schon so lange und intensiv eingeredet, so direkt auf die Stirn geheftet, dass wir es beinahe glaubten. Doch ihnen war diese Verschiebung bezüglich einer Schuld gar nicht aufgefallen, sie riefen ihre Parolen am täglichen Weg zwischen Bäcker und Bank. Und während die Mütter mit Festtagsputzereien beschäftigt waren oder das beste Fleisch für das große Mahl besorgten, um sich nur ja nicht von der geladenen Verwandtschaft nachsagen lassen zu müssen, man habe beim Essen dieses Jahr aber schon gespart, während sie die Häuser tagelang herausputzten, um dann für zwei Feiertage den Nörgelein der ganz Alten standhalten zu können, während sie den Baum besonders prachtvoll aufputzten, um der einen oder anderen Großmutter zu zeigen, dass man heute in viel besseren Zeiten lebte als damals und man sich das leisten könne, konnte es das große Zittern um die eigenen Früchte des Leibes nicht bremsen. Daher strengten sie sich bei allem besonders an. Mehr Mühe als sonst gaben sich die helfenden Hände auch beim Schmücken der festlichen Weihnachtskirche, denn die Tode ihrer Kinder sollten die Ankunft des Heilands nicht überschatten. Viel mehr noch sollten dadurch die Menschen zur Umkehr und Einkehr bewogen und zur Wahrheit zurückgeführt werden. Einer dieser eingeschworenen Gutdünker war Thomas, der mit der Organisation des kirchlichen Festschmucks betraut wurde, und er war sich ganz sicher, dass er zu etwas weit Höherem bestimmt war. Er war seit Kurzem keiner mehr von uns, sondern war als ungläubiger Thomas von uns abgekommen. Aus Angst, die Älteren, die Anschaffer, würden ihm ansonsten seine so hart erarbeitete Macht wieder entziehen, die ja ohnehin nichts anderes war als eine Bremsspur in der Unterhose, war er demütig ganz bis zu seinem Ausgangspunkt zurückgekehrt, denn er hatte jetzt Lust zum Gesetz des Herrn und redete von seinem Gesetz Tag und Nacht. Unsere Ansichten waren ihm seither fremd, wichtig war ihm nun das Gefühl des Zusammenhaltes mit den Obersten im Ort. Wir hatten ihn daher als Herrn Karl beschimpft, er wiederum festigte seinen Standpunkt, indem er uns und unseren Drang zur Kritik an einem schrankenlosen Bedürfnis nach Modernität festmachte. So auch am Weihnachtstag, als wir uns am frühen Nachmittag beim Kirchenwirt eingefunden hatten, um uns dort alle Jahre wieder gemeinschaftlich auf die bevorstehenden Tage vorzubereiten und uns die Angst wegzutrinken, wegzurauchen, auszusprechen. Auch Thomas war kurz Teil unserer Runde, seinen Unmut über unsere abschätzigen Reden das Weihnachtsfest betreffend ließ er uns unmissverständlich spüren, dass wir den Sinn des Festes nicht erfassen könnten, denn in unserer Negativität und Abgehobenheit könnten wir uns nicht an der Geburt des Heilandes erfreuen, obwohl es unser aller höchstes Fest ist, und das Bewährte und seit Jahrhunderten Bestehende einfach klein zu reden, das würde unserer Mittelmäßigkeit sicher einen Funken Auftrieb geben. Er war ganz außer sich, beleidigt und schämte sich für uns, obwohl er doch in den Jahren davor an diesem Tag bei uns zu sitzen pflegte, um sich gleichermaßen über die Scheinheiligkeit und Oberflächlichkeit unserer Familien und der gesamten Ortsgemeinschaft auszulassen. Wir bezeichneten ihn ohne große Gemütsregung als Überläufer, und dass uns dieses Prinzip ja schon bekannt sei, einige sagten auch Stockholmsyndrom dazu. Thomas hatte nach seiner aufbrausenden Rede fluchtartig das Gasthaus verlassen und war zur Kirche hinüber gelaufen, und wir hatten ja im Moment andere Probleme am Hals, nämlich das Weihnachtsfest selbst. So sahen wir uns alle mitfühlend in die Augen, manche drückten sich die Hände oder rieben sich den Rücken, ein Schnaps nach dem anderen spülte sich seine Bahn durch unsere Körper und brachte so die Wärme in uns zurück, die uns die Leute hier so ausgetrieben hatten. Eine Zigarette nach der anderen fand ihren Weg an unsere Lippen, denn der Nikotingehalt in unseren Blutbahnen sollte die größtmögliche Sättigung erreichen, um die so nahen Feierlichkeiten zu überdauern und uns innere Stärke zu geben. Und als wir kurze Zeit später aus den Wirtshausfenstern zur Kirche hinüber schauten, weil wir lautes Kindergeschrei von dort vernahmen, da wussten wir, dass es der nächste Tote sein musste und dass dieses schändliche Spiel uns nicht einmal am per se schon so anstrengenden Weihnachtstag verschonte. Fahrig sprangen wir vom Tisch auf und liefen ins Freie, mit riesigen Sätzen über den Platz hinüber zum Seiteneingang der Kirche, wo wir die Tür aufrissen und dann ins Innere pirschten, wissend, dass das dort Auffindbare sicher kein Anblick für schwache Gemüter sein werde. Langsam bahnten wir uns den Weg durch die Masse verstört kreischender Kinder und Erwachsenen, die aus den Bankreihen aufgesprungen waren und aus der eben begonnenen weihnachtlichen Kindermette nach hinten zum Ausgang drängten, die jüngeren Kinder wurden auf den Armen getragen, manchen die Augen mit der Hand zugehalten, die älteren liefen daneben mit offen wallenden Mänteln einher, immer wieder nach hinten schielend und nach potentiellen Feinden Ausschau haltend. Obwohl wir nicht wussten, wohin wir unsere Blicke richten sollten und wo sich das Furchtbare ereignet hatte, fanden wir instinktiv unseren Weg, nämlich entgegen der flüchtenden Masse. So drängten wir uns durch, und als wir schon fast den Hauptaltar erreicht hatten, wurde es langsam still im heiligen Gebäude, das Flüchten war zu einem Ende gekommen, die Halle bis auf uns leer, und dann sahen wir auch den Grund für den vorzeitigen Schluss der diesjährigen Kindermesse: Wir erblickten im rechten Seitenschiff vor dem kleinen Altar den Körper des Thomas, wie er vornübergebeugt im großen Taufkessel hing, die schwere Steinplatte auf seinen Oberkörper gedrückt, die Beine und Arme seitlich reglos herabhängend, der schlappe Körper dem schweren Steinmassiv völlig ausgeliefert. Er war, wie die Polizei uns allen wenig später mitteilte, im Weihwasser ertrunken, als ihn der Steindeckel des Kessels schwer auf den Hinterkopf getroffen und in der Folge ins Wasser gedrückt hatte. Wäre er nicht unmittelbar bewusstlos ins heilige Nass gesunken, hätte er vermutlich die Platte einfach aufdrücken können, so war er in seinem Taufkessel, dem Ort seiner eigenen Zwangskatholisierung, wie er sich in ganz jung rebellischen Jahren oft selbst auszudrücken wagte, niedergedrückt und hinweggerafft worden, an einem Zuviel von Weihe und Wasser erstickt, und hat damit den Taufkessel tatsächlich für alle Zeit unbetaufbar gemacht. Das war der atemberaubende Abgang des Thomas, des Ungläubigen, von dem der Pfarrer, der hysterisch betend die Sakristei aufgesucht hatte, am späteren Abend in der Messe, als der Leichnam bereits abtransportiert war, als dem großen Jünger, dem neuen Glaubenden sprach, der ungerechterweise von einem Satan in seinen üblen Streich gezogen wurde, den Gott, der heilige Vater, leider nicht mehr hatte erretten können. Scheiße was hatte er überhaupt mit dem Taufkessel zu tun am Weihnachtstag, und wir gingen davon aus, dass er Weihwasser von dort abzapfen wollte, um es im Ort zu verchecken, weil die ganz Alten oft nicht mehr imstande waren, die Kirche persönlich aufzusuchen, und so bekreuzigten sie ihre Angehörigen zuhause damit und Thomas verdiente sich ein kleines Körberlgeld. Zwei kleine und noch leere Plastikfläschchen am Fuße des Kessels deuteten gleichermaßen darauf hin, während wir uns zu fragen begannen, wessen Werk diese Tötung, des Thomas feierliche Ersäufung gewesen sein konnte und was wir nun glauben sollten, und auch wir hatten uns kurzzeitig fangen lassen vom ewigen Deutungsverlangen der Menschheit, denn Alles musste einen Grund haben, einem göttlichen Plan, einem teuflischen Spiel unterliegen, einer universellen Ordnung gehorchen, eine wissenschaftlich erfassbare Struktur erkennen lassen, denn das ist ein Gesetz, vom Menschen ohne Widerrede anzuerkennen, ansonsten er am Mittag wird tappen wie ein Blinder im Dunkeln, und wird auf seinem Wege kein Glück haben, wird Gewalt und Unrecht leiden müssen sein Leben lang, und niemand wird ihm helfen, denn die Glaublosigkeit ist ein verzehrendes Feuer und ein eifriger Gott, also nimm dich in Acht und glaube gefälligst etwas, andernfalls wird der Herr dich schlagen mit bösen Drüsen an den Knien und Waden, dass du nicht kannst geheilt werden, von den Fußsohlen an bis auf den Scheitel. Und es war uns ein Widerliches, diesen Gedanken fertig denken zu müssen, der uns in einem weiteren Schritt bedeutete, dass wir hier nun, welcher Macht auch immer, völlig schutzlos ausgeliefert waren und unsere durchschnittliche Lebenserwartung als junge Menschen an diesem Ort in den letzten Wochen mehr als rapide gesunken war.

VII
Jakob

Irgendwie machte sich auch bei uns das Gefühl breit, dass das Töten nun ein Ende haben müsse, dass es nun genug sei, dass hier jemand seinen Spaß hatte, der aber nun abgelutscht und fad ad acta gelegt werden konnte. Was könnte jetzt auch noch Erschreckenderes kommen als das Ende des Thomas. Alle waren sich sicher, dass die Unfälle jetzt enden mussten, war doch die Verbindung zum Bösen über die Zahl sechs offensichtlich, was der Pfarrer in der folgenden Trauermesse unzählige Male betonte. Und gleichzeitig versuchte er ein Abbrechen der Todesserie herbeizubeschwören und dies Böse mit den stärksten Mitgliedern der Gemeinde sofort und direkt an den Unfallorten intensiv wegzubeten. Ein Zug von Zuschauern und Mitbetenden, Betroffenen oder Schaulustigen hatte sich am selben Tag noch, am Abend des vierundzwanzigsten Dezembers, mit Laternen und Fackeln zu einem nächtlichen Marsch eingefunden, bei dem man alle Unfallorte chronologisch abschritt. Wie eine kollektive Läuterung muteten die wimmernden Weinlaute der Masse an, das Leid am Kreuzweg war vielen als Vergleich zur Hand. Wie ein nächtlicher Streifzug des Ku Klux Klan mitsamt dem überdimensionalen brennenden Kreuz, das auch sie schützend und warnend vor sich hertrugen, wand sich die Menschenschar wie eine glitzernde Schlange durch die sternenklare Raunacht, und so sie die Sünde wie eine stechende Schlange flohen, wurden sie selbst zu einer, krochen von Hügel zu Hügel. Da sie den Zaun zerrissen glaubten, gingen sie vom schwarzen Eisenkreuz an der Bachbrücke zum alten Feierstadl, zum Bahnhof weiter, zur weihnachtlich dekorierten Villa, zum Sägewerk am Rande des Waldes und final zur Kirche zurück. Sie brachten Weihwasser und Gebete. So stapften sie durch den Schnee. Denn der Satanas war ausgegangen, um zu verführen die Heiden, die bereits zu Sechsen in seine Falle geraten waren. So sagten sie es. Doch nun war es vorbei, weil sie stärker waren. So glaubten sie, und sie schliefen in dieser Nacht ruhiger. Doch wir trafen uns gleich am nächsten Vormittag, am fünfundzwanzigsten Dezember, beim Dorfwirt, und das ganz entgegen aller weihnachtlichen Familienregeln. Wir versammelten uns, um eine Exitstrategie zu entwerfen, einen Plan, der uns in einem Mindestmaß unsere Selbstbestimmung erhalten sollte, einen Spezialentwurf, der sich gegen die Willkür einer höheren Gerechtigkeit oder eines satanischen Dämons zu richten getraute: Wir planten, im Falle des äußersten Falles, also sollte noch einer aus unserer Mitte gerissen werden, unser aller Schicksal selbst in die Hände zu nehmen und uns freiwillig und eigenmächtig, ohne Fremdeinwirkung oder göttliche Bestimmung, vollends gegen das Handwerk eines niederträchtigen Höllenwesens, ganz in unserem eigenen Sinn und nur aus freiesten Stücken das Leben zu nehmen, um diesem Werk da ein Schnäppchen zu schlagen, um uns zu emanzipieren aus der totalen Unterdrückung und Erniedrigung, um schlussendlich den universellen Plan lächelnd zu durchkreuzen und das Spiel doch noch, als grandiosen Retourschneider, süffisantest zu gewinnen. Das besprachen wir alles bei hochprozentigen Getränken und Qualm, teilten die für unsere Selbstauslöschung benötigten Utensilien auf alle auf, wer welche starken Seile vom Kälberziehen zu Hause hatte, um sie zu Goiserer Krawatten umzufunktionieren, wer leere Rucksäcke zum späteren Befüllen mit Steinen, um das eigene Körpergewicht zu vergrößern und die Wahrscheinlichkeit eines sofortigen Genickbruches zu erhöhen, mitbringen würde, wer die stabilsten Tramdecken in den Stadeln hätte, wo eine derart große Menge gleichzeitig Gehängter genügend Platz finden könnte, wie der zeitliche Ablauf aussehen werde, und natürlich auch, wann unser selbstgewählter Tod stattfinden sollte, und wir beschlossen, ruhig abzuwarten und uns letztlich bei Eintreten eines erneuten Unfalles sofort am gewählten Ort mit allen Behelfen einzufinden und uns dort das Leben zu nehmen. Und siehe, das war unser Plan, unsere so lange gesuchte und so sehr herbeigesehnte Lösung, unser Heil, und wir waren sicher und fürchteten uns nicht mehr, denn das war unsere Stärke, unser Joker, was uns unmittelbar in einen Zustand der äußersten Ruhe versetzte, es fühlte sich an, als wären wir die letzten Wochen ständig angepisst worden, und nun konnten wir endlich zurückpissen. Insgeheim hofften wir, dass das nie zur Ausführung gelangen musste, auch aus Rücksicht auf diejenigen, die diese Masse an Menschen von den Stricken schneiden mussten, denn wir konnten uns schon ausmalen, wie wir da alle hängend aussehen würden, vielleicht schon bestialisch stinkend, weil sie uns nicht gleich hatten finden können, der Verwesung schon näher als dem einstigen Leben, und der Boden wird von so viel Urin ganz eingeweicht sein, und man wird die Holzdecke unter unserer großen Last viel lauter als sonst knarren hören, und es könnte sein, dass sie zuvor intensiv weihräuchern müssen unter unseren Füßen, bevor sie sich überhaupt trauen, die Leichname abzunehmen. So wird das sein. Und nach einigen Stunden, in denen wir alle das wichtige Mittagessen mit vielen oft von weit her angereisten Verwandten verpasst hatten, gingen wir mit starken Schritten wieder auseinander, in einer Verbundenheit, alle einem gemeinsamen Ziel folgend. Unsere Wege führten durch einen dichter werdenden Schneesturm in die zerrütteten Zustände nachhause, wo wir kurze oder längere Schimpftiraden über uns ergehen lassen, ohne Hunger die Überreste des Feieressens in uns hineinwürgen mussten, dem einen oder anderen noch sitzengebliebenen Trottel die Hand schütteln und ihn nach seinem sinnlosen Wohlbefinden fragen, während die erzürnte Mutter mit erhobener Hand im Hintergrund alles bewachte und der Vater schon jetzt seinen Rausch auf der Ofenbank ausschlafen musste, um dann am frühen Abend wieder in die Kirche mitgeschleppt zu werden, wo am Kirchenvorplatz eine große Überraschung auf uns alle wartete: Ein verkohlter Leichnam lag da im Schnee, im Mittelpunkt einer kreisrunden Schneeeinbuchtung, verursacht durch unmenschliche Hitzeeinwirkung. Das war der tote Körper Jakobs, der nach einer ausfälligen Streiterei, ja einem körperlichen Kampf mit dem Pfarrer wutentbrannt das Pfarrhaus verlassen und trotz des Schneesturms, in dessen Zentrum auch ein seltenes Wintergewitter aufgezogen war, über den Pfarrplatz gelaufen und vom Blitz tödlich getroffen worden war. Sein schmerzverzerrt offener Mund schien aus der Mulde heraus gen Himmel zu rufen und das Geschehene zu verurteilen, sich ein letztes Mal rechtfertigend und darauf bestehend, im Recht zu sein, der rechte Arm war grußhaft nach oben gerichtet und in seiner verkrampften Hand hielt er einen hohen und würdevoll schmuckhaften Kerzenhalter, den er der Kirche vor wenigen Wochen gespendet und den er nach dem Streit mit dem Pfarrer entrüstet zornig wieder mitgenommen, sein Geschenk also zurückgezogen hatte, an seiner Spende war er gestorben, von seiner Gabe getötet, da der Blitz ihn genau darüber erwischt und hingerichtet hatte. Sprachlos standen wir vor dem Verunglückten, keine Schreie sind dem Publikum entfahren, kein entsetztes Abwenden des Blickes, sondern einfach bloßes Starren auf den toten Körper, auf Jakob, den

Donnersohn, ein Freund der ersten Stunde, ein überall gut integriertes Gemeindemitglied, Fußballspieler, Freiwillige Feuerwehr, Eisstockschießen, Jäger, Kegelturniergewinner, Teilnehmer an allen Gemeindeskiausflügen, Lehre in der Dorfbank als ordentlicher Bankangestellter, fleißiger Mitarbeiter bei der Ausschank an Zeltfesten im Ort, jeden Sonntag in der dritten oder vierten Reihe im Gottesdienst, mit oder ohne Kater und immer in ordentlicher Tracht, zumindest im Janker, jedoch seit einigen Wochen ein zu kritischer Anhänger. Er konnte des Pfarrers dogmatisches Reden nicht akzeptieren, da dieser über so jung verstorbene Gemeindemitglieder, noch dazu auf deren Beerdigungen, auf diese unehrenhafte Weise subtil, aber doch merkbar abschätzig gesprochen hatte. Und nun standen wir alle vor dem Retter der Totenehre, der nun selbst einen Erhalter seiner Würde brauchte, der in Sekundenschnelle die Farbe von Haut und Haar wechseln musste, nachdem sein ehrbares Verhalten die Anhängerschaft beinahe gespalten hatte. Der ordentliche Jakob hatte dem Prediger unzählige Male gedroht, ihn daran erinnert, dass dessen Trotz und seines Herzens Hochmut ihn betrogen haben mussten, er in Felsenklüften wohne und hohe Gebirge innehatte, und wenngleich er sein Nest so hoch gebaut hatte wie der Adler, Jakob versprach, ihn dennoch von dort herunterzustürzen, und dass so ein Pfarrersnarr einsichtig wird, ist ja so selten wie ein Arschloch im Gesicht. So war es nun gekommen, dass der weithin bekannte Torschützenmeister gekämpft, aber den Kürzeren hat ziehen müssen. Die Furcht des Jakob hasste das Arge, die Hoffart, den Hochmut und bösen Weg, und er war Feind dem verkehrten Mund, so musste der hetzende Pfarrer unweigerlich sein Kontrahent sein, und wer zugrunde gehen soll, der wird zuvor stolz, denn Hochmut kommt vor dem Fall, und fallen oder gefällt werden musste der daher, schleunigst und ohne Gnade, nur waren dann die Würfel anders gefallen, als der erfolgsverwöhnte Jakob erwartet, und sein Zugrundegehen im Ringkampf mit dem Engel Gottes war die logische Konsequenz, denn wer das Schwert nimmt, und schaut er auch noch so gut aus dabei, der soll durchs Schwert umkommen. Schnee bedeckte Teile des verbrannten Körpers, weil der Sturm noch ein letztes Mal über Jakob hinweggezogen war, die starken Kontraste ließen ihn wie einen gefallenen, schon morschen schwarzbraunen Baum erscheinen, natürlicher konnte ein Körper wohl nicht in seiner Umgebung aufgehen. Dennoch hob er sich derart stark vom Hintergrund ab, dass man glauben mochte, er schwebe der überwältigt stierenden Menschenansammlung ganz langsam entgegen. Erschrocken von dieser optischen Täuschung wichen einige zurück, und viele hatten wohl gewünscht, dass die erst kürzlich angebrachten Straßenlaternen doch erst im Frühjahr montiert worden wären, dann hätte man den ekelhaften Jakob erst am nächsten Morgen entdeckt und zumindest noch einen ruhigen Abend ehabt. Uns graute beim Anblick des Jakob nur vor unserem eigenen Entschluss, und im Tumult der Leichenabholung und Zeugenbefragung verließen wir ganz still und leise unsere Gemeinde, um unsere Todesbehelfe zusammenzusuchen und uns zum gekonnten Schlussstreich einzufinden. Wie hypnotisiert fuhren unsere Augen beim Marsch zum vereinbarten Ort in die dunkle Landschaft ein, die Füße verrichteten maschinenhaft ihr Geschäft und stakten abwechselnd selbstläufig in den Schnee, für uns den finsteren, unbeleuchteten Weg zur eigenen Hinrichtung zurücklegend. Die warme Atemluft dünkte uns das bereits letzte Anzeichen von Leben in uns zu sein, so sehr waren wir in dieser kurzen Zeit mit dem Gedanken an den Tod eins geworden. Kein Wort sprechend gingen wir mit teils größerem, teils kleinerem Abstand hintereinander her, alle den eigenen Gedanken nachhängend, manche verzweifelter, manche stark selbstgerecht entschlossen. Es war absolut still rund um uns, kein Wind regte sich, kein Tierlaut war aus den Wäldern zu vernehmen, es war nichts, tatsächlich wirklich nichts zu hören, und unsere monotonen Schritte im krachenden Schnee waren wie schmerzlich brechende Schreie kindhafter Seelen in Todesangst, die bereits jetzt hysterisch nach außen zu drängen versuchten, um dem Zerstörungsakt nicht beiwohnen zu müssen. Wir waren Opfer und Täter in einem, waren ausführende Hand und hingehaltene

Wange. Als unsere eigenen Schlächter hielten wir uns in einer Geiselhaft, die allein zum Ziel führen konnte. Wir wussten, wir hatten uns nicht geboren, sondern wurden geboren, umso unausweichlicher war nun der Gedanke an ein Sterben und nicht hier und jetzt gestorben zu werden, denn bekanntlich sollte ja das Ende eines Dinges besser als sein Anfang sein. Und dann war es wirklich so weit, wir hatten den Heuschober unseres Abgangs erreicht. Ungläubig blickten wir auf den jahrhundertalten Massivbau, auf unsere kollektive Leichenhalle, gebaut von unseren Urahnen als Schutzhütte für mehrere Dörfer, als bergendes Obdach vor den Gewaltakten einer ungebändigten Natur. Sie hatten sich, wie uns die ganz Alten oft erzählten, diese Zufluchtsstätte vom Mund herunter gespart. Aber heute brauchte man solch Gebäude nicht mehr und nutzte sie bloß noch als Lagerraum für Futtermittel und dergleichen, und innerlich fluchend über die so zu verdammenden Zustände, die uns in diese ernste Situation gebracht hatten, ließen wir die alten Geschichten Revue passieren, nahmen den Kindheitsgeruch von Heu und feuchtem Stein dabei auf. Es gab kein Zurück. Wir wagten es nicht, unsere Zweifel und die womöglich zu gewichtigen Unsicherheiten auszusprechen, so schritten wir unmittelbar zur Tat, denn keine Sitten sollten unsere Zeit verschwenden, keine lähmenden Konventionen uns sehnsüchtig zurückblicken lassen, wir wollten uns nicht selbst aufhalten. Es war bereits stockdunkel geworden, doch der Schnee erhellte die Landschaft selbstlos, und der letzte Blick auf das Dorf hinunter, auf die vielen Lichter in der Gegend, hätte uns beinahe umkehren lassen. Also betraten wir umgehend das Gebäude, stiegen ganz unpathetisch die Leiter hoch in den obersten Stock, knoteten gemeinschaftlich die starken Stricke fest, küssten den einen oder anderen zum Abschied, sprachen uns noch letzte Worte zu, machten uns bereit für den einen unseren letzten Sprung in die Gewissheit, das Richtige zu tun, fühlten uns wie Extremsportler, die so kurz vor dem Ziel das allergrößte Durchhaltevermögen aufbringen müssen, und die schweißnassen Hände zogen die Schlinge zu, die Füße rückten bis an die Kanten nach vorne, wir sahen uns noch einmal an, wir waren uns zur Seite und gegenüber, und dann setzten wir an und sprangen, so als würden wir wie früher gemeinsam vom Sprungturm im Freibad springen, ein Gefühl von ausgehobenem Magen und Freiheit erwartend, in den Tod.

2

IM NAMEN DES VATERS

Meine Mädchen habe ich mir alle selbst eingefahren, hat er mehr als nur einmal lallend über den Stammtisch hinweg gerufen und die Faust auf den Tisch fahren lassen, dass es schepperte, und wenig später hat sich das Auswurforgan seiner verbalen Unflat in perverses Schmunzeln verwandelt, und damit hat er den immer gleichen Anwesenden zu verstehen gegeben, dass er das nicht nur als seine heilige Pflicht und Schuldigkeit verstanden hat, wollte doch auch er sich in seiner Lebenseinfalt und Betrübnis ab und zu still jauchzend erquicken, denn die Früchte des Herrn sind freilich für alle gleichermaßen da. Und wenn er dann seinen Gamshut zurechtgerückt und ohne Rücksicht auf andere Gespräche überlaut ein weiteres Bier bestellt hat, begann er sich vor den vielen Bauern da zu rechtfertigen, denn die Weisheit muss sich rechtfertigen lassen vor allen ihren Kindern, und so mussten ihm viele Alte aus Angst vor seiner ungestümen Art und seiner weithin gefürchteten Boshaftigkeit einfach zustimmen, und sie pickten sich aus dem argen Haufen schlicht die unverdaut durchgegangenen Körner heraus und nickten und sagten Jaja, und sagten In der heutigen Zeit, und Das muss halt so sein und blickten verstohlen auf den Tisch, hielten sich an ihren kalten Gläsern fest, und die Jüngeren rauchten sich eine Pfeife an und hörten bewusst weg und hofften, dass das Thema bald wieder vom Tisch sei, und schauten so abwesend ihren Rauchfahnen nach, denn die Jüngeren sind den Älteren untertan, und eine Widerrede der zweiten oder gar dritten Generation war das absolute No Go, da kannst du gleich dein Erbe herschenken und auswandern. Und so senkten sie den Blick, nuckelten an ihren Getränken und Rauchgeschmeiden, und den armen Kindern war kein Beistand in der Not, keiner eilte ihnen beizuspringen, es waren ja auch nicht die ihren, also war an Antrieb nicht zu denken, was sollst du machen, sie wussten, wenn irgendjemand den mächtigen Egger, und sei es sein Bruder oder sein bester Freund, überreden wollte, von seiner Notzucht abzulassen, dann würde er sich auf keinen Fall erbarmen noch dies verbergen, ihn nicht schonen, sondern ihn erwürgen. Denn seine Hand sollte dann die erste über ihm sein, um ihn zu töten, ja um damit die Hand seiner ganzen Familie für alle Zeit nutzlos zu schlagen. So war das Wirtshaus wieder befallen von des Eggers unangenehmer Anwesenheit, dieser Furcht einflößenden Präsenz, seiner geistigen Losung, und wieder war die gesamte Gaststube dabei ruhig, rund um das Scheusal war es ganz andachtsvoll still, ganz kleinmäusig geduckt wurde es, um in keinster Weise den Verdacht einer Widerrede zu erwecken, und zwischen seinen Reden streuten ein paar Ältere maßvoll Antworten ein, um dabei nur nicht aufzufallen, und sie hofften alle, dass er sich doch endlich am Heimweg das Genick breche und er sie so von sich erlöse. Und so hatte sich Jahrzehnte lang niemand getraut, diese Tradition offen oder menschlich zu verurteilen, der Sumpf blieb ein Sumpf und die Farbe blieb beim Haus, der Fuß ging gleich vor dem anderen, denn so gingen sie gewiss. Sie waren immer zu betrunken, viel zu beschäftigt, in Arbeit vergraben, oder sie verschoben es auf morgen, um die gute nachbarschaftliche Beziehung besorgt, die schlechte Nachrede, die damit verbundenen Scherereien, und sicher wussten auch genug der Anderen von dem schon ewig bekannten Missbrauch und dann konnte doch einer von denen das anzeigen, und jeder dachte bei sich, dass das schon eine große Frechheit sei, dass keiner der vielen Anderen auf den Posten ging, sie selbst waren doch viel zu einfach und gering, um sich ein Urteil anzumaßen, um das hier zu beanstanden, und würde es keiner der Anderen melden, dann wird das schon der Gott richten. Und sie versuchten die großen Schandtaten immer wieder zu vergessen und auszublenden, und wenn sie den alten Egger grüßten, dann dachten sie an seine große Macht und an ihre schweigsame Demut und dabei heile Zukunft. Und als die Kinder dann älter und stärker wurden und sich gekonnt zu wehren wussten, war es dann endlich vorbei mit der Geißel, und alle umliegenden Höfe und der gesamte Stammtisch atmeten erleichtert auf, und man freute sich, dass niemand hat etwas machen müssen und die Schweinerei trotzdem einen guten Ausgang genommen hat, und alle klopften sich selbst auf die Schulter und sprachen sich weise Voraussicht zu, und trotzdem wussten sie alle insgeheim, dass es so leicht nicht sein konnte und dass die verursachten Scherben noch jemand zu beseitigen habe, denn die Brüste waren noch nicht zerrissen. In ihrer Angst vor dem kalten Untier hatten sich die Kinder nämlich nie zu rächen getraut, so oft hatte sich der alte Egger in der Stunde seines Todes, im Zentrum eines hinterhältigen Anschlags seiner Nachfahren geglaubt, hatte heimlich ein einfaches Stoßgebet gen Himmel geschickt und ein schmerzhaftes Ende vor sich gesehen, und doch ist es nie passiert, denn die Ehrfurcht vor dem weit und breit bösartigsten Menschen war immer zu groß, und ein Gebot zu brechen und einer Todsünde zu verfallen, nur um sich selbst Genugtuung zu verschaffen, ist ihnen das nicht wert gewesen, so gut sind sie schon erzogen worden. Wie sollte es aber auch anders sein, das ist auch in des Eggers vorhergehender Familiengeneration so Brauch gewesen, daher hat auch er diesen beibehalten, denn zu gehorchen ist der Zucht des Vaters und diese weiterzuführen und zu strafen und zu züchtigen diejenigen, die man lieb hat, und man sagte sich, dass nicht einmal der brave Sohn davon verschont blieb, denn es ist kein guter Baum, der faule Frucht trage, und kein fauler Baum, der gute Frucht trage. So muss man die eigene Brut halt abrichten zur rechten Zeit und nichts dem Zufall überlassen. Daher waren die Taten nun beinahe ein Centennium alt und noch nicht verflucht, nicht gestraft und fürwahr nicht einmal bejammert, der öffentliche Anpranger noch immer ausständig, ein gerichtliches Verfahren ausgeblieben, heute ja schon längst verjährt. So kam es aber nun, dass der Lauf der Geschichte sich nicht mehr in seiner gewohnt gemächlichen Art umwälzte und elend forttrieb, sich unparteiisch und weise aus dem nichtigen Dasein des Erdenlebens heraushielt, womöglich der Töpfer nun zum Ton sprach, respektive ein noch viel mächtigeres Ding auf die Stopptaste drückte und dem Dahingeplänkere einen Schnitt verpasste, vielleicht war es ein eifriger Gott, der Herr, der da heimsucht der Väter Missetat an den Kindern, und das sogar bis ins dritte oder vierte Glied, vielleicht war es auch ein in Grauenhaftes verliebter Satan, der der Familiengeschichte noch ein Sahnehäubchen aufsetzen wollte, denn wenn hundert Jahre des Kinderleides vollendet sind, wird der Satanas los werden aus seinem Gefängnis und es vervollständigen, vielleicht war es die Gerechtigkeit, die dem schlecht geendeten Spiel eine Revanche bescherte, denn sie hilft den Schwachen und Geschändeten und errettet vor dem unrühmlichen Tode, ja was es auch war, wer hier auch für wen sprach, es war eine große Furchtbarkeit, ein gewaltiges Ungemach, doch höret nun endlich, Folgendes geschah: Wir waren noch immer mehr als verstört von der Sache mit den Jugendlichen, die sich zu Weihnachten gemeinschaftlich in der alten Schutzhütte, gar nicht weit von hier, erhängt hatten, fuck ist das eine Sauerei gewesen, das war ein so grauenhafter Anblick, dass die sich wirklich nicht getraut haben, den irrsinnigen Haufen von Leichen selbst abzuschneiden, da drinnen hat es echt so erbärmlich gestunken, dass nicht einmal eine ganze Lastwagenladung von Wunderbäumen das überdeckt hätte, das war tatsächlich ein so über alle Maßen unschöner Anblick, dass sich einer der Ersthelfer, ohne sich dagegen wehren zu können, nicht nur übergeben, sondern an Ort und Stelle voll angeschissen hat, so schlimm, dass es unten beim Hosenbein schon herausgelaufen ist. Und die da dabei waren bei der Entdeckung und bei den ersten Aufräumarbeiten, die waren alle so verstört, dass sie tagelang gar nicht haben sprechen können, und alle hätten eine intensive Therapie machen müssen, weil die es so was von überhaupt nicht gepackt haben nachher. Viele in der dortigen Todesserie Gestorbenen, Andreas oder Franz, oder die Erhängten, waren uns gute Freunde gewesen, wir waren zu ihren und unseren Glanzzeiten auf unzähligen mehr oder weniger illegalen Festivitäten zusammengekommen und haben das Auftreten dieser Gruppe von Widerspenstigen, von so durch und durch Erhöhten, so einzigartigen Übermenschen schmachtend bewundert und von der ersten Stunde an beflissen versucht, ihr Gedankengut zu verinnerlichen, denn aus ihren schlagenden Reden ging stärkender Rauch, wie von heißen Kesseln und Töpfen. Sie weigerten sich nie, uns viel Jüngeren, uns noch so Dürftigen Gutes zu tun, so ihre Hand und ihre Zunge von bester Art gemacht war, und von Anbeginn an waren sie uns Alpha, gestern und morgen, und viel zu früh kam dann ein Omega, ihr Ende. Ihr Tod war ein schmerzlicher Verlust für uns alle, ihr nunmehriges Fehlen riss ein Loch in das strategisch gut aufgestellte Netz von jugendlichen Widerstandsbewegungen an diesem niedergehenden Erdenfleck, ihr zum allgemeinen Stumpfsinn kontrapunktisches Wirken hatte so große Kreise gezogen, dass uns dünkte, ihr nun fehlender Rat ließe uns, das zurückgelassene Volk, ganz primitiv und ohne weiteres Aufsehen untergehen. Denn was waren wir denn ohne sie, was konnte der Lehrling ohne Meister sein, was sollten wir in diesem Landkreis ohne ihre große Kraft ausrichten, wer konnte uns in gestraucheltem Zustand wieder aufhelfen wenn nicht sie, wer vermehrte uns nun so einfach und elegant altruistisch Brot und Wein in so wahrhaft großmütiger Geste, und wer kann diese übergroße Tat überhaupt wirklich verstehen, der nicht selbst einmal auf einer erstklassigen Party plötzlich viel zu früh im Trockenen gesessen ist und von einer Handvoll außergewöhnlich gottgleichen Rednern mit allerfeinsten Genussmitteln mehr als reichlich versorgt wurde. Was waren uns diese bis in alle Ewigkeit von der hiesigen Einfaltsbevölkerung sinnlos Verstoßenen, was waren sie uns nur für ein übergroßer Schatz, eine Stütze, mehr noch, der überlebensnotwendige Rollstuhl für alle hier von Kirche und Staat zu vollkommenen Krüppeln Geschlagenen, für uns handlungsohnmächtige und verstümmelte Kriegsversehrte, die wir ansonsten dem sicheren geistigen Tod, der zum Himmel hoch schreienden Primitivität, dem landläufigen Unverstand geweiht gewesen wären. Sehet was ist das für eine erlösende Rettung gewesen, die sie uns zuteil werden ließen, denen Gewalt angetan war von dem Gedankengut, denen Unrecht geschehen war wie so vielen anderen, und der hart erschundene Ruf eilte den Wahrhaftigen weit voraus und man wusste schon Tage zuvor, wann sie der einen oder anderen Feierlichkeit oder Landdisko einen Besuch abstatten würden und man machte sich bereit für diesen ihren Auftritt, schärfte seine Gedanken zurecht, um sich bei Zwischenrufen oder Diskussionsgefechten nicht zu blamieren, und bereitete ein paar Sünden zum dortigen Ablass vor, wozu es so gut wie immer Gelegenheit gab, und sei es nur beim Warten vor Aborten oder Dixihütten. Und wer sie waren, das wusste jeder, denn alle hatten schon einmal teilhaben dürfen an ihrer großen Macht, und wer sie noch nicht kannte, der erkannte sie sofort, denn es umgab sie eine Aura, die dir bei Missachtung wie eine scharfe Akupunktur in deine Augen stach. Und dies sollte nun alles darnieder gegangen sein, das Erbe derer, deren Rosse schneller als die Parder und behänder denn die Wölfe des Abends waren, sollte so einfach ausgelöscht worden sein, denn zu groß war ihre Macht geworden, zu gefährlich ihr Einfluss, nein nur bis hierher sollten sie kommen und nicht weiter, hier sollten sich legen ihre stolzen Wellen. Sie wurden auf gerechte Weise, wie man sich sagte, gefällt und niedergestreckt, denn das haben sie herausgefordert, sie haben sich aufgelehnt gegen ein Gesetz, haben eine Grenze übertreten, was mit harter Strafe zu ahnden sei, und all jene, die nicht gehorchen, werden am selben Tage noch gezüchtigt und an einem Felsen zerschmettert, auf dass diese ausgerottet werden und vertilgt, sie sollen verschmachten und sterben, und wer von ihnen noch übrig bleibe, fresse das Fleisch des anderen. Also war die Ordnung, das herrschende Gesetz wiederhergestellt gewesen, die braven geduckten Menschen von dieser jugendlich aufmüpfigen Plage erlöst und wieder beruhigt, das die große Mehrheit anwidernde Gedankengut mit dem Tod der Abtrünnigen niedergegangen. Doch das sollte so nicht sein. Groß und wundersam waren die Werke unserer Freunde, gerecht waren ihre Wege, und wir strebten ihnen noch ein Stück weit nach, um das zu bewahren, wofür sie sich geopfert hatten. Um des Willens ergriffen wir in der Stunde ihres Ablebens das Erbe der jungen Deserteure, der Rechten der Wahrhaftigkeit, der so glorreich untergegangenen Selbstopfer, auf dass wir an allen bösen Tagen Widerstand tun und alles wohl ausrichten und das Feld behalten mögen. Es fühlte sich an wie zur ersten Stunde, als wir, vor vielen Jahren, bei einer geheimen Zusammenkunft der Gruppe dabei sein durften. Sie hatten sich da alle am Rande eines Ackers neben dem Bach im dortigen Ort getroffen, auf einem ordinären Feldweg Platz genommen, ob dreckiger Hosenböden nicht besorgt, und es mehrten sich mit jeder Stunde, jeder Minute die Mitstreiter, die Genossen, aus nah und fern kamen sie dazu, kamen zu Fuß oder schon motorisiert, brachten jegliche Rauschgifte mit, stellten diverse Alkoholika zum allgemeinen Verzehr in die Mitte der sitzenden und vor Freude übergehenden Menge, und es wurde eifrig diskutiert, dort wurde musiziert, und es war Franz mit den ebenholzschwarzen Haaren, der eine kurze, aber sehr einprägsame Rede hielt, und als er mit schweren Geschützen gegen die Giftmischer, die uns allen von überirdischen Hoffnungen redeten, auffuhr, weil sie die Eingeweide des Unerforschlichen höher achteten als den Sinn dieser Erde, da hat er mit seinen Worten direkt in den Kern der starken Jugend hier gegriffen, und wir jubelten ihm zu und es wurden die Fäuste erhoben, indes wir in diesem ersten gemeinsamen Moment wussten, dass wir einst ihr Hauch der Hauche sein würden, vanitas vanitatum, et omnia vanitas, und nicht bloß havel havalim, ja, so würde es sein. Analog war, dass wir durch Wände gingen. Was anders war, war unser kompromissloser Anspruch auf unmittelbare Taten, auf Handeln, der Solidarität verpflichtet, der Rechtschaffenheit, wir fühlten uns stark und den kühnen Unternehmungen gewachsen, und die Tat sollte uns nicht übel gefallen.

So gaben wir nun jedem, was die Allgemeinheit noch schuldig war zu geben, Furcht, dem die Furcht gebührt, Ehre, dem die Ehre gebührt. Ergo war sie das, die erste Auferstehung, die wir waren, durch uns und mit uns, und darüber hatte ein geistiger Tod keine Macht mehr, wir waren von jetzt an die neuen Priester, die Verkündiger der Wahrheit, die das Heil zurückbringen sollen und nun heimlich regieren. So höret die große Begebenheit, den Vorfall aus gewesener Zeit, diese unsere so schräge Geschichte: Wir erkoren an einem blutjungen Frühlingstag als unseren ersten Richtakt den Pranger des Antimenschen aus, es sollte des alten Eggers Missetat gescholten und bestraft werden, der Unmensch der gesamten Gegend, der alte Krösus und Patriarch, das abscheuliche Vieh, das schon viel zu lange seelenruhig im Stall stehen durfte und von jeglichen Mächten gänzlich verschont geblieben war und dessen Gräuel noch immer so zum Himmel stanken, obwohl sie schon so viele Jahre her waren, und so fanden wir uns alle zur Ergreifung und einhergehenden öffentlichen Bestrafung in der Nähe seines Hauses ein. Es war da keine Gerechtigkeit in der Welt und wir fühlten uns verantwortlich, diese wiederherzustellen, wenn sich da anscheinend niemand darum angenommen hatte, wir wollten für alle diese Trottel hier streiten, und sie sollten dabei ruhig sein und schauen, wie man so etwas macht. Also haben wir uns dort getroffen. Es war ein noch kühler Frühlingstag, die Felder lagen kahl und hart da, die Bäume waren blattfrei und es roch überall nach aufgetauter Erde, die Sonne schien lau auf die trockene Straße, weder kalt noch warm, auf unsere Heimatstraße, auf der wir so oft ausspien, wenn wir zu viel konsumiert hatten, und wir hatten uns erneut auf dieser Straße versammelt. Es war kein Verkehr heute, weil die Osterfeiertage schon begonnen hatten, und nach einer Weile des Beratschlagens setzten wir uns auf den einfachen Asphalt nieder. Wir besprachen uns. Es stand uns ein Alleingang bevor, aber das war nicht weiter verwunderlich, die Missstände in diesen Landstrichen waren uns ja nicht neu, wir hatten bereits genügend Zeit gehabt, um uns ausreichend mit den Geisteszwecken dieser Menschheit auseinanderzusetzen und zu erkennen, wo sie sich besonders drastisch zeigten und ihre Fürchterlichkeit zum Besten gaben, so wie in der anständigen Weste und der anständigen Rede, dazu erzwang man ordentliches Schweigen, in diesen unveränderbar demütigenden Zuständen, und wie die Demut hier wucherte, auch im Kniefall vor den ehrlichen Bauern, diesen Umweltvernichtern mit ihren immer größeren Spritzmaschinen, in den seelenlosen Kleinbürgern und Spießerchen, deren Auftreten in großen Gruppen ihr Denken vollends verhinderte, bei ihrem ständigen Handgeben, in ihren geilen Hackordnungen, in ihrem langgezogenen Beileid und dem täglichen und noch gezogeneren Mahlzeit, in ihrem ewigen Rasenmähen, im obligatorischen

Scherzerl wie in der gekröntesten ihrer entsetzlichsten Zeitungen, und wo man vom Fußboden nicht essen konnte, dort wurde einem schonungslos das Grüß Gott entzogen. So hatten wir uns, auf der Straße sitzend und sinnierend, in Rage geredet, in Stimmung gebracht, wir hatten uns aufgewärmt, schön heiß gemacht, und wir sahen, dass wir so weit waren, dass es jetzt gut war. So erhoben wir uns. Wir gingen ein durch diese enge Pforte und der Weg zum Haus war extrem schmal und rundherum ein verwilderter Garten, und wenige waren ihrer, die den Weg überhaupt fanden. Er saß anscheinend in seiner Grotte der Schlechtigkeit, das niederträchtige Wesen, dem langjährigen Gefängnis, der Anstalt seiner Kinder, der lebenslangen Folterstätte, in dem Zentrum allen Leidens dieser gegeißelten Familie. Das war der Hof, wo Kinder tagelang weinten und vor Schmerzen in ihren Sandkasten erbrachen, das war der Garten, wo sie sich oft wünschten, doch bitte unmittelbar zu sterben, die Garage mit ihren Rädern, womit sie an so vielen Tagen einfach davon geradelt und nie mehr zurückgekehrt wären, wenn sie nur gekonnt hätten. Wir standen vor diesem einfachen Jahrhunderte alten Mauerwerk, wo jeden erneuten Morgen Kinder die Hände falteten und beteten, jemand möge sie doch vor dem Ungeheuer schützen, aber nein, kein Gott kam da zu Hilfe, keine staatliche Ordnung, keine Nachbarschaft, kein Schulwesen, nicht die Kirchengemeinde, nicht die Marktmusik, nicht einer.

Das war ein großes Leiden gewesen. Doch wahrlich, wir schauten jetzt nicht mehr weg, wir fühlten uns nun verantwortlich, denn früh schon hatten wir auf Diskoklos gelesen, dass jene, die wegschauen, damit zustimmen, und wir waren alles andere als in einer affirmativen Haltung dieser Sau gegenüber, das war jetzt aus, hier und jetzt sahen so viele hin, alle gleichzeitig und so scharf, dass locker gerichtet werden konnte. Wir waren bereit. Keine Minute sollte mehr gewartet werden. Und als wir nun um die Hausecke bogen, da bot sich uns ein seltsames Spektakel, ein wundersamer Vorfall hatte sich da ergeben, denn der alte Egger, in alltäglicher Arbeitskleidung, mit seiner Maurermütze zur Stallarbeit, trug wie vom Teufel besessen und fahrig in eiligstem Tempo große Bündel an Reisig zusammen, die er auf dem Platz hinter dem Hof zu einem schon statthaften Haufen legte. Wir blieben im Abseits stehen und verfolgten das Tun des emsigen Alten auf Schritt und Tritt, wir warteten höchst gespannt jede neue Bewegung des alten Arschlochs ab. Er hatte uns noch nicht bemerkt, war er doch so in dieser uns unbegreiflichen Tätigkeit versunken, und er wurde sogar noch immer schneller und zielsicherer in seinen Bewegungen, der Haufen immer größer, wie ein flinkes Eichhörnchen sprang er von einer Ecke des Platzes zur anderen und sammelte sich sein Holz, und diese Beweglichkeit und Kraft hätte man dem schon gebrechlichen Mann nicht so einfach zugetraut. Und in den wenigen

Minuten, die wir an der Hausecke standen, wagten wir es nicht, uns zu beratschlagen, zu rühren, nicht einmal uns gegenseitig anzusehen oder lauter als gewohnt zu atmen, so sehr zog uns das Gebotene in einen Bann. Und dann lief der schon verschwitzte und keuchende Alte in eine andere Ecke und nahm einen Kanister, lief damit eilig zum Reisighaufen und überschüttete diesen mit der Flüssigkeit darin. Dann kam er wenig später mit einem weiteren Kanister zum Haufen, auf dessen obere Mitte er rasch sprang und den schweren Kanister wie ein leichtes Sackerl mit nach oben schwang. Jetzt verstanden wir erst den Sinn des Holzhaufens, seine ehrfürchtige Bestimmung, und als er sich unter leisem Geächze und Gestöhne den zweiten Kanister unter wippenden Bewegungen über seinen Körper und immer wieder länger über seinen erhitzten Kopf goss, erkannten wir darin seinen Plan. Die nächsten Momente gebaren sich uns wie die plakative Zeitlupe eines Spannungsfilmes, denn als er aus seiner Hosentasche das weithin als ein solches erkennbare Feuerzeug zog, schien uns dieser Vorgang mehrere Sekunden lang anzudauern, und mit seinen runzeligen Fingern hielt er es sicher in seiner richtenden Hand, er zögerte nicht einen Moment, sondern lüftete seinen Daumen und setzte am rollenden Feuerstein die Bewegung nach unten an, und im selben Augenblick lief ein Feuersturm der erbarmungslosen Art wie eine feierliche Druckwelle über seinen Arm, seinen albernen Körper hinauf und hinab, gleich schnell über sein Gesicht, seinen Kopf und mit der selben Geschwindigkeit seine Brust hinab, in Windeseile über seine Beine und auf den gesamten Scheiterhaufen überschwappend, und in dieser kurzen Bewegung blieb er so souverän und standhaft wie eh und je, dachte sich als einer am Kreuz, seine Augen drehten sich nach oben und pathetisch erhob er seine Hände, und er ließ seiner Kehle einen Schrei entfahren, der aus den Tiefen seiner erbärmlichen Seele das Schwarze nach draußen spie, aus seinem widerlichen Inneren der Kinder Folterqualen ausfahren ließ, einfach alles, was er zu Lebzeiten über sich hat kommen lassen, suchte sich in diesem Schrei seinen Weg nach außen, und es fuhr ihm aus Mund, Nase und Augen, aus jeder Pore, und er pisste und schiss es vor unser aller Angesicht, dass es uns graute. Wahrlich, das war ein arger Anblick, denn siehe so er ins Feuer ging, sollte er brennen und die Flammen sollten ihn schmerzhaft versengen, und diesen Schmerz sah man dem Ekel so an, dass es einem selber brannte dabei. Wir standen vor seinem entflammten Leib, und kurz waren wir auch unentschlossen gewesen, haben tatsächlich gezaudert und überlegt, ob wir ihn herrlich brennen lassen oder nun doch sein Leben rettend eingreifen sollten. Und so brannte er nieder. Und wir starrten auf das Feuer. Sein Schreien war verstummt, er war schon gestorben, sein Leichnam verbrannte unter großen Rauchschwaden inmitten dieses unaufgeräumten Hinterhofes, sein Körper, der in einen anderen Aggregatzustand überging, verfing sich als dicker Rauch an der Hauswand und am Dach, fuhr uns noch einmal heiß und ungemütlich ins Gesicht, und wir husteten ihn angewidert aus. Nach einigen Minuten der völligen Anspannung löste sich endlich die Starre und wir begriffen langsam, was uns hier und jetzt widerfahren war, woran wir da gerade teilgehabt hatten. Und wir wunderten uns, wie das kleine Kind sich vor dem toten Vogel stehend unlösbare Fragen zu stellen beginnt, und fassungslos stand uns der Mund offen da, es war ein unbegreiflich Ding, unwirklich, denn der alte Egger, das selbstverliebteste Scheusal dieses Landstriches, dieser narzisstische alte Sack, der selbst seine Exkremente für ein Aufgehen in allgemeiner Gülle als zu wertvoll erachtet hatte, würde sich niemals töten, kein Haar sich selbst krümmen, das war eine Unmöglichkeit, die leibhaftige Contradictio in adiecto. Und er hatte mitnichten von unserem Plan, ihn zur Strecke und seinen Opfern Gerechtigkeit bringen zu wollen, wissen können, wir kamen, um diesen seelenlosen Charakter zu zerstören, und alleine aus diesem Grund hätte er uns eher ins Knie geschossen und danach onaniert, als nur im Entferntesten daran zu denken, uns mit einem Suizid auszutricksen. Und während wir uns völlig verwirrt und von den Geschehnissen verstört direkt an diesem verfluchten Hauseck auf den Boden sinken ließen, laut oder leise zu weinen begannen oder uns die

Hände vor das Gesicht oder das Gesicht in den fauligen Boden hielten, da vergaßen wir längst den halb niedergebrannten Egger, dessen verkohlter Körper wie ein erhobener Zeigefinger zu uns herüber wies, weil es uns um unseren ersten Akt, um diese verhinderte Vollstreckung, so fürchterlich leid tat. In unserer Hilflosigkeit, dieser übergroßen Erklärungsnot sahen wir, dass in dem gesamten Haus sämtliche Vorhänge entzweigerissen waren, in allen Stöcken, die vorgezogenen und die offenen, alle, auch die biederen Stores, lange oder kurze, und sogar die rein als Fensterdekoration gedachten, auch die im Strickstil gehaltenen Halbfenstergardinen, und die Leute sagten sich später, dass es so gerade Schnitte wie von einer Maschine gemacht waren, ganz gerade in der Mitte durchgerissen, nicht die kleinste Franse war an den Schnittstellen heruntergehangen, nicht die beste Schneiderin könne so schneiden. Wir waren sehr verwundert, denn hier wurde mit Donner ganz gewaltig gedonnert und eine große Sache gemacht, das war nicht des Eggers Selbstentleibung, das schien nur für uns gemacht, an uns gerichtet, wir haben gesehen den Ratschluss verdunkelt mit Rauch, doch uns haben sich zur Stunde beide Augen aufgetan, denn wir sind ja dabei gewesen. Ja es fühlte sich so an, als wären wir eben, Narren gleich und völlig ungebremst, selber in die Säue gefahren. Doch dieses ganze Ding hier, des Eggers Tötungsakt, war ihnen allen überhaupt nicht rätselhaft, denn er musste anscheinend doch noch an heftigen Gewissensbissen und an einem großen Reuebedürfnis innerlich zerstoben sein, und seine Schuldigkeit war ihm gewiss an Ostern ungemein schwer geworden, das war ganz klar, dass so eine Vergangenheit einer nicht aushalten kann, dass dich das irgendwann einholt, das braucht dich nicht zu wundern, das hat schon seine Berechtigung so, und wer wenn nicht der, also dass der sich irgendwann heimdreht, das haben doch sowieso alle gehofft und insgeheim geahnt, das ist jetzt gar nicht verwunderlich, gut und gerecht war dieses Ende. So sagten sie es. Und wir mussten dem schleunigst entkommen. Nach einigen Stunden intensiven Beratschlagens und großer Kopfarbeit in unser aller Zufluchtsstätte, unserem hart erkämpften Gemeinschaftsraum, abseits gelegen in einem alten abbruchreifen Haus am Rande des Ortes, dem Platz der erhebendsten Zusammenkünfte, hat sich uns allen ein dringlicher Verdacht aufgetan. Dieses verkehrte Geschehnis konnte nicht des Eggers Werk gewesen sein, es musste uns jemand ganz bewusst unseren Anschlag zunichte gemacht haben. Da hat sich jemand eingemischt, so glaubten wir, das kann so nicht gewesen sein, das war keine reumütige, ehrenhafte Selbsttötung, das stimmt so einfach nicht, da ist nichts verständlich an dieser Tat, der Egger bringt sich nicht einfach um, dieser misslungene Satan, und gerade wenn wir ihn zur Rede stellen und ihn einer gerechten Strafe zuführen wollen, passiert das hier.

Ein Wahnsinn war das. Doch wer auch immer sich da mit uns angelegt hat, und auch wenn wir vor ein paar Stunden noch so baff dagestanden sind mit Tränen in den Augen und völlig überfordert, wie kleine Rehlein vor einer heißen Jägersbrut, ja der sollte sich warm anziehen. Wir wussten nach stundenlangen Gesprächen, nach versuchten Erklärungen, nach einem in allerwahrstem Sinne des Wortes übergroßen Schwall zugeführten Geistes in seiner flüssigen Form, dass dieses übersinnliche Gesindel sich mit uns einen Krieg angefangen hatte, denn jetzt waren wir verstimmt, richtig beleidigt und in Rage, denn das geht so nicht, dass uns dieses Was auch immer einfach unseren ersten Richtakt nimmt, das ist echt die Höhe, das geht überhaupt nicht, das muss jetzt ein Nachspiel haben. Wir waren jetzt gefordert, und wir haben diese heimliche Kriegserklärung auch angenommen. Daher machten wir ein Feldgeschrei und bliesen die Posaunen, und in derselben Nacht noch fielen die dörflichen Gemäuer, wir erstiegen den Ort, ein jeglicher stracks vor sich in der kalten Luft, mit Flaschen bewaffnet und emotional schwerst aufgerieben. So liefen wir auf den dichtest besiedelten Teil unserer Neststruktur zu, in der Absicht, Randale und Toben auf sie alle niedergehen zu lassen, und also gewannen wir nächtens noch völlig berauscht und übermütig die Gemeinde, indem wir sie alle aus ihren Betten riefen mit fiesem und tollem Geschrei, mit Klingelnputzen, mit Fackelnwedeln, wobei wir uns noch nachdrücklich auf die Brust schlugen und die Zunge zur Zierde rollten, und wir ließen uns nicht von Polizeidrohungen und aus Fenstern stürzenden Wasserkübeln verschrecken, die geleerten Flaschen zerbrachen vor Schulen und Verwaltungsgebäuden, auf die Kirchenmauer schmierten wir die Parole Nicht mit uns, und zu der Zeit schworen wir, den Kampf aufzunehmen und das Biest zu verfluchen, das sich anscheinend aufgemacht hat, um uns das selbständige Zerschmettern an diesem Ort hier zu verderben, und weil es den ersten Grund bereits gelegt hat, sollte es ihn den ersten Sohn kosten, und wenn es neue Tore setzt, kostet es seinen jüngsten Sohn. Nichts konnte uns jetzt bremsen, unser Wille hatte hier zu geschehen, auf Erden und wo auch immer sonst noch, also wollten wir die Menschheit vom Bösen erlösen. So war es geschehen, die Ruhe war jetzt vorbei, auch wenn es ach so heiliges Ostern war.

DES SOHNES

Obwohl Weisheit besser denn Stärke ist, so war der Weisheit dieses Armen nie stattgegeben, sie war von dieser Gesellschaft verachtet und seinen Worten nicht gehorcht worden. Es wurde ihm nicht nachgekommen. Daher hat er immer vehementer versucht, diese seine aus dem großen Vergewaltigungsfall gewonnene Weisheit unter die Leute zu bringen. Also wurde er einer der sogenannten freien Gläubigen, die Bibel konnte er auswendig aufsagen, aber ein Alternativer, auch mit Zeugsrauchen, Jesuspatscherln, und sogar einen dicken Umhang, so einen alten Teppich, hat er immer um seine Schultern gehabt. Ein ganz ein Armer, schon seit jeher, der sich die ganze Bude mit Bibelsprüchen zugeklebt hat, an jedem Zentimeter Wand ein Psalm, und jeden Tag noch einen und noch einen dazu, gruselig soll das ausgesehen haben. Aber auch er hat so einigen Dreck am Stecken, der von dieser Gesellschaft nie öffentlich verurteilt wurde. Wieder so einer, bei dem man großzügig wegschaut, immer schon weggeschaut hat, weil das ist ja der arme Missbrauchsjunge, da darfst du nichts sagen, und wenn er dir mutwillig direkt vor deine Haustür hinstuhlt, das geht wirklich nicht, der arme Kerl, der Erbarmungswürdige, der ist so schon gebrandmarkt für sein Leben lang, seit der Schulzeit alkoholkrank und mittlerweile so dick, dass er ohne Spiegel sein Geschlecht nicht mehr sehen kann, ledig mit fünfzig, und weh dem, der allein ist, denn wenn so einer fällt, so ist kein anderer da, der ihm aufhilft, und darnieder liegt der jetzt schon recht lange. Seit Anbeginn wurde dem Hascherl nicht nachgekommen, und viel mehr noch, er war von dieser Gesellschaft verachtet und seinen Worten nicht gehorcht worden. Für voll hat den niemand genommen, so wenig ernst, dass nicht einmal das letzte Kindergartenkind gesprungen wäre, wenn er den Befehl dazu gegeben hätte. Und all jene, die ihm nüchtern begegnet sind, haben die Flucht ergriffen, und die Betäubten und Betrunkenen haben ihn widerwärtigst hemmungslos verarscht, so was von niedergemacht, bis er sich von selbst verzogen hat. Vor allem die ganz Jungen haben sich da immer einen Spaß daraus gemacht und ihre Gemeinheiten oft stundenlang an ihm erprobt. Seinen Reden, die er an allen Ecken und Enden hat niederfahren lassen, ist niemand gefolgt, der hat entweder gleich gegen eine Wand geredet oder es ist seinen Zuhörern durch und an gegangen. So hat er halt erfolglos weiter missioniert, hat es immer wieder versucht, wie ein aus sich rollendes Rad, und hat immer wieder gegen den Wind gespuckt und einfach nicht aufgehört, bis zu dem gewissen Tag X. Irgendwann ist er sich dann sogar selbst zu bunt geworden, so hat man sich gesagt, immerhin ist der jahrelang jeden Tag von morgens bis abends durch die Gegend gerannt und hat jeden Passierenden angeredet, ihn in ein Gespräch zu verwickeln versucht, und in allen Wirtshäusern war er Stammgast, hat sich einfach dazugesetzt und zu reden begonnen, ohne dass man ihn gefragt hätte, und das war zur damaligen Zeit schon ungewöhnlich, dass da ein so junger Kerl, und das in so einem Outfit, musst du dir vorstellen, sich so unverfroren und selbstsicher zwischen Bürgermeister und Pfarrer gezwängt hat, und das nicht nur in unserem Ort, der war ja schon nach kurzer Zeit überall bekannt, und zuerst hat er immer noch friedfertig und bewusst unterwürfig zu überzeugen versucht, und wenn ihm dann niemand eingestiegen ist darauf, dann hat er meist zu einem Rundumschlag ausgeholt gegen den weltlichen Klimbim, also so richtig wuchtig niederschmetternd, und ist mit theologischen Geschützen aufgefahren, dass sie oft erzählt haben, dass der Pfarrer seine Kutte hat festhalten müssen, weil der zu einem rhetorischen Wirbelsturm gewachsen ist innerhalb kürzester Zeit, der schonungslose Zerstörer aller anderen Ansichten, aller Meinungen abseits seiner eigenen, und wenn er dann auch noch ein paar Hochprozentige intus hatte, war es noch ärger, so etwas hat man selten gesehen wie die Redeergüsse dieses Fanatikers, ein Wahnsinniger, der die in diesem Akt zerstampft hat, sie alle so klein gemacht hat rundherum, er hat ihre Ideologien brachial zertrümmert, und sie haben sich in ihrer Einfältigkeit schwer wehren können. Also wenn du das einmal mitangesehen hast, dann verstehst du, warum die alle nach einer gewissen Zeit einfach nicht mehr hingehört haben oder ihm gleich aus dem Weg gegangen sind, das war reiner Selbstschutz, die haben das alle nicht mehr ausgehalten, beim besten Willen nicht, sogar der gutmütige Pfarrer hat da nach einigen Jahren aufgeben müssen, also eingefahren ist der Pfarrer sowieso jedesmal wieder, weil der junge Egger ihm rhetorisch und auch theologisch um Häuser überlegen war, der hat ihn fertiggemacht wie ein Herr Oberlehrer das junge Bauernkind, aber irgendwann hat auch der dann Schluss gemacht damit und einfach nicht mehr mit ihm geredet. Jahrelang ist der junge Egger als verwaistes Schaf im Ort umhergelaufen und nur mehr auf taube Ohren getroffen, und weil niemand mehr mit ihm diskutieren wollte, ihm keiner eine Angriffsfläche geboten hat, so sind seine Kämpfe ständig ins Leere gelaufen, der hatte keine Reibefläche mehr, im allerwahrsten Sinne des Wortes gar keine mehr, und das hat ihn natürlich umgebracht, den Kämpfer, den Missionar, den von Gott Gesandten, denn Gott hat gesandt den Geist seines Sohnes in ihre Herzen, jawohl, und sie ließen ihn da einfach nicht hinein, diese Gemeinen, und in seinen Rauschzuständen rief er immer wieder, Abba, spielt doch mehr Abba in euren Trinkbuden, lieber Vater, hilf mir doch wenigstens das durchzusetzen, immer läuft hier nur dieser traurige Volksmusiktrara. Aber auch Gott half ihm nicht, die Erfüllung dieser seiner Musikwünsche zu erzwingen, obwohl er Nächte hindurch und selbst um die neunte Stunde des nächsten Tages noch schrie, sein Eli hatte ihn verlassen, der psalmodierende

Seelsorger lag oft halb nackt und fast erfroren in einem Straßengraben und weinte sich bis in die Morgendämmerung in seinen Fetzenschlaf hinein, und als es Mittag wurde, kam er meist wieder zu sich, er richtete dann sein Angesicht gegen den Südwind zu und predigte gegen den Mittag und weissagte wider den Wald im Felde. Aber irgendwann, das ist doch schon recht lange her, hat er dann nur noch die dunklen Stunden des Tages nützen wollen und hat sich in allen möglichen Spelunken und den grindigsten Bordellen hier am Land herumgetrieben, ganz ungeniert, er hat halt wahrscheinlich seinen Einflussbereich erweitern wollen, und man hat schon bald gehört, dass er sogar den abgebrühtesten Puffmüttern voll auf die Nerven gegangen ist, dass die ihn gar nicht mehr ausgehalten haben mit seinen Endlosreden und seinen wilden Tiraden gegen jegliche niedrige Weltlichkeit, und obwohl er für das Zuhören dann sogar bezahlt hat, wollte ihm bald schon niemand mehr zur Verfügung stehen, keiner wollte auch nur mehr das Geringste mit diesem Irren zu tun haben, außer einer Einzigen, einer Tochter vom Hagerbauern, einer noch ganz jungen Prostituierten, die hat ihn sogar immer verteidigt, war auch schon ab und zu privat mit ihm gesehen worden, das war die Petra, die Tochter vom Hagerhof oben im Rohrerwald. Aber hager war die nicht, zwar noch knackig jung und nicht so zerfleddert im Gesicht wie der junge Egger, der ja aussah wie von einem schweren

Bombenhagel zerschossen, doch bereits als Kind war diese Petra so übergewichtig, dass sie schon in der Volksschule Probleme beim Verrichten der alltäglichsten Sachen hatte, das, was man hier ein Bröckerl nennt, ist bei Weitem untertrieben für das, was diese Petra war. Ein ganz armes Ding, ein misslungenes Püppchen, denn puppenhaft verhielt sie sich schon immer, wie ein Fräulein, und ihr unförmiger Körper hat sich dann mit diesen ihren eleganten Bewegungen und der gediegenen Sprache so grotesk verbunden, dass man nicht wusste, wie das alles zu bewerten und ob da ihr Geist in den falschen Körper gefahren sei, diese Absurdität gebar sich wie der Fehler eines Gottes, aber niemand traute sich das auszusprechen. Fürchterliche finanzielle Not ihrer Familie und noch fürchterlichere Noten zwangen sie dann schon sehr früh, bei der verkommenen Hure Resi einzusteigen, weil sich das gleich angeboten hat und ihr Vater bei der Resi auch Stammkunde war, die Resi hat ihm ja eigentlich was geschuldet bei dem Vermögen, das ihr der alte Hager schon dort gelassen hat, und darum hat sie bereitwillig sein Mäderl eingeschult und ins heilige Gewerbe eingeführt. Und der Petra damenhafter Charakter wurde ihr, weil kundentechnisch vorteilhafter, schnell ausgetrieben. Ihr Markenzeichen sollte ein anderes sein und es wurde bestimmt, dass sie alles auf ihre Masse zu setzen habe, so auch auf ihre große Brust, derenwegen sie sich immer geschämt hat, vor allem im Turnunterricht oder wenn sie zum Schulbus hat laufen müssen. Und also musste sie von nun an diese ihre Brüste stets zur vollen Schau stellen, das Dekolletee ihrer Kleidung war dabei so tief angesetzt, dass schon der Ansatz der Brustwarzen zu sehen war, das war eine Brustmasse, dass du Angst haben musstest, in diese lange Brustfalte wie in eine tiefe Gletscherspalte zu stürzen und darin für immer verlorenzugehen, und die Gemeinen fragten sie oft, ob sie ihre Hände vor dem Körper überhaupt noch zusammenbringe. Also hat sich diese Petra dann an den Egger geheftet, hat in ihm vielleicht ein Entkommen aus ihrer Situation gesehen, war möglicherweise ein Fan seiner spirituellen Redechöre oder war einfach verliebt. Sie sollen sich ja sehr gut verstanden haben, unwirklich gut, das war das Duo infernale, wenn die zu zweit in einer Dorfdisko aufgetreten sind. Wir waren damals noch zu jung, um das miterlebt zu haben, aber die Älteren haben oft davon erzählt, von den vielen Peinlichkeiten und perversen Abartigkeiten der beiden Ausgesonderten, und trotzdem haben sie alle gerne beobachtet, ihren Niedrigkeiten gierig beigewohnt, in der Hoffnung, etwas Verkommenes zu sehen zu bekommen und sich daran zu ergeilen, und natürlich um dann wieder Gesprächsstoff zu haben, für Kaffeekränzchen oder Tratsch mit dem Postler, ganz egal, Stoff ist ja überlebensnotwendig hier, das macht das Leben am Land ertragbar, wo es doch streckenweise so eintönig und fad ist, dass man sich gar nur noch erzählen kann, was es denn zum Mittagessen gegeben hat, und was zu Abend, und was man gestern gekocht hat, und was man morgen machen wird, und ob von den Speisen etwas übrig geblieben ist oder nicht, und ob man es gut verdauen konnte und der Stuhl dann schön war danach. Und wahrlich, Stoff boten die Beiden ja genug, die haben sich, wenn sie zu späterer Stunde dann schon gut und ehrlich betrunken waren, und die eine Saufsau war ja gleich schlimm wie die andere, wie die reinsten Tiere aufgeführt, denen war Publikum komplett egal, Geschmacklosigkeit existierte in deren Wortschatz nicht, die haben in ihren öffentlichen Perversitäten tatsächlich einen Umgangston gefunden, den man den entfesselten Trieb, die absolut enthemmte Gier nennen konnte, und sie waren darin die Großmeister ihres Faches. Boshaft nannte man sie Die geilen Dicken, oder andere Die scharfen Würste, so oder so wurden sie nun ganz anders gesehen, sie waren plötzlich akzeptiert, da sie Gesprächsstoff und Ideen für das eigene Bett zuhause boten, und die vielen armen Bauerntrottel hier hatten diese Kreativität ja mehr als nötig. Sie waren nun zu zweit und obwohl sie nicht glücklicher als zuvor wirkten, waren sie doch in den akzeptierten Bereich hier gerückt, und endlich hatten sie Resonanz, über diese abwertenden Blicke konnten sie sich nun verorten in einem zuvor für sie nicht existenten Raum, sie waren nun, man bemerkte sie, sie zogen Kreise, sie wirkten. Einige

Jahre war das dann so gegangen, sie besiedelten jede Zusammenkunft, in der auch Alkohol und ausgelassene Stimmung geboten wurden, und obwohl sie nie jemand eingeladen hatte, waren sie immer und überall dabei, so wie man auch die Kruzifixe aus dem öffentlichen Bereich nicht mehr wegbekommt. Das war schon alles ganz normal, im Winter waren sie bei jedem Ball und allen Faschingstollheiten dabei, im Sommer auf jedem Sonnwendfeuer, bei jeder größeren Grillparty, auf jedem Zeltfest. Und er war natürlich nach wie vor der irre Großredner, der gewaltige Hetzprediger, aber er war, wahrscheinlich wegen des Umgangs mit dem Weibe, sanfter geworden, doch beherrschter und weniger exzessiv. Das sprach man ganz der Petra zu. Sie hat mit ihrem Körper das wilde Vieh zu zähmen gewusst, so sagte man sich, jetzt kann das zuvor ungebändigte Tierwesen, zwar immer noch an der Leine, aber immerhin geduldet unter die Leute gehen, ausgeführt werden, ohne gleich wieder ein paar Opfer zu zerreißen und sich dabei selbst schwer zu verwunden. Und eines Tages war dann Petra einfach verschwunden, das war ein großer Auflauf, nachdem sie einige Tage einfach nicht mehr in der Arbeit erschienen war, machte sich die Resi dann doch Sorgen um ihr fettestes Schwein im Stall, ihren sogenannten Goldesel, und so hat sie halt nach einiger Zeit doch die Polizei gerufen, weil der junge Egger auch nicht wusste, wo sie sein könnte, und das erschien allen von Anfang an nicht ganz koscher zu sein, dass selbst er nichts wusste und dass es ihn scheinbar nicht störte, dass sie abgängig war, was doch ihn als ihren langjährigen Freund und Kumpanen hätte in Aufregung versetzen müssen. Diese stoische Ruhe dünkte allen mehr als verdächtig, doch siehe der Sohn, der ihnen hier geboren wurde, der war ein Mann der Ruhe, denn Gott sein Vater hat ihn ruhen lassen von allen seinen Feinden umher, denn er sollte Frieden und Ruhe haben über diesem Land sein Leben lang. Was hier tatsächlich geschehen war, hatte dann auch nach ausgedehnten, aber ergebnislosen Recherchen der Kriminalbeamten niemals jemand herausfinden können, denn Petra blieb für immer verschollen, nicht einmal diese immense Leibesfülle hatte dabei behilflich sein können, ihren Leichnam aufzuspüren. Und ihre große Liebe blieb dabei ganz aus dem Spiel, unbeteiligt und ohne Gefühlsregung, er schwieg zu dem einen Thema eiserner denn je zuvor in seinem Leben und wiederholte bloß, er wisse nichts, er habe sie nicht gesehen, er sei genauso wenig im Bilde wie der Rest dieser ahnungslosen Lämmer. Indes der junge Egger wieder zum Herumstreuner wie zuvor wurde, bekam er dann sehr bald seinen Spitznamen Jessas zurück, da er dort anschloss, wo er aufgehört hatte, und er missionierte ohne Unterlass, anfangs vorsichtig, so wie in seinen Anfangsjahren, dann wieder täglich, ständig, war präsenter denn je, ein Ungustl wie zuvor. Und man floh ihn wie der Teufel das Weihwasser, behandelte ihn, als wäre er nie so weit unter sie gekommen, und man schämte sich, diesen Irren so nahe kommen, ihn so friedlich unter sich wohnen gelassen zu haben, weil er natürlich redete wie zuvor, weil er wieder nervte und so unendlich peinlich war, weil er nichts anderes mehr brachte außer diesen Bibelshit, keine guten Stories mehr, kein Ergötzen, kein Gaffen. So haben sie ihn erneut verstoßen, auf ewiglich diesmal, unwiderruflich, und keine Gnade mehr gezeigt. Alle wussten, dass er für den Tod der Hure hat verantwortlich sein müssen, wahrscheinlich ist er in einem angespannten Moment einfach ausgezuckt, dieser falsche Ölbergindianer, hat sich seiner Stärke nicht mehr bemächtigen können, weil Kraft hat der schon eine gehabt, von Jugendjahren an, ein Bauernkind halt, das von klein auf überall hat mithelfen müssen und so naturgemäß gestärkt und gekräftigt wurde. Oder es hat ihn vielleicht gestört, dass diese Petra immer wieder seine verschwitzten Füße mit ihren kratzigen und dünnen Haaren hat waschen wollen, da soll er immer voll ausgeflippt sein, hat sie gemein niedergemacht, abschätzig vor allen wie einen dummen Hund zur Sau gemacht und ihre Liebeserklärungen, die dieses Waschen mit ihrem eigenen Haar hätten sein sollen, so völlig vernichtet. Er hat sie als seinen persönlichen Ausreibfetzen betrachtet. Oder es ist ihm dieser ständige Rummel einfach zu anstrengend geworden, diese Petra war ja schon eine entsetzlich nervige Person, unglaublich hochmütig und stolz, aber auf nichts, musst du dir vorstellen, denn worauf hätte die ernsthaft stolz sein können, das ist ja ein Haus auf Sand gebaut gewesen, eine billige Vermessenheit, dieses arme einfache Mädchen hat ja nicht einmal ihr eigenes Kind ernähren können, das deshalb bei den Großeltern, den alten Hagerbauern, aufgewachsen ist. Und wer ein Kind aufnimmt mit deren Namen, aus deren Schößen entsprungen, der nimmt geistige Umnachtung und Unvermögen auf, denn dies Kind vergisst deren Gesetze nicht, und sein Herz behält ihre Gebote. Auf den puren Wahn, das ultimative Fiasko haben die Alten sich da eingelassen, denn das Kind war eines untauglichen Vaters und einer abgefallenen Mutter Abkömmling, also es sein eingeborenes Erbe verdoppelte. Für die zwei Lebensunfähigen hat dieses Kind aber praktisch nicht existiert, die waren so in ihrer Welt gefangen, die haben oft nicht einmal das Unmittelbarste um sich wahrgenommen, die wussten wahrscheinlich nicht einmal das Jahr, in dem sie lebten, geschweige denn das genaue Datum, aber den Wochentag schon, weil ob Wochenende mit diversen Festivitäten oder ein allgemeiner Wochentag war, das musste man wissen. Auch eine andere Geschichte ist noch herumkursiert, die den ortsansässigen Jessas nicht gerade entlastet hat und die natürlich jeder kannte, es war nämlich so, dass der alte Egger sich verpflichtet gefühlt hat, dem alten Hager eine nicht unbedeutende Geldsumme zu überbringen. Es handelte sich anscheinend um Alimente für das Kind, um Altlasten sozusagen, Schuldigkeiten der nachfolgenden und trotz fortgeschrittenen Alters noch unmündigen Generation, so sagten sie jedenfalls, aber alle wussten, dass der alte Egger vom alten Hager indirekt erpresst worden war, weil er anscheinend etwas über den Tod seiner Tochter wusste, etwas, das mit seinem Sohn, dem jungen Egger, zu tun haben musste, und so hat ihm der reiche Alte halt seine billige Tochter finanziell abgegolten, und wenn die beiden irgendwann einmal geheiratet hätten, dann hätte er sowieso die Hochzeit und den ganzen Trara zahlen müssen, weil der arme Hager dazu ja nie imstande gewesen wäre, der Minderbegütete, und so ist dieses Geld halt anders verwendet worden, seinem Zweck nicht einmal so weit entfremdet, dass der Egger auf seinen Sohn hätte sauer sein müssen, und das war er auch nicht. Nur heiraten durfte der junge Egger jetzt nicht mehr, zumindest würde der alte Egger keinen Cent mehr dazu beisteuern, das Hochzeitsgeld war nun verschleudert. Damals hat er noch bei seinen Eltern zuhause gewohnt, der hatte ja keine richtige Arbeit, um sich selbst wo eine kleine Wohnung zahlen zu können, und so hat er auf seinem Elternhof ab und zu mitgeholfen, gegen Kost und Logis wie ein billiger Knecht, aber ihm war das recht so, dem geldgierigen Vater sowieso, da ersparte er sich ja eine Arbeitskraft. Irgendwann aber, das war nicht sehr lange nach dem Verschwinden der

Hure Petra, ist er dann einfach fortgezogen von daheim, in ein unbewohntes Gebiet oberhalb des hinteren Gebirges, eine Steinwüste war das, trocken und unwirtlich, aber er wollte genau dahin, angeblich sollen da auch vor Jahrhunderten Vorfahren von ihm gelebt haben, und mindestens sieben Jahre wollte er dort bleiben, der junger Egger, und seinem ihm überall gehässig vorgehaltenen Spitznamen gerecht werden. Nun denn, er zog also aus und nahm nur wenig mit, einen ganzen Rucksack voller Bibeln soll er umgehabt haben, das hat eine Nachbarin gesehen, vielleicht habe ihn ja doch noch die Reue ergriffen, hat sie erzählt, und er wolle wahrscheinlich in der Einsamkeit um Vergebung seiner Sünden bitten. So hatte erneut niemand eingegriffen, wo einzugreifen nötig gewesen wäre, und sie ließen ihn getrost ziehen, da es, wie sie sagten, keine Beweise gebe, um polizeiliche Maßnahmen zu ergreifen, um da irgendwen anzuzeigen. Dieser Jessas konnte nicht geächtet und von den Leuten verurteilt werden, da des Eggers Familie eine viel zu mächtige Position im sozialen Gefüge der Gemeinde, ja des ganzen Landstriches innehatte, und so traute sich niemand etwas zu machen. Obwohl sich die Zeiten schon vielfach geändert hatten, standen die Uhren an diesem Erdenfleck anscheinend still und die ekelhafte Infamie wiederholte sich, es passierte erneut, und sie ließen den Mörder gehen und sparten auch nicht mit lobenden Worten ihn betreffend, denn verziehen werde ihm mit Sicherheit, der hat sich ja schon so gebessert, wenn du dir vorstellst, was der mitmachen hat müssen als kleines Kind, dass der überhaupt lebensfähig geworden ist, da merkt man schon wieder den guten Einfluss der hiesigen Erziehung, wenn man bedenkt, wie sich der sonst noch entwickeln hätte können, stell dir vor, und insgeheim waren sie alle froh und schwer erleichtert, dass diese Nervensäge nun endlich fort war, und das sogar, ohne dass man dazu aktiv eingreifen und sich selbst die Hände schmutzig machen musste. Einzig und allein wir wussten: Das durfte so nicht sein. Hier musste nachträglich umgeackert werden, es war echt notwendig, hier in der Vergangenheit herumzustochern, um den letztendlichen Sieg der Vernunft, der Gerechtigkeit, der basalen Eintracht herbeizuführen und provinzielle Dummheit, sklavisches Folgeleisten und Einfältigkeit vollends niederzuschlagen und auszumerzen. Nicht anders war das möglich, es musste aufgeräumt werden, um wieder schön dastehen zu können. Wir sahen uns verpflichtet dazu, nicht wie sie immer schön brav die Münder zu halten und bei jeder unangenehmen Sache wegzusehen. Schande komme über sie, die sie das seit Jahrhunderten machten, und gleichermaßen über uns, sollten wir jetzt, da wir mündig waren, diese Fesseln nicht zerrissen haben. Folglich schritten wir zur Tat und fanden ein Urteil, dass wir erkannten unter uns, was gut sei, und war das auch unmöglich vor den Augen dieses übrigen Volkes zu dieser Zeit, sollte es darum nicht unmöglich vor unseren Augen sein. Dieses Land war voll Blutschulden, unser Ort voll Frevel, so wollten wir keine Sekunde mehr länger dumm warten auf Weisheit. Schon am nächsten Tag sollte es sein, am Karsamstag, trotz schwerem Kater und blödem Schädel und schwachem Körper, denn das war der Wille unser, dass wir mit Wohltun verstopften die Unwissenheit der törichten Menschen. Zu langsam lief uns all dies Reden unserer Vorgänger, neue Wege wollten wir gehen, eine neue Rede kam uns dabei, müde wurden wir dieser alten, voll verpissten Zungen. Nicht weiter sollte unser Geist auf abgelaufenen Sohlen wandeln müssen, also geschah es jetzt wie ein Sturm. Und der zweite Streich folgte sogleich. Da es jetzt Morgen war, hatten wir uns versammelt, um uns am heutigen Tag genauestens zu beratschlagen und wirklich nichts mehr dem Zufall zu überlassen, denn diese zweite Operation sollte nicht mehr so in die Hose gehen wie des alten Eggers Abrechnung. Wir hatten uns wärmstens eingepackt, stand uns doch ein ganzer Tag unter freiem Himmel bevor, der Aufstieg in die steinerne Wüste war kein Zuckerschlecken und oben dürfte uns auch noch Schnee erwarten. Wir hatten uns ein Lagerfeuer gemacht, um uns richtig aufzuwärmen und um Essen zum Frühstück zu grillen, und als uns die vielen Vorbeiwandernden freundlich grüßten, da wussten diese vielen Ahnungslosen nicht, dass wir es waren, die sie alle am heutigen Tag noch auffliegen lassen würden, weil das so nicht weitergehen durfte. Also traten wir als ein Rudel überstarker Westernhelden unseren Weg zu des Jessas Behausung an, seiner Hütte in den Bergen, dieser Vaterunsergarage, und anstelle von Revolvern hatten wir unsere Zungen zum gekonnten Anschlag, zur großen verbalen Hinstreckung, seiner gesellschaftlichen Schlachtung gewetzt und geschliffen. Und weil er da in solchen Höhen lebte, hatten wir beim Aufstieg noch genügend Zeit, um uns intensiv Gedanken über das bevorstehende Ereignis zu machen und um erneut zu besprechen das, was im Rat der höchsten Wächter eben beschlossen und im Gespräch beratschlagt ward, auf dass die Lebendigen erkannten, dass wir die höchste Gewalt über der Menschen Königreiche hatten und sie auch ausspielten. Und wir wurden immer gieriger auf den jungen Egger, waren bereit, ihn gewaltsam mitzunehmen, ihn öffentlich zu schelten und in die Ecke zu drängen, lauthals rufend, Sehet her, seht den Mörder, der sich tarnte als Jesus Christus, der der weltlichen Gerichtsbarkeit entkommen wollte und sich über Gott und den Staat gestellt hat, wir würden ihn richtig bearbeiten, mehr als einschüchtern, um dann final ein Geständnis aus ihm herauszupressen, auf offener Straße, vor allen Leuten, coram publico, auf dass er sich selbst seiner Strafe stelle und für immer hinter Gitter komme, wie sich das halt gehöre. So hatten wir uns das vorgestellt. Es war nun schon später Nachmittag, als wir seine Hütte erreichten. Die

Dämmerung kroch wie eine gehässige Alte über den Bergkamm herüber und drängte die letzten Lichtstrahlen zurück, der Dunst stieg langsam aus der Landschaft, indes der unter uns liegende Wald still dieser Macht gegenüber harrte. Alles bewegte sich träge und gleichförmig, der Amsel Gesang schnitt selbstsicher und ohne zu zögern gerade Längsschnitte in das alte sich uns offenbarende Bild, ohne es dabei zu zerreißen, aber um es erträglicher zu machen. So blickten wir noch einmal rasch gen Himmel und das umliegende Gebirge, das noch viel höher lag als diese steinige Hochebene hier und das starr und unbewegt, fast blöd unseren Blick erwiderte, uns nichts sagte, alles einfach geschehen ließ, wie sollte es auch eingreifen, es war ja nur ein Gebirge. Und auch wenn der treuen Berge Hoheit in diversen Schriften oder Musiken mehr Macht zugesprochen wird, als der gemeine Mensch je zu denken imstande ist, war das einfach Blödsinn, bodenloser, genauer hinschauen musst du, ein steinernes Massiv als jauchzende Übermacht, das ist doch zum Lachen, wir waren uns sicher, dass diese Steine nun nicht zu des jungen Eggers Vollstreckung schreiten würden, wir aber sehr wohl, die Berge bleiben daheim, nichtssagend und unbedarft wie zuvor, wahrhaft, wir gehen hin und richten, während das Gestein nichts tut, genau nichts nämlich. Nach dieser kurzen Abrechnung, weil gesagt werden musste das ja schon lange einmal, klopften wir Richter an des Jessas Tür und verlangten Einlass, aber was war das, schau dich an, es wurde uns nicht geöffnet. Es war nämlich niemand zuhause. Damit hatten wir jetzt nicht gerechnet. Das durfte doch nicht wahr sein. Schnell haben einige ihre Handys gezückt und nach unten angerufen, alle durchtelefoniert, ob jemand wisse, wo der junge Egger sei, ob der vielleicht schon vom Tod seines Vaters erfahren habe, ob er irgendwo im Ort unten herumstreune, irgendwer musste ihn dann ja gesehen haben. Doch wenn er auch nicht unten war, konnte es noch immer sein, dass er irgendwo hier oben herumwanderte, vielleicht zum Jagen ausgegangen war, zum Sammeln, zum Outdoorbeten, wer weiß das schon. Die Hütte sah nicht so aus, als wäre er für lange weggegangen, der konnte gar nicht weit sein, und dann haben wir per Telefon von einer alten Nachbarin erfahren, dass sie gesehen habe, wie der junge Egger vor nicht einmal einer Stunde an ihrem Haus vorbeigeritten, ja, auf seinem Esel vorbeigezogen sei, durch der Eggers offenes Hoftor hinein, der habe sicher auch irgendeinen Draht nach unten gehabt, der muss vom Tod seines Vaters erfahren haben und ist deshalb nachhause gekommen, er habe recht reserviert ausgesehen auf seinem Tier, erhobenen Hauptes ist er durch die Siedlung geritten, langsam und bedächtig, und auf lange dürfte er nicht gekommen sein, da er keine Tasche, keinen Rucksack, überhaupt nichts dabei gehabt hat, aber mehr wisse sie leider auch nicht. Es ging nicht anders, wir mussten nun so schnell wie möglich absteigen und noch heute zum jungen Egger, so sehr brannten wir darauf, das durchzuziehen, und fast laufend traten wir den Rückweg an, uns immer wieder wundernd, wie viel Glück dieser Elende hatte, immerhin gab es nicht so viele Wege hier herauf, das musste wirklich ganz blöd hergegangen sein, dass wir ihm nicht begegnet waren beim Aufstieg, er musste schon am Vormittag aufgebrochen sein und die weniger steile Forststraße nach unten genommen haben, wahrscheinlich wegen dem Esel, wer reitet denn heute überhaupt noch auf einem Esel, das ging uns sowieso nicht ein, das war ein gänzlich unverständlich Ding, und wir Jungen haben natürlich in unserem infantilen Stolz die absolut steilste Strecke gewählt, um nur ja so schnell wie möglich oben zu sein und uns zu beweisen, wie bergfit wir waren. Dass der da oben so abgelegen überhaupt so schnell von seines Vaters Tod erfahren hat können. So haben wir uns verpasst, und wir bissen uns in den Arsch. Es war dann schon dunkel gewesen, als wir den Eggerschen Hof erreichten. Wir waren durstig und wirklich todmüde und standen trotzdem entschlossen und breitbeinig vor dem leicht erleuchteten Haus, vor ihrer Tür, nicht wie gestern auf der Hofhinterseite, sondern wie es sich gehörte beim Haupteingang, den diese Bauersleute ja sowieso nie benützen, der war ja nur zur Repräsentation, den durfte man nicht schmutzig machen mit seinen ordinären Stallschuhen, und weil sie die aber immer anhatten, gingen alle nur hinten hinaus und hinein, außer der Pfarrer oder der Bürgermeister kam auf Besuch. Und jetzt standen wir vor dieser Tür und klopften an. So jemand unsere Stimmen hören wird und uns auftun, zu dem werden wir eingehen und ihm sein Abendmahl auf den Boden werfen und ihn fordern, und er uns. Als wir die Klingel mehrere Male ganz fest und lange gedrückt hatten und ihren Widerhall bis in die kalte Luft nach draußen hören konnten, uns aber niemand öffnete, auch nicht nachdem wir polternd geklopft und alle Namen gerufen hatten, probierten wir einfach, ob die Tür nicht vielleicht unverschlossen sei, aber die Tür war natürlich verschlossen. Die vordere nie genutzte Tür war immer abgeschlossen, das weiß doch wirklich jeder, und wenn da bei dieser Tür, die man ja nur einbaute, weil es eine vordere Haustüre geben musste in jedem Haus und nicht weil man sie brauchte, jemand Einlass gefordert hat, wusste man sofort, dass das jemand aus der Stadt oder aus dem Ausland sein musste, oder wie gesagt höherer Besuch. Also hat uns niemand aufgemacht, indes im Inneren, im hinteren Bereich des Hauses, Licht auszumachen war. Wir gingen nach hinten. Unser Zorn war ergrimmt über diesen Pseudohirten, und den Bock wollten wir heimsuchen, wir wollten sogar seine ganze Herde heimsuchen und würden sie zurichten wie ein Ross, das zum Streit geschmückt ist. Wahrlich, jetzt sollte es endlich geschehen, wir waren voll Glaubens und

Kraft, dass wir Wunder und große Zeichen unter dem Volke tun würden. Rückseitig war naturgemäß offen, wir traten ein und vernahmen eine große Stille im Haus, die von unserem mehrmaligen Rufen der Namen dieser Bewohner hier stechend durchrissen wurde. Dazwischen war es aber wieder beängstigend geräuschlos, gemein lautlos, als würde eine von Stille schwangere Luft, ganz fett und massig vollgefressen, gleichmäßig und ungehemmt bis unter unser Unterhemd kriechen, und wir schüttelten uns vor Ekel und Bange. Da stimmte was nicht, das war klar. Oder auch nicht und sie sitzen in ihrer geistigen Umnachtung vor einem viel zu laut gestellten Fernseher und hören uns deshalb nicht und erschrecken sich durch unser plötzliches Auftreten zu Tode. Aber es konnte ja auch sein, dass dieses Aas allein zuhause war und uns schon hat kommen hören und jetzt mit seinem Luftdruckgewehr hinter der nächsten Ecke auf uns wartete, um uns genüsslich ins Knie zu schießen und uns dann wegen Hausfriedensbruch anzuzeigen, oder vielleicht gar mit einem Messer, dem konnte man ja alles zutrauen, und setzte uns dies Messer an unsere Gurgeln, weil er so gierig auf Blut war, wer weiß das schon. Aber jetzt gab es kein Zurück mehr, jetzt zogen wir das durch, auch wenn Angst und Not uns gerade schreckten und uns niederschlugen wie ein König mit seinem Heer. Unsere Schritte wurden immer zögerlicher und das zuvor so selbstsichere Rufen nun abgeschwächter und leiser, fast unterwürfig.

So tasteten wir uns durch das ganze Haus, stießen alle Türen auf, machten von allen Lichtschaltern Gebrauch, nahmen uns dann den ersten Stock vor, alle Schlafzimmer, alle Bäder, von denen es hier jede Menge gab, und trotzdem stanken die alle immer so entsetzlich, und dann durchforsteten wir der Vollständigkeit halber auch noch Dachboden und Keller, und wir fanden nichts, niemanden, das ganze Gebäude war leer, keiner zuhause. Die ganz Alte würde vermutlich noch in der Abendmesse sein, ja das war möglich, auch von der Uhrzeit her würde das passen. Die Jungen würden vielleicht gerade Dinge das Begräbnis betreffend ausrichten, denn der alte Vater musste ja unter die Erde gebracht werden, auch wenn da nicht mehr recht viel von ihm übrig geblieben ist in dieser Feuersbrunst. Da gab es sicher eine Menge zu organisieren, wahrscheinlich hat sich da auch der Pseudojesus angehängt, auch das war möglich, und alles schien schon nicht mehr so übernatürlich und verwunschen, irgendwie banal sogar, ordinär wie auch sonst alles hier. Und als deutliches Zeichen an sie, dass wir hier waren und sie im Visier, auf der Schaufel, auf unserer Schaufel hatten, ließen wir alle Lichter an, jedes einzelne, das ganze Haus war nun von elektrischem Licht erhellt und das würde sicher noch bis weithin auf die Straße leuchten, und sie würden sich sicher erschrecken und entsetzen, vielleicht sogar an einen spukenden Alten denken. Zumindest war uns das etwas, ein kleiner

Erfolg vorerst, so dachten wir und verließen dies unwirtliche Haus. Wir gingen nach draußen auf den Vorplatz, wieder zurück zum unbenützten Portal, um uns zu besprechen und das weitere Vorgehen zu diskutieren, und müde ließen sich einige auf den kalten Steinboden nieder. Es war eine klare Nacht über uns, einige zündeten sich Zigaretten an, andere zogen eine Dose Bier aus dem Rucksack. Wir waren erschöpft und brauchten eine kurze Pause, wir fühlten uns an diesem Platz gerade sicher und fanden den Moment ideal, um einmal kurz durchzuschnaufen. Es fehlten uns erneut die Worte, nur wenige sprachen jetzt, einige ließen ihre Körper sogar gänzlich nieder und beobachteten den nächtlichen Himmel, ganz gelöst und ungezwungen, wie nur die Jugend das zulassen kann. Ja und da war es plötzlich geschehen, in diesem zutraulichen Moment, so unerwartet wie eine schallende Ohrfeige an deinem Geburtstag. Das fuhr uns so in alle unsere Glieder, dass es uns wehe tat, und wir erschraken wie Säulen des Himmels und entsetzten uns vor diesem Anblick, unser aller Angesicht wurde bleich, weil das daherbrach und keine Gnade bot, denn wir sahen nun den jungen Egger, unser den gesamten Tag über gesuchtes Objekt des Ungemachs, wie er an einem Strick vom obersten Dachbalken des Hofdaches hing, ganz schlicht und gerade hing er da, direkt über dem Haupteingang, dieser offiziellen Pforte. Aber er reichte nur bis zum ersten Stock, er war da vom Dach in seinen Tod gesprungen, und die vielen beleuchteten Fenster des Hauses zeigten ihn jetzt ganz deutlich und verbargen ihn nicht mehr in der Dunkelheit wie zuvor. Und weil der Wind sich gelegt hatte, baumelte er ganz ruhig und machte kein Aufsehen, und wir entsetzten und verwunderten uns über alle Maßen. Das war ein Moment, so seltsam, dass unsere Weisheit unterging und unser kluger Verstand verblendet wurde, ein so wunderliches Ding, dass wir nicht wussten, woher es sei und wie es unsere Augen so unverhofft und schlicht auftun hat können. Schwer waren unsere Glieder und nur zäh und mühsam konnten wir uns erheben. Nun wurden Nummern gewählt, der Polizei, des örtlichen Arztes, alles anonym versteht sich, und wir schauten uns den jungen Egger, den Dorfjesus, noch einmal genau an, und wie verabschiedend grüßten wir hinauf, wie dieser fette Kerl denn da auf das Dach gekommen sei, das fragten wir uns noch, und dass das Seil ihn gehalten habe, und bitter enttäuscht machten wir uns davon, tunlichst bedacht darauf, keine Überreste unserer Genussmittel zurückzulassen, kein primitiver Stummel sollte von unserer Anwesenheit hier zeugen, denn dass wir hier auch noch unter Mordverdacht kämen, das fehlte uns noch, das wollten wir ganz sicher nicht, es sollte ja umgekehrt funktioniert haben, was es nicht hat, schon wieder nicht. Die Strecke zu unserem Gemeinschaftsraum, diesem versifften und verstunkenen Ort unserer Zuflucht für und für, erschien uns heute wie ein Katzensprung, so sehr waren wir verstört und mit Gedankenkonstrukten beschäftigt, so sehr waren wir weggeschossen worden aus dieser Welt, ein entrückter Bewusstseinszustand, der jeden Buddhisten zutiefst erschrocken hätte. Es war uns unerklärlich, was hier gerade vor sich gegangen war, das lag außerhalb unseres Vorstellungsbereiches. Wir hatten uns besprochen in dieser unserer schweren Not und waren zu keinerlei Erkenntnis gekommen. Etwas verwehrte uns hier unseren ersten Auftritt, unterband unsere Richterschaft, machte es uns unmöglich, unser Erbe anzutreten, ja wollte uns partout nicht in dieser Position haben. Vielleicht hatte es durch den ersten Fall dazugelernt und sich schon vorab den Selbstmord als Freiheitsakt unter den Nagel gerissen, als selbstbestimmende Lösung uns entwendet, als menschlichen Gegenentwurf zu einem Plan welcher Art auch immer. Unverständlich, denn wir konnten uns ja noch immer töten, aber das würde rein gar nichts ausrichten, denn dann hätten wir erst recht verloren, und nicht einmal der letzte Apostel würde das überhaupt bemerken, das wäre dann weniger als Flatulenzen im Wind, und erneut wären Widersacher ohne viel Wirbel weggeräumt, und das ohne Schuld auf sich geladen zu haben. Wir wussten an diesem Punkt angekommen keine Erklärung für einen Ausweg, konnten unseren Kontrahenten ja nicht einmal benennen. Und so blieb uns nur der furchtbare Rausch, denn schnell wollten wir vergehen und vergessen, was hier geschehen war, so dass wir unsere Notreserve an Alkoholika und sonstigen Giften anzapften und innerhalb kürzester Zeit aufbrauchten, wie irre einfach alles in uns hineinstopften, was zu finden war, hineinrauchten, würgten und schmerzhaft schluckten, ohne von diesem Schmerz abgehalten zu werden, die Besinnungslosigkeit sollte ein größtmögliches Ausmaß annehmen, das abscheuliche Spiel, dem wir hier ausgeliefert waren, das uns überfallen hatte, für diesen Moment aussetzen, auch wenn das keine dauerhafte Lösung war, das wussten wir schon. Es sollte uns ein Betäubungsmittel sein, das wir für diesen Augenblick brauchten, um nicht in einer schockartigen Starre zu verharren und auf den Schlag wahnsinnig zu werden. Wir mussten fort von hier, nur schnell mal aussteigen. Wir lechzten nach der totalen Vernichtung. Es sollte nicht nur ein Weit aus dem Fenster Hinauslehnen sein, sondern ein Aus dem Fenster ohne ein Zögern Hinausspringen und Die Arme beim Flug auch noch lächelnd Ausbreiten. Und nach wenigen Stunden nur schüttelten sich die ersten im krankhaften Rausch, andere waren längst eingeschlafen, in den unmöglichsten Schlafpositionen einfach umgefallen, und wie junge Hunde sabberten sie aus ihren ohnmächtigen Mündern heraus, einige redeten ohne logischen Zusammenhang, da scheinbar nur mehr der Körper sprach und der Geist schon längst in anderen Sphären war, so gestaltete sich unsere Runde als ein Haufen niedergebrochener

Schwachsinniger, armseliger Gepeitschter, lauter Gebrochener. Das war ein Bild, so furchtbar traurig, um nicht zu sagen entsetzlich. Am nächsten Tag schon, gleich in den Morgenstunden, haben wir erfahren, was hier geschehen war, und es war so einleuchtend wie diese lausige alte Geschichte der Erschaffung der Welt, denn der junge Egger hatte, nachdem er, so wie jeden Freitag Abend, mit seiner alten Mutter telefoniert hatte, weil ein Handy musste so ein asketischer Eremit schon haben, das war ja Mindeststandard heutzutage, dann sogleich vom Tod seines Vaters erfahren, wobei er darauf bestanden habe, dass sein Vater nicht in geweihter Erde, nicht auf dem örtlichen Friedhof bestattet werden dürfe, denn unmöglich könne der unehrenhaft gestorbene Vater da eine Ausnahme im strengen Reglement der heiligen Ordnung darstellen. Doch seine Mutter war strikt dagegen. Die Ascheüberreste des ehrwürdigen Vaters sollten, wie schon geplant, traditionell und seinem Ansehen gemäß bestattet werden, auf diesem Friedhof, sogar am Ostermontag gleich, weil der Pfarrer da extra eine Ausnahme mache, und damit basta. Der junge Egger schrie sie daraufhin an, sie wollte ihm nicht gehorchen, es war ihre Entscheidung, ihr unumstößlicher Wille, der Sohn könne sowieso nichts machen, denn er sei ja nicht einmal zugegen, und wenn er so boshaft sei gegen einen Toten, noch dazu gegen seinen eigenen Vater, dem er ja doch einiges zu verdanken habe, seine monatlichen Essenslieferungen zu seinem Hochstand da in der Wüste, ja sein ganzes Leben, dann solle er doch gleich auf seinem Berg bleiben und dort verrotten. So legte sie einfach auf. Das hat man uns erzählt. Als aber der junge Egger sah, dass sein Rat nicht ausgeführt wurde, sattelte er seinen Esel, machte sich auf und zog heim in seine Stadt und bestellte sein Haus und erhängte sich und starb und wurde begraben in seines Vaters Grab.

UND DES HEILIGEN GEISTES

Du musst dir vorstellen, dass Kinder sowieso schon unbarmherzig brutal zueinander sind, unüberlegt gemein, und die Kinder in dieser Gegend waren noch um ein Vielfaches gemeiner und hinterhältiger als sonstwo, das waren die übermäßige Dunkelheit in diesen Schluchten und ein Zuviel an direktem Kontakt mit hochgiftigen Spritzmitteln aus ihren Landwirtschaften. Und wehren hat sich der zarte und weichliche Junge nicht können mit seiner Art. Er hat sich dennoch nie gegen sie entschieden, ist nicht abgerückt von diesen Irren, hat nie dazugehören dürfen, aber hat sich trotzdem nie gegen sie gestellt, so wie wir das gemacht haben und ihr Widerpart wurden. Wir haben ihnen ja schon ganz früh den Kampf angesagt, den sie in überwiegender Zahl verloren haben, die armen Narren, und das, obwohl wir zahlenmäßig ja weit unterlegen waren, diese Bauernschädel. Aber zu uns wollte der arme Junge nie gehören, ganz im Gegenteil, der hat sogar mit ihnen gegen uns gekämpft, ohne von ihnen angenommen worden zu sein, und im Nachhinein haben sie ihn wieder geschlagen und heim zu seiner Oma getrieben. Den Hurensohn. Die Brut vom irren Christenwimmerl. Den wertlosen Zwitter. Und beim Turnen ist er fertiggemacht worden, und beim Umziehen zum Schwimmen, und sie haben ihm sein Jausenbrot auf den Boden geworfen und draufgespuckt, weil die niedrige Arschgeige sein Gfrieß beim Jausnen nicht so genüsslich verziehen solle und schon gar nicht die Augen richten durfte auf sie alle, die Abkommen der Mächtigen hier. Und es war schon ganz normal, dass er blaue Flecken hatte, und der eine oder andere Zahn wurde ihm aus seinem feinen Gesicht geschlagen, ohne dass das noch Aufsehen machte und das irgendjemand brutal fand. Er war ihr Boxsack und hatte dabei still zu halten, und wenn er weinte, bekam er noch mehr rein, und wenn er ohnmächtig wurde, dann pissten sie ihm noch ins Gesicht, bevor sie nachhause liefen, um dort mit ihren Familien zu Abend zu essen und von der Schule und der schönen Zeit da zu erzählen. Aber aufgegeben hat er nicht, denn das wird bekanntlich nur ein Brief, hat er immer gesagt, und hat daher nie aufgehört zu hoffen, dass er einmal dazugehören kann, dass er einer von ihnen wird und alles gut ist und er so fröhlich sein kann wie sie. Das war der kleine Egger, dem seine schon lange tote Mutter in ihrer ständigen Trunkenheit auch noch einen für diese Gegend gar nicht gewöhnlichen Namen gegeben hat, und das alleine konnte hier schon dein Todesurteil sein, und in dieser mehrfachen Kombination war das eben seine mehrfache Hinrichtung, eine tagtägliche, das war das Schicksal des jungen Animus. Und immer wenn wir diese Geschichte erzählen und zu dem Punkt kommen, an dem wir den Namen vom kleinen Egger nennen, dann lachen die Leute, obwohl da echt gar nichts zu belachen ist, das war der Inbegriff der Zerstörung eines Menschen, Hetze ist Kinderlulu dagegen, und die Erwachsenen haben das gewusst und trotzdem nur zugesehen und nichts gemacht, mein Gott das sind halt Kinder, wurde immer wieder gesagt, die machen sich das schon untereinander aus. Und vor nicht langer Zeit haben sie das dann wirklich ausgemacht, da ist dann nämlich wirklich etwas Furchtbares passiert, womit niemand gerechnet hat, weil den Animus schon alle abgeschrieben haben, der hat wie ein altes Stofftier alles mitgemacht, war innerlich wahrscheinlich schon abgestorben, und das als Vierzehnjähriger, ganz gebrochen, wie man sagt, aber was sollte sich denn da auch jemand annehmen um ihn, die Schullehrer hatten viel zuviel Angst davor, für so einen Mischling Partei zu ergreifen und sich dabei auf die falsche Seite zu stellen, und der Pfarrer hat sich gedacht, dass der von der Gesellschaft Ausgesonderte sicher zurecht von dieser verstoßen wurde, und den Bürgermeister ging das überhaupt nichts an, und der Doktor hat sich nur immer gedacht, wie arm der nur sei, und ist in den Gesprächen mit seiner Frau immer ganz sentimental geworden, weil er so froh war, dass seine Kinder so normal seien und gar nicht erst an diesem verfluchten Ort zur Schule gehen mussten, sondern weit weg in einem Internat untergebracht waren. Und mit uns wollte er ja auch nichts zu tun haben, unsere Türen standen ihm immer offen, das hat er gewusst, der hätte nur die Seite wechseln müssen, ganz einfach, aber das hat er nicht gemacht, vielleicht weil er nicht zu den Aussätzigen, zu den Anderen gehören wollte, das war er ja so auch schon. So war das Unheil vorprogrammiert. Das hat sich der allerletzte Koffer ausmalen können, dass das noch einmal ein Nachspiel haben muss, da die Elenden, die nicht haben nach der Gerechtigkeit getrachtet, letztendlich Gerechtigkeit erlangt haben, so hat man nachher gesagt, und so ähnlich hat es auch der Pfarrer dann formuliert. Das ist jetzt vielleicht zwei Jahre her, das war zu Schulschluss von des Animus Jahrgang, als der Abererhof bis auf seine Grundfesten niedergebrannt ist, und in den Flammen starben die beiden Söhne vom Abererbauern, und die Tochter starb hernach im Krankenhaus an einer Rauchgasvergiftung, nur er und seine Frau haben diesen Brand überlebt. Und diese seine drei Kinder waren in des Animus Missbrauch und Schändung immer an vorderster Front dabei gewesen, die waren die unerbittlichsten Widersacher gewesen, das glaubt man kaum, dass Kinder in diesem Alter sich so vehement aufeinander einbeißen und nicht mehr davon abrücken können, das war vielleicht schon so etwas wie eine Sucht, den Schwächling fertigzumachen und ihm zu zeigen, wer der Chef ist, ihn einzustampfen und an jedem erneuten Tag dem Erdboden gleichzumachen, und das haben sie richtig lustvoll gemacht, tatsächlich vertilgt haben sie ihn und unterworfen, er aber hat sie umgebracht. Wahrlich so mussten diese Furchenscheißerkinder das letztendlich mit dem Tod bezahlen, und ihr Tod hat den Geschlagenen schlagartig befreit. Das hat natürlich niemand so ausgesprochen, aber gedacht haben sie es alle, denn plötzlich hatten sie doch irgendwie Angst vor dem stillen Wässerchen, dem Gepeinigten, dass er auch bei ihnen ein kleines Feuer anmachen könnte, und sie dachten angestrengt nach, ob nicht auch sie ihm einmal Unrecht getan hätten und wie sie ihm am besten ganz neutral aus dem Weg gehen könnten. So ganz sicher war sich niemand, ob Animus tatsächlich etwas mit dem Brand zu tun hatte oder nicht, jedenfalls konnte ihm die Polizei nichts nachweisen, gar nichts nämlich, es war zwar ganz klar Brandstiftung, aber wer da Feuer gelegt hatte, darüber konnte man nur mutmaßen, und obwohl die den Animus stundenlang verhört hatten, und sicher haben sie ihm auch gedroht und ihn geschlagen, hat er nichts gesagt, das war er ja gewohnt, dass man auf ihn hindrischt bei jeder Gelegenheit, das konnte ihm nichts anhaben, da hätten sie schon mit anderen Geschützen auffahren müssen. Und wieder einmal ist da dann gar nichts weiter geschehen. Er ist mit seinem dreifachen Mord einfach durchgekommen, da gab es keinen Ausschluss, keine Ächtung, den hat sich keiner zur Brust genommen und scharf mit ihm geredet, niemand hat ihn in die Schranken gewiesen, nein, ganz im Gegenteil, die haben sich gefürchtet vor dem jungen Spunt und zu ihm in seltsamer Weise aufgeblickt, weil er sich aus seinem Sumpf selber hat herausgeholfen und nicht auf ihre Hilfe, die sie ihm dessenungeachtet nicht gegeben hatten, angewiesen war. Und es gruselte sie bei der Vorstellung, dass es auch ihre Kinder hätte treffen können, weil in irgendeiner Form war da schon jeder einmal beteiligt gewesen bei einer boshaften Aktion gegen Animus, und sei es nur, dass man ihm bei der Schulausspeisung den Platz am Tisch verweigert hatte und er wieder einmal alleine hat essen müssen. Aber die Eltern verstanden das, wer wollte denn mit so einem beim Essen zusammensitzen, da muss man schon vorher auf den eigenen Magen schauen, damit einem die Kost nicht negativ anschlage durch so eine Gegenwart. Seis wies sei, jetzt war ja alles vorbei, die Schulzeit vorüber und der arme Animus bei einem Dreher in der Lehre, da gab es nur ihn und seinen Lehrherrn, und der war gut zu ihm, so war er dort von seiner Umwelt gut abgeschirmt und sicher, und die Umwelt vor ihm, und alles hat scheinbar ein gutes Ende genommen. Seither hat man ihn nur selten zu Gesicht bekommen, und ist er einmal bei einem Wirten aufgetaucht oder auf einem Fest, dann hat man ihn so gut wie möglich ignoriert, um nicht in eine unangenehme Situation zu kommen mit Zweigeschlechtlichen, um nicht das arme Zwischenwesen zu erzürnen und sich selbst dabei in Gefahr zu bringen. Fertig, das wars, so sollte es bleiben. Für uns war das aber kein abgeschlossenes Ding, die Sache konnte so nicht beigelegt werden. So einfach konnte man mit sowas nicht durchkommen, da musste doch jemand einschreiten, das konnte doch nicht der Weisheit letzter Schluss sein, sowas ekelhaft Deprimierendes, einen Mörder da frei herumlaufen zu lassen, aber scheinbar hat das niemanden außer uns gestört, die waren da alle viel liberaler, so haben sie gesagt, wenn man sie auf Animus hat angesprochen, das sei die Sache der Polizei, und wenn die nichts machen könne, dann könne da niemand etwas ausrichten, und schon gar nicht sie, diese Geringen, und wenn er schuldig sei, dann würde er sich in letzter Instanz sowieso vor dem großen und gerechten Richter verantworten müssen, spätestens dann. Wir waren da anderer Meinung. Und so musste als nächstes Animus Egger fallen, oder eigentlich als Erstes, waren doch unsere beiden ersten Versuche der neuen und richtenden Gerechtigkeit nicht gerade das, was man gelungene Akte nennen könnte. Da hatte ja jemand anderes seinen Spaß gehabt. Aber jetzt waren wir dran. Wir erwachten mit einem superschweren Kater. Furchtbar war das giftige Dröhnen, das allumfassende Klopfen, Poltern, irgendwie sägende Hämmern in unseren Köpfen, und die geschrumpften Glieder gehorchten nicht den Befehlen aus der Zentrale. Niederdrückend und so schwer wie durchnässt fühlte sich die Kleidung an, als würde unter einer großen Last der Körper auf der Stelle zusammenbrechen. Einige hatten in ihrem Erbrochenen geschlafen und jetzt am Morgen standen ihnen ihre Haare, weil vom Gespienen verklebt, in lustigen Formationen vom Kopf, und trotzdem war uns nicht zum Lachen. Die Ausdünstungen unserer selbst sowie der vielen herumstehenden Flaschen und übervollen Aschenbecher erregten eher erneuten Brechreiz, schnellstens musste diese Örtlichkeit hier verlassen und der Leib wieder auf Vordermann gebracht, ja kampfesbereit herausgeputzt werden, so letschert wie wir hier auf unseren alten Couchen herumhingen, waren wir nicht einmal dazu fähig, uns den eigenen Arsch auszuwischen, geschweige denn gegen eine uns zürnende überirdische Macht in den Krieg zu ziehen. Wir beschlossen ohne langes Gerede, uns nach einer Regenerationsphase in den jeweiligen Herkunftshäusern am Nachmittag wieder zu treffen und dann alles weitere Vorgehen zu besprechen. So sei es also. Die frische Luft am Heimweg brachte etwas Kraft in unsere mehrfach getöteten Körper zurück. Wir fühlten uns dennoch wie zerlaufender Waldhonig auf Butterbrot, der ja bekanntlich das Herausgewürgte des Bienentiers ist, das zuvor die Scheiße der Blattläuse, ihr Exsudat, gefressen hat, also gekotztes Geschissenes, und genau das waren wir heute, vomitierte Exkremente, so zäh und hirnlos auf einer ganz buttrigen Körperlichkeit. Und zuhause warteten schon die übervollen Ostertische auf uns, und an diesen Tischen die vielen verwandtschaftlichen Geistesleichen, die mit ewiggleichen Gesprächsthemen und tatsächlich seit Jahren immer gleichen Ausdrücken auf ihren Gesichtern uns das Leben in diesem Moment nicht leichter machen konnten, weil sie geboren wurden, um gering zu leben und einfach zu sterben, pflanzten und ausrotteten, was gepflanzt wurde, denn so waren sie gemacht, ihr Dasein so zu fristen, dass es normal und bedenkenlos fromm sei, anständig und das Bestehende stets konservierend, so dass es dem unsrigen entgegenstand. Obwohl es heute gar nicht einmal so fad war wie sonst, weil die Themen am Tisch, wie sollte es auch anders sein, der beiden Egger Tode betrafen, und da spitzten wir schon unsere Ohren, da waren wir doch interessiert. Wir versuchten dennoch das Prozedere so schnell wie möglich über uns ergehen zu lassen, denn es war an der Zeit sich zu rüsten, zu stärken und intensiv die nächsten Schritte zu durchdenken, denn wohl waren wir uns treu und wollten uns nicht bewahren vor dem Argen, wahrlich es musste so sein, und ein Umbruch würde halt auch wehtun, da brauchst du dich nicht zu fürchten, das hat schon so seine Berechtigung, das würde sicher kurz brennen, wie beim Pflasterabziehen oder beim Impfen, das weiß man ja, dass das Gute halt manchmal auch schmerzen muss. Wir trafen uns dann am späten Nachmittag direkt an der Wegkreuzung zum Hagerhof, da der Gemeinschaftsraum noch zu sehr von Spuren der letzten Nacht zeugte, und das war zu heftig jetzt, und das Wetter spielte uns mit, und wir konnten sogar ein paar Sonnenstrahlen auf unsere fahlen und aufgeschwemmten Saufgesichter erhaschen. Langsam aber doch kamen wir wieder in die Gänge, und es wurde diskutiert, abgewogen, strategisch gefuhrwerkt, und es war auch ein bisschen seltsam, dass wir uns nicht fürchteten, wo wir doch wussten, was mit unseren Vorgängern passiert war, weil die mit ihrem großen Mund auch auf einem zu schmalen Grat gewandelt sind. Irgendwie packte uns zwischenzeitlich doch immer wieder ein kleines Grauen, so mit Zehennägelaufstellen, bei machen sogar Einrollen, je nachdem, wie hoch der Alkoholisierungsgrad noch lag. Souverän aber drängten wir das weg. Wir waren ja auch Schauspieler wie hier alle, hatten wir doch in die gleichen Schauspielschulen gehen müssen wie sie, und nun waren uns dieses Wissen und die perversen Handlungsstrategien gar nicht einmal so unnütz. Diese Muftis hier würden uns mit ihren armseligen Machtspielchen nicht unterkriegen, und wer auch immer ihnen auf diese übernatürliche Art und Weise zur Seite stand, konnte uns ebenfalls nicht aufhalten. Es war schon viel zu spät. Dieser Boden, ein ganzes Land als Jahrhunderte alte Geistesvernichtungsanstalt, konnte so nicht weiter bestehen, jetzt, wo wir schon, auch wenn nur in Gedanken, so weit gekommen waren. Und das nächste Richtobjekt ward ausgewählt, denn der Gott des Friedens zertrete den Satan unter euren Füßen in Kurzem, und die Gnade unser sei mit euch. Es sollte des jungen Egger und der Hure Petra Kind sein. Der war jetzt schon sicher sechzehn Jahre alt, einige kannten ihn noch aus der Schulzeit. Das war ein Armutschgerl, noch viel elender als sein Vater, ein Trauerspiel der stärksten Sorte. Aber sanft. Sie haben ja oft erzählt, dass so etwas ganz selten sei, nämlich dass diese brutale Gesellschaft hier einen so sensiblen und unendlich zerbrechlichen Menschen hervorbringen konnte. Das grenzte an ein Wunder, denn normalerweise werden die alle hier nach einer gewissen Zeit abgebrüht, abgestumpft, hingedrillt, um überleben zu können, wie soll man auch anders diese ungeheure Verrohtheit in seinem Kopf zusammenbringen, da muss man gezwungenermaßen einer von ihnen werden oder auswandern oder sterben. Doch er hat es anders gemacht. Und diese Morde mussten nun gerichtet werden. Also machten wir uns kurz vor Einbruch der Dunkelheit auf den Weg zum Haus des alten Hagerbauern hinauf, dem Hof von des Animus Großeltern, seiner Wohnstatt, diesem niedrigsten aller niedrigen Häuser hier, war es doch einer der verfallensten Höfe weit und breit, das Grundstück über und über mit Ramsch und altem Zeugs zugewuchert, und dazwischen liefen ganz dünne Hühner und Katzen herum. Einige Fenster waren zerschlagen, die Türen schief und nicht zum Eintreten einladend, und es schien so, als hinge da zu jeder Tageszeit ein seltsam zäher Nebel über dem ganzen Hofareal. Als wir eintraten in den geöffneten Innenhof und Acht geben mussten, an dem aufgebrochenen Steinboden nicht zu stolpern oder uns an spitzem Unrat die Beine aufzureißen, da kam es uns vor, als würde uns diesmal das Glück besser mitspielen, als könnten wir doch noch unser Vorhaben tatsächlich umsetzen. Nur hatten wir bei

Animus fast ein schlechtes Gewissen, weil der ja wirklich ein so ein armes und vom Leben nur verarschtes Buberl war, das wahrhaftige Zniachtl, das Kleine, Unauffällige, Unterernährte unter allen Lebewesen, so bemitleidenswert eigentlich und so elendig verloren, dass wir ihn besser trösten als hätten fertigmachen und öffentlich schlachten sollen. Aber Mord bleibt Mord, da bringt dir auch eine schlimme Vorgeschichte nichts, und auch nicht, wenn sie so über alle Maßen furchtbar wie jene des Animus ist. Das musste angezeigt werden, vor dem Volk und vor seinen Gerichten, und dann von einer Gerichtsbarkeit gerichtet, vor welcher auch immer. Wir würden ihn schon dazu bringen, vor aller Augen zu gestehen, das war schon so geplant, dass uns der voll auf den Leim gehen und alles auspacken würde, ganz sicher, das sollte uns eine gemähte Wiese sein. Also setzten wir Fuß vor Fuß und drangen immer weiter vor in diesen ländlichen Slum, in dieses Rattenloch hier, und ein stechender Gestank umgab uns und betäubte unsere von der Vornacht betäubten Gehirne noch mehr. Man hörte von drinnen die Schweine grunzen und immer wieder wild auffahren, so wie sie das machen, ganz hoh und wie unter Schmerzen, so dass man glaubte, die schrien einen an. Licht war keines zu sehen, und als wir vor der hinteren Türe zu stehen kamen, da fanden wir natürlich keine Klingel und pochten ganz laut an ihre Tür. Die vordere benützten sie hier nicht einmal für hohen Besuch, weil hier ja sowieso nie hoher Besuch herkam, und darum war der offizielle Eingang mit Kisten und anderem Zeug zugestellt und von Gestrüpp ganz überwuchert. Der alte Hagerbauer öffnete uns, und missmutig und grantig, wie es seit jeher seine Art war, dass man sich fürchten musste, er springe dir beim nächsten Augenniederschlag wie ein tollwütiges Eichhörnchen ins Gesicht und zerkratze dir dieses ohne Rücksicht auf Schönheitsverluste, so verbittert und aggressiv abwehrend gab er uns, nachdem wir ihn artig und höflich, fast untertänig, wie es sich hier gehörte, gegrüßt hatten, Auskunft, dass Animus nicht zuhause, sondern in den Ort hinunter gefahren sei. Er habe seine zwei Hunde mitgenommen und auch die Zwinger, alles auf seinem Moped mit dem Anhänger, und er wisse nicht wohin, das gehe uns aber auch gar nichts an, wofür wir denn das wissen müssten, fragte er uns in seinem bellenden Ton und lehnte dabei herausfordernd seinen Oberkörper nach vorne, den Kopf ausgefahren und ein Ohr zu uns gedreht, weil er sogleich Antwort haben wollte. Wir müssten mit ihm etwas Wichtiges bereden, gaben wir ihm kurz zurück und drehten uns alsdann um und verließen grußlos den Hof. Der Alte stierte uns von der Tür aus noch eine Weile nach und schimpfte auch so einiges, bis wir von seinem Grundstück waren. In der Zwischenzeit war es ganz dunkel geworden und die schmale Straße zum Hagerbauern herauf war nicht beleuchtet, wie auch sonstwo keine, außer im Ortskern natürlich.

Wir ließen uns auf die finstere Straße nieder, immer noch vom Rausch der letzten Nacht beeinträchtigt und ohne Motivation, das Ganze hier und jetzt zu Ende zu bringen. Wir besprachen uns eine Weile. Es tat gut, hier kurz zu rasten, denn wie war uns so herzlich weh, unsere Herzen pochten und wir hatten keine Ruhe, denn wir hörten bereits der Posaunen Hall und den Lärm der bevorstehenden Feldschlacht. So mühten wir uns zur Eintracht, runter vom Gas zu gehen, frohen Mutes zu rauchen, uns an dem hier so überlebensnotwendigen Flachmann zu laben, die Füße auszustrecken und einen heilsamen Gedanken auszutauschen, und also kam dieser unser Motor erneut in die Gänge, so wie früher der heiße Kakao am Morgen fuhr es uns ein und richtete uns erneut auf. Es musste sein, es musste fertig gemacht werden, was zu so gerechter Stunde begonnen, und unser Antlitz war wie ein Blitz, unsere Augen wie feurige Fackeln, unsere Arme und Füße wie helles, glattes Erz, und unsere Rede war wie ein großes Getön. So abermals gestärkt machten wir uns auf den Weg zurück in den Ort, in der Absicht, Animus zu suchen und zu finden und das Werk heute noch zu vollenden, es herrlich abzuschließen. Es waren die letzten Kräfte, die wir aus uns herauspressten, es war der Notgroschen an hart zusammengesparter Stärke, den wir jetzt für diese unsere letzte Chance zum Agieren wie ein Öl ins Feuer gossen. Unsere Suche hatte lange gedauert, immerhin hatten wir keinerlei Anhaltspunkte, wo sich

Animus hätte aufhalten können, denn es gab keine Freunde, keinen Stammtisch oder ähnliches, wo er hätte Zuflucht suchen können. So durchstreiften wir, aufgeteilt auf mehrere Suchtrupps, die ganze Gegend, und kein Stein blieb da auf dem anderen. Der hatte hier keine bleibende Stadt und hat immer auf eine zukünftige gewartet, darum konnte er überall sein, und es war wie das Suchen nach Nadeln in Heuhaufen, ein unmögliches Unterfangen, und obwohl wir uns der Sinnlosigkeit dieser Aktion bewusst waren, konnten wir nicht aufhören, wir konnten uns selbst nicht mehr stoppen, wie wahnsinnige Pflugmaschinen gruben wir den gesamten Landstrich hier um, nur um Animus zu finden und heute noch zu richten, ihn zu seinem Geständnis und einer Selbstbestrafung zu zwingen. Das hatte uns in Gefangenschaft genommen, und ein Aufgeben lag nicht mehr im denkbaren Bereich, das war so unmöglich, wie bei einem Sprung aus einem Hochhaus noch kurz vor dem Aufprall alles rückgängig zu machen, damit kannst du dich brausen gehen, da ist alles zu spät, und wenn du noch so beharrlich arschlings fahren möchtest. Wir hatten uns völlig in unser Fleisch und unsere Seele verbissen, ein strenges Anhalten in uns selbst war es. Also suchten wir weiter. Erst fast zu Mitternacht wurden wir fündig, und es war ein Fund, bei dem es uns völlig den Fetzen eingedreht hat. Das war ein ganz besonderer Moment, nämlich so besonders, dass wir auf dem Boden herumgekugelt sind, dass wir mit dem

Kopf gegen die Bäume schlugen, dass wir die Hände tief in die nasse Erde, den feuchten Kot hier gesteckt haben und in dieser Erde verschwinden wollten, in ihr aufgehen, uns selbst begraben ob unserer Handlungsohnmacht an diesem Ort. Wir wurden hernach auch alle, und damit sind wirklich alle gemeint, in geschlossene Anstalten eingewiesen, je nach Grad des Wahnsinns in die unterschiedlichsten Nervenheilanstalten, dauerhaft und ohne Wenn und Aber, weil als wir da gefunden wurden beim toten Animus, da schien es uns selbst aus mit uns. Es war, als würde uns jemand unsere Unzulänglichkeit mit feindseliger Stimme und in einer ewigen Dauerschleife ins Ohr flüstern, und in diesem Zusammenbruch, dieser entsetzlichen Schwere, da waren wir als Ganzes im Wahn, und wir sahen uns vor, uns nicht zu verlieren, damit erhalten bliebe, was wir schon für vollen Lohn erarbeitet hatten, doch wir gingen wie plötzlich zunichte, und wir gingen unter und nahmen ein Ende mit inwendigem Schrecken. Da wir den Gesetzlosen hier zu schonungslos ihren Teufel austreiben wollten, so war es denn geschehen, dass wir dabei nicht einmal mehr in Säue, sondern in ein Nichts fuhren. Höret als Mahnung dieses unser Ende, auf dass ihr daraus lernet und zu großer Erkenntnis kommt: Da wir mitten in der Nacht noch einen letzten Abstecher zu einer kleinen Wohnsiedlung östlich unserer Gemeinde machten, wurden wir des Animus Moped gewahr, wie es am Wegrand parkte, ohne Anhänger, und wir sahen von Weitem etwas auf dem dortigen Spielplatz. Wir waren als Kinder in unseren Mittagspausen oder nach der Schule manchmal hier gewesen, das war einer jener Spielplätze, wie sie eher für die Größeren konzipiert waren, mit großen Schaukelgestellen, Drahtseilen mit Fahrgeräten darauf und jeder Menge anderer Klettergerüste aus Holz. Wir konnten von diesem jetzt nicht nur ungewöhnliche Bewegungen ausmachen, sondern auch mehr als verdächtige Geräusche schlugen herüber, weswegen wir keine Minute zögerten und per Telefon den Rest der Meute verständigten, wartend bei des Animus Fahrgestell, um dann gemeinschaftlich zum Spielplatz zu gehen. Als dann endlich alle da waren, gingen wir über die große Wiese hinüber. Was wir dort sahen, verstörte uns zutiefst und brachte unser Vertrauen in uns selbst zum unmittelbaren Einsturz, denn höret, was wir dort sahen, das war eine Folge wirklich großer Kraft, gewaltiger Hände, die mit Tod und Hölle Animus mitsamt dann wenig später uns selbst in den feurigen Pfuhl geworfen hatten. So einen kranken Pofel erwartete man sich aus Hollywood, aber nicht hier bei uns, in diesem Kaff, bei diesen einfachen Leuten, wo sonst nur unauffällig und alles andere als spektakulär gestorben wurde. Animus hing, mit Seilen an den Beinen befestigt, kopfüber von einem der großen Schaukelgestelle, aber was wir von ihm noch gesehen haben, das waren bloß noch Fleisch und Eingeweide, die lose und wie schon herausrutschend aus seinem Rumpf hingen. Sein Gesicht war völlig zerbissen und man konnte kaum noch erkennen, dass das einmal Animus war, man sah schon fast bis in das Gehirn hinein und wir haben mit unseren Fackeln echt weit und direkt an den toten Körper heranleuchten müssen, um ihn überhaupt identifizieren zu können, weil er einem zerschossenen Kriegsleichnam glich. Sein Gebein hing an ihm an Haut und Fleisch, wie in einer Metzgerei, aufgehängt zum Trocknen, gerade frisch geschlachtet. Und neben ihm hingen die beiden Fleischermeister, seine beiden Hunde, ebenfalls bereits tot, ebenfalls an den Beinen mit Seilen am Gestell aufgehängt, die ihn da zerfetzt haben mussten, sie hatten ja noch Blut an ihren Mündern und Haut und Fleischteile ihres Herrels hingen ihnen aus den Schnauzen, klebten im felligen Gesicht. Das waren zwei der schärfsten Dobermänner weit und breit, die fürchtete man, wenn man nur am Hof der Hagerbauern vorbeispazierte, weil sie so schrecklich bellten, wahrhafte Missgeburten, die uns Kindern die ganze Gegend um des Hagerbauern Hof verdarben, weil man in ständiger Angst war beim Spielen, dass einem die beiden Kreaturen im Wald begegneten und man ihnen schutzlos ausgeliefert war. Aber diese Hunde passten zu Animus, waren sie doch die Kraft, die er nie hatte. Die Hunde waren sein Heil, seine Ehre, seine Zuversicht lag auf dem Rücken dieser Tiere. Und so hat er sie erneut gebraucht und hat sich von ihnen töten lassen. Sie haben ihm Haut und

Fleisch ausgezogen, Adern und Gebeine auseinandergerissen. Er hat die Hunde betäubt, sie dann kurz vor dem Erwachen verkehrt herum aufgehängt und sich selbst daraufhin in der Mitte, das war ja noch nicht so schwer und keine besondere Meisterleistung, aber dass er das durchgehalten hat, hier so lange zu baumeln und sich von den erwachten und schwingenden, ihn zerfleischenden Hunden fressen zu lassen, seinen einzigen Freunden, diesen langsamen Tod freiwillig hat wählen können, und das ganz und gar ohne dabei zu schreien, immerhin waren da ja genug Wohnhäuser in der Nähe, zwar nicht unmittelbar daneben, aber immerhin doch in Rufweite, war schon ein Höchstes, ein einzigartig Ding. Genau dann, als wir ihn stellen wollten, hat er Haut für Haut und alles, was ein Mensch hat, gelassen, so auch sein Leben, und es verschwamm uns vor unseren schwindeligen Augen eine Antwort auf die Frage, ob er das hat aus freien Stücken veranstalten können oder ob hier wieder eine Übernatur die Puppen hat tanzen lassen, aber es hatte in diesem Moment auch wenig Relevanz, denn sein Anblick und der Gedanke an diesen Tod waren von überwältigender Art, das Entsetzen fuhr uns als brennender Stachel bis ins letzte Glied. Und wir erkannten darin einen schweren Schaden, einen so großen Schaden, bei dessen völligem Durchdenken wir uns allesamt niederlegen mussten, an Ort und Stelle niederlegen, und wir erschraken vor dieser ihrer aller Furchtlosigkeit, dieser Kompromisslosigkeit und wurden sogleich, als wären wir tot. Alsdann wollten wir gedenken an unseren Bund, jenen zwischen uns und den zu rettenden Mitmenschen, die wir nun nicht aus diesem Sumpf würden befreien können, den Bund zwischen uns und allen lebendigen Seelen in allerlei Fleisch, dass nicht mehr hinfort eine Sintflut komme, die alles verderbe, und den wir in diesem Moment unseres Wahnverfalls würden brechen, aber selbst an diesen grundlegenden und uns eingeborenen Bund zu denken war uns nicht mehr möglich. Und wir griffen uns mit schweren Händen an den Kopf, der uns so schmerzte, und wir wünschten uns weit weg von diesem Erdenfleck, möge doch die Gewalt über unsere Taten zurück in unsere Hände fallen, mögen doch unsere Gedanken wieder frei von dieser Unart, dem ewigen Kräftemessen hier sein, mögen doch endlich Taten auf Worte folgen und nicht mehr laschen Luftballonen gleich beim Aufsteigen an den vielen Trachtenhüten hängen bleiben, möge doch endlich jemand großzügig Hirn für sie alle bringen oder ordentlich aufmischen und so dem Missdenken den Garaus machen, möge die Partei des Volkes sich endlich aus freien Stücken auflösen und unwiederbringlich in alle Winde zerstreuen, möge ihr Scheingut aus Mutmaßungen und erfundenem Wissen endlich an ein Aus kommen, mögen unsere Seelen doch woanders in Frieden ruhen und nie mehr an diesen Ort zurückkommen.

3

Das war an einem ganz einfachen Abend in diesem Spätfrühling, von denen es ja etliche gab, und der herbeigesehnte Sommer stand so unmittelbar bevor, dass alle bereits vom Sommer sprachen und man ihn direkt riechen konnte, und eigentlich war er schon da, obwohl die ewigen Kalender den Wechsel noch ein paar Wochen vor sich herschoben, ja genau, an so einem gewöhnlichen Abend ist es gewesen, und nicht einmal Wochenende war es, da ist etwas geschehen, womit das einfache Menschenvolk hier nicht gerechnet hat, weil das etwas war, mit dem keiner rechnet, nirgends, so etwas, das man nicht alle Tage zu sehen bekommt, ehrlich gesagt überhaupt noch nie gesehen oder irgendwo gehört hat, denn es schien da plötzlich, und das war ein Widerspruch im wohlbekannten Gesetz der Gestirne, eine fast perverse Sensation und mit Sicherheit eine Einmaligkeit, ganz unerwartet schien es an besagtem Abend so, als könne die langsam niedersteigende Sonne sich diesem dicken blauen Dunst des Abends nicht mehr erwehren, gegen den Dunst, der am Tagesende aus den Wäldern, vom See empor und aus allen Poren der bergigen Landschaft drängte, völlig überraschend nichts mehr ausrichten, und normalerweise entschied die Sonne zu dieser Jahreszeit den Kampf beständig und seit Jahrtausenden für sich, dafür brauchte man keine Bücher oder gescheiten Leute, das war ja kollektives Allgemeinwissen, seit jeher war es ihrer Übermacht ein Leichtes, den trüben Nebelschleier beiseite und ganz in seine Niederungen zurückzudrängen und sich bis zum allerletzten Moment, bis sie wirklich ganz hinter dem hintersten Berg hier verschwunden war, durchzusetzen, und erst nach ihrem Abgang durfte heraus dies niedere Erdgesindel aka Dunst, das letzte Bauernkind war sich dieses Umstands bewusst, doch heute war irgendetwas anders gewesen, ganz bemitleidenswert war da Alt Helios, sonst so erhaben und fast hochnäsig, und heute kackte der voll ab, genau, das war wahrscheinlich der richtige Ausdruck für den absonderlichen Ausgang dieses Kräftemessens, abkacken, obwohl am eklatanten Höhepunkt seiner Stärke zur nahenden Sommersonnenwende, und mit diesen Nebelschwaden schien es nun, als näherte sich aus den Weiten der Landschaft eine Armee aus alles durchdringenden Militärs, die hereinfuhren und einfach ein jegliches und jeden in sich aufnahmen und mitrissen und dabei in ihre Reihen eingliederten, ohne zu fragen, als dunstige und ganz langsame Druckwelle kroch der nebelige Schwall über die örtliche Geographie und machte weder Halt vor dem bissigen Hund noch vor der flehenden Alten, schonte nicht Baum noch Berg und verschlang alles, was sich ihm in den Weg stellte, und lullte es ein, unbarmherzig, ohne Ausnahme, und das war ein Novum, denn wie gesagt, das war hier eigentlich die Zeit der absolut unanfechtbaren Territorialherrschaft des Sonnengestirns, so etwas passierte höchstens im Herbst und alle waren dann darauf eingestellt, doch nicht zu dieser Zeit, nicht an diesem Erdenfleck, nicht heute, und trotzdem war der Abend nun undurchdringlich trüb, die letzten Strahlen brachen gar nicht mehr durch, und die, die schon in den Häusern waren und bereits das Licht angemacht hatten, die drehten es heute wieder ab, weil sie der seltsamen Stimmung, dieses sonderbaren Lichts ganz gewahr werden wollten, und viele, weit mehr als sonst an so schlichten Abenden, verließen ihre Häuser und gingen staunend nach draußen, standen da barfuß oder manche halb nackt in ihren gut umzäunten Rasenflächen drin und konnten den Blick nicht vom Ringen der Giganten lassen, manche haben vor Spannung ihr Abendmahl einfach mitgenommen und draußen im Stehen weiter gegessen, alle mussten sie ins Freie, um der Sensation leibhaftig zu werden, um da teilzuhaben an etwas Großem, denn das war es, es war gewiss groß und dennoch unbestimmbar, ja hier passierte etwas, das hatte es zuvor auf diese Weise noch nicht gegeben und es bedrückte einen ganz eigen, weil etwas sich auftat, hier nun unabwendbar vor der Tür stand, und es gruselte das Menschenvolk, das da stierend und mit offenen Mündern die Niederlage dieser Sonne verfolgte, was ihnen unerklärlich schien, nämlich zu dieser Jahreszeit musst du dir vorstellen, und manche bildeten sich ein, von Ferne das Heulen von Sirenen zu vernehmen, tatsächlich Sirenen ohne Atomkatastrophe oder Unfall, und andere glaubten über sich

Luftgeschwader anrücken zu hören und schon im nächsten Moment in die Keller laufen zu müssen, nur waren da keine Geschwader und keine laufenden Leute, es waren auch keine Sirenen oder anderes Geheul, es war nichts und doch alles, so, als hörte man einen ganz hohen und fast unmerklichen Ton, wie ein heimlicher Tinnitus im Ohr, ein dominanter und doch nicht vorhandener Ton, der hoh und aufgedunsen dick war, ein richtig widerwärtig asozialer Ton, dessen gesamte Existenz ein Widerspruch war, weil hoh und dick geht ja gar nicht zusammen, aber der war so, wahrhaft höchst und trotzdem unglaublich aufgebläht, ein leibhaftig gehörtes Paradoxon, perfekt passend zu dieser Machtprobe hier, die ja auch ein Unding war, eine Unmöglichkeit, denn was hier geschah, war von den Naturgesetzen am gegenwärtigen Ort ausgeschlossen und hat sich dennoch und wirklich vor den Augen der staunenden Ungläubigen abgespielt, da braute sich etwas zusammen, ganz eindeutig, es schwoll in den Weiten eines unabsehbaren Endes und kam zu den hier Angesiedelten herübergekrochen, und sogar jene, die man Touristen schimpfte und die hier nur vorübergehend ihre Bleibe hatten, standen in Reih und Glied dabei und gafften, obwohl sie dieses Regelverstoßes gar nicht gewahr werden konnten, weil sie ja nicht eingeweiht waren in diese örtliche Ordnung, und sie konnten es trotzdem spüren und waren hingerissen, weil es so unerhört war, und wenn man diese unzähligen Gärten und endlosen Straßen überflogen hätte, dann würde man von oben so viele staunende Körper aus der Landschaft sprießen sehen wie sonst noch nie und könnte dabei in viele Mägen ganz tief hineinschauen, weil die ihre Münder wie junges Vogelgetier aufgerissen gen Himmel streckten, so weit aufgerissen, dass man hinten schon fast wieder hinaussehen konnte, und stell dir vor, das alles nur, weil da ein abendlicher Dunst so einen Wirbel machte, nur weil ein zwar altes, aber doch recht läppisches Gesetz gebrochen wird, und all jene, die aus welchen Gründen auch immer nicht dabei waren bei dieser Ausschreitung, der gespenstisch düsteren Unruhe, und denen von Nachbar oder Bäcker von dem beklemmenden Abend erzählt wurde, so wie du gerade davon liest und wahrscheinlich wortlos deinen Kopf dabei schüttelst, all jene glaubten es einfach nicht und dachten sofort an maßlose Übertreibung und unverhältnismäßige Interpretation, an einen vorübergehenden, gemeinschaftlichen Gehirnschwund oder an ländliche Langeweile wie doch auch sonst oft, und schwangen dabei die Hand in abspielender Geste und sagten Ach geh, und was immer es auch letztendlich war, es dünkte ihnen nicht besonders und außergewöhnlich genug zu sein, um die Geschichte da so auszutreten, weil es doch viel Bewegenderes zu bereden gab, was die Hinterberger wieder angehabt hat, wieviele Säue der Maurer gestochen oder wessen Moped da gestern die Nachtruhe so präpotent gestört hat, also wurden viele ausgelacht, wenn sie noch nach Tagen darüber gesprochen haben, und nicht für voll genommen, weil was kommen die schon wieder mit dieser Geschichte daher, aber viele waren einfach ehrlich baff und richtiggehend aufgewühlt ob dieser überirdischen Machtprobe, der Erregung aus der Tiefe, wie manche es pathetisch nannten, und das waren ja viele hier, und so war es ihnen anfangs egal, dass sie wegen dieser ihrer wundersamen Berichte verspottet wurden, sie mussten ihre Pflicht tun und von der Begebenheit berichten, weil sie dabei waren und vorwarnen wollten, aufmerksam machen auf etwas Bevorstehendes, wie es sich ereignen würde bei ihnen und zwischen ihnen und vor und hinter ihnen und dem sie sich nicht würden erwehren können, wie sie es schon so viele Male hatten erleben und durchleben müssen, dies Volk hier war ja bloß das Spielzeug sowohl irdischer als auch überirdischer Machtverhältnisse und daher ständig zerrüttelt, daher ist es auch gar nicht verwunderlich, wenn die nicht mehr wissen, wo oben und unten ist, weil stell dir vor, du wirst da ewiglich so niedrig gehalten und missbraucht für irgendwelche Zwecke, da wirst du auch irgendwann auseinander im Schädel als logische Konsequenz, auf jeden Fall wurden sie alle wegen diesem Auslachen und der Widerrede der eigenen Leute nach einiger Zeit dann doch langsam still und kamen sich irgendwie komisch vor und versuchten zu vergessen und harrten und hofften dann doch auf einen großen Gott, der ihnen hier würde beistehen müssen, und falteten die Hände im Schoß und wurden schließlich ganz ruhig und schwiegen alsdann, denn was gab es da noch zu sagen, es hatte sich anscheinend ausgeredet, aussitzen musste man das nun und dabei versuchen, es unbeschadet und möglichst heil zu überstehen, und seine Angehörigen schützen und sich zusammenhalten, und lange mussten sie dann gar nicht warten auf den ersten Schlag, auf die erste Botschaft oder was auch immer eine so grausame Hinstreckung darstellen sollte, auf die erste Abnormität, wenn man so will, auf diese erste Ungeheuerlichkeit, die ihnen allen den Geschmack des zarten Fleisches horrend verdarb, weil essen konnten sie alle nach dieser ersten Sache vorläufig nicht mehr wie zuvor, so unglaublich heftig war es, weil stell dir vor, man hatte da im Wogerhof oben den alten Wogerbauern tot aufgefunden, und der war ja nicht nur der größte Bauer weit und breit, der war in der Politik, und zwar in der, die etwas weiter rechts saß als der pikante Rest, schon ganz weit oben, der mischte ganz vorne mit und die Leute hier hielten recht viel von ihm, der war ja überall helfend zur Stelle, wenn du den richtigen Parteiplakatständer im Vorgarten stehen hattest, nein der hat so vielen hier geholfen, wenn es um Grundbuchsachen oder Umwidmungen gegangen ist oder wenn du da was beschleunigen wolltest mit Baugenehmigungen von Stadeln oder neuen Stallungen, der war ja ein alter Jagdfreund vom Landeshauptmann und nicht nur von daher ein ganz ein Einflussreicher, und dann bringt den wer auf so grausliche Art einfach um, das war die Sensationsnachricht des Jahres, wenn nicht der letzten Jahre, das war der ultimative Buzz, und nicht nur umgebracht wurde der, der wurde ja ausgestellt, hingehängt, weil du musst dir vorstellen, den hat jemand ermordet und danach, als er schon tot war, seinen Körper bei ihm zuhause, bei ihm in seinem eigenen Stiegenhaus, hat den wer, oder haben da mehrere, das weiß man ja nicht, ob das nur einer oder mehrere Täter waren, aber dass es mehr als einer gewesen sein musste, war doch sehr wahrscheinlich, auf die Decke dieses Stiegenaufgangs genagelt, also die Hände und die Füße waren ihm mit riesigen Eisennägeln festgespackst worden, ganz fest verankert, dass sie ihn lange gar nicht heruntergebracht haben, so professionell war das gemacht, nur die Hände und die Füße wurden durchschlagen und darum ist der dann mit seiner Fülle, weil ein recht Starker und Massiger ist er schon immer gewesen, wie ein Fallschirmspringer im steilsten Vorwärtsflug von dieser Decke da gehangen, weil sein Torso so nach vor gedrängt hat und gestreckt war, dass alle, die das gesehen haben, wirklich gedacht haben, er wäre eben direkt durch die Decke durchgesprungen und fliege jetzt geradewegs mit den Händen und Füßen ganz elegant und stilbewusst nach hinten gestreckt in sein eigenes Haus herein und lande alsdann wie ein Vöglein am

Fuße der geschwungenen Treppe und verbeuge sich vor einer klatschenden Menge mit einem höfischen Knicks ganz entzückt und herzlich bewegt, aber das war natürlich nicht so, wo denkst du hin, und viele munkelten, dass sich eine ganz perverse Künstlergruppe einen Spaß gemacht haben muss, weil einer allein hat das nicht machen können und kreativ haben die Ausführenden auch sein müssen und handwerklich topfit, so sagten es viele, und wer macht denn sonst so was, nur kranke Gehirne können so was erdenken, und gerade hier waren die Dasigen ja alle anständig und normal, da müssen welche aus der Stadt oder von sonstwo hergekommen sein, und politisch anders gepolt als es der Woger war, waren diese kranken Kunstschweine ja durch und durch und drum war es nur mehr als wahrscheinlich, dass das solche gewesen sind, und genauso sagten sie es auch alle der Polizei, die hier mit besonderer Emphase recherchierte, weil die waren ihrerseits ebenso alle Freunde vom alten Woger gewesen, jeder hat mit dem schon einmal etwas gepackelt, der war so was wie ein hiesiger Heiliger gewesen und hat niemandem etwas ausgeschlagen, sondern wirklich hingehört und sich eingesetzt für die Leute, und dann wird so ein Guter, ja einer der Besten ermordet und zum großen Leid seiner Familie auch noch so entartet da hingehängt, wirklich abartig, das sagte man sich über viele Zäune hinweg und bei Kränzchen und Stammtischen, und das wirklich Schlimme war, dass man keine Ahnung hatte, wer das verbrochen hatte, das konnte wirklich ein jeder gewesen sein, vielleicht war sogar der eigene Nachbar oder der eigene Mechaniker oder die Frau hinter der Wursttheke mit von der Partie gewesen, aber noch hütete man sich vor willkürlichen Anschuldigungen und Bezichtigungen unter der Gürtellinie und man erwehrte sich ebenfalls des Gedankens, dass das alles etwas mit dem sonderbaren Abend von neulich zu tun haben könnte, weil abergläubisch oder esoterisch war hier niemand, das ginge wirklich zu weit, und so hat man nichts ausrichten und schon gar nichts erklären können und auch nicht irgendwen anprangern und verurteilen, und man versuchte das Ganze als einen einmaligen Auftritt zu deuten, ein krankhaftes Ausleben von Macht von irgendjemandem ganz weit weg von hier, und die, die das nicht glauben konnten, die dachten an die Kunstgruppenversion, die einem wahnhaften Ideal gefolgt war, so redete die Mutter dem Kind und der Vater den Alten am Stammtisch Mut zu, um da nicht ängstlich zu werden und sich zu verkriechen, denn das war nicht nötig, noch nicht, aber das konnten sie zu diesem Zeitpunkt noch nicht wissen, genauso wie wir, wer konnte das schon wissen, niemand, und wir schon gar nicht, nein wir am allerwenigsten, aber eigentlich hat uns das damals alles ganz wenig gekratzt, das war ja die Hochzeit unserer Jugendlichkeit, so unbestimmt und frei waren wir nur damals und wir haben das total ausgelebt, was auch sonst, da waren uns so Belanglosigkeiten wie ein Abenddunst oder ein aufgehängter Bauer komplett egal, und dreinreden von den Alten, die sich schämten, wenn wir uns wieder unmöglich benommen hatten und vor der Polizei keine ordentliche Aussage machen wollten, ließen wir uns sowieso noch nie und wollten damit auch nicht an diesem herrlichen Sommeranfang beginnen, sicher nicht, und den Wogerbauern hatten wir nicht einmal wirklich gekannt, was interessierte uns der alte Sack, scheinbar hatte er das verdient, warum hätte das sonst jemand machen sollen, und so selten, wie die jetzt alle sagten, war nicht schlecht über ihn gesprochen worden, verstehst du, ein unbeschriebenes Blatt war der nicht, Der mit seiner Freunderlwirtschaft, haben sie oft gesagt und haben sich demonstrativ weggedreht, wenn er einmal bei ihrem Wirten mit irgendwelchen wichtigen Wasteln auf einen Schnaps reingeschaut hat, aber daran denken sie alle jetzt nicht mehr, weil über einen Toten, der noch dazu so entstellt wurde, spricht man nicht schlecht, niemals, schon gar nicht, wenn einer zu einer Putte im Stuckwerk seines Eigenheims gemacht wurde so wie der, weil mit seinem Überfett und seiner weißen Haut und in dieser Höhe an diesem Platz und in dieser Pose musst du dir vorstellen, ja was glaubst du, da soll das schon so ausgesehen haben, aber wie dem auch sei, wie furchtbar das auch ausgesehen haben mag, wir haben seine Schlechtigkeiten nicht so schnell vergessen und haben es auch offen gesagt, wofür uns dann harsch über den Mund gefahren wurde, weil was wir Jungen uns einbildeten dabei, und versündigen solle man sich mit so einem Leichtsinn nicht, doch wer weiß bei so albernen Redewendungen schon, wer sich da wirklich versündigt, doch uns war auch das relativ egal, wir waren immer schon ihre Widersacher gewesen und haben uns als ihre Opposition gedacht, und wenn sie A sagten, mussten wir selbstverständlich etwas Anderes sagen, was sonst, aber glaub nicht, dass wir das gern gemacht hätten, das war natürlich anstrengend und ein Kampf der ungemütlichsten Art, aber wir haben uns das nicht ausgesucht, das war unsere Rolle, aus der wir nicht mehr herausgekommen sind, wie denn auch, denn hinter eine Erkenntnis kann man ja nicht mehr steigen und sagen, ach, das vergessen wir einfach wieder, dass diese Gesellschaft hier aber so was von sauvertrottelt ist, denn hätten wir das gekonnt und das vergessen können, dann hätten wir es vermutlich auch gemacht, weil wir dann wieder dazugehört, weil wir es dann viel leichter gehabt hätten und uns auf die wesentlichen Dinge des Lebens eines noch ach so jungen Menschen hätten konzentrieren können, so wie uns körperlich zu ertüchtigen und uns auf Weltklasseniveau hinzutrimmen oder uns in den wertvollsten aller Künste zu bilden und dabei das Rad neu zu erfinden, wir hätten uns dann auch weit besser auf jegliche Schuldinge konzentrieren können und dann obergescheite Genies werden und vielleicht Philosophen oder so Zeugs, aber nein, das alles haben wir nicht machen können, und das nur, weil wir ständig gegen diese Menschen, gegen unsere Umgebung, gegen die Führer aller Weltlichkeit und gegen die selbsternannten Chefs aller Herrlichkeit haben beständig angehen müssen und ihnen ihre Fehltritte vorrechnen, wir waren nur dies eine, wir waren dagegen, und das raubte uns schon alle Kraft, so dass da nichts anderes mehr zu tun und zu denken war als das, du glaubst das jetzt vielleicht nicht, weil so junge Leute haben ja ach so viel Zeit, alle Zeit der Welt, und stecken noch so voller Energien, aber stell dir vor, du müsstest in einem nie endenden Kampf dein Dasein fristen und würdest beständig von allen Seiten angegriffen und könntest dabei nie verschnaufen, weil genau dann, wenn endlich einmal Feuerpause angesagt wird, du wieder einer so tragischen Ausgeburt dieser Menschheit gewahr wirst und dir dabei das Inwendige auswendig wird, sodass sich dein Ekel seinen Weg direkt durch dein Gesicht ins Freie suchen muss, und du musst das natürlich sofort an den Pranger stellen, weil andernfalls deine Körperfunktionen auf den Schlag ihren Dienst quittieren oder im selben Moment der Himmel über dir tödlich niederbrechen würde oder etwas Ähnliches, also hast du nie Ruhe, niemals, und wir hatten dies Amt, die Aufgabe ganz jung schon gemeinschaftlich übernommen, so kam es denn, dass wir darin auch bald ganz aufgegangen sind in dieser hohen Form, in dieser höchsten aller Formen, im königlichen Anti, im Kontra, im berufsmäßigen Anders und Aufdecken alles Blöden, und es war schon schön, auch wenn anstrengend und Kräfte zehrend und raubend, und anscheinend gab es solche und solches ja in jedem Ort, in jedem Gebiet, so eine Gruppe von jugendlichem Gegensinn musste sein, das war überhaupt nichts Neues, das war dies notwendige Ergänzungsstück zum konservierenden Starrsinn, und was sich da vor Kurzem mit zwei so Gruppen abgespielt hat, hast du ja sicher mitbekommen, es war ja in allen Zeitungen und jemand soll da sogar ein ätzendes Buch geschrieben haben darüber, so oder so hast du sicher davon gehört, das war eine große Schweinerei, die einen zuerst hingeschlachtet und dann zum Selbstmord getrieben, die nächsten ein paar Orte weiter in den Wahnsinn getrieben mit einer Handlungsohnmacht, dass selbst das letzte Loch nicht mehr zu pfeifen wagte, und wie sie mit denen dann abgefahren sind in alle möglichen Anstalten, also das war schon das Höchste, der Gipfel an Zerstörung, das war menschenunwürdig, die haben sie wie irgendwelche zu bändigenden Viecher behandelt und grauslichst niedergespritzt und niederbehandelt, bis sie nicht mehr wussten, wie sie überhaupt heißen, denen wurden sie selbst so ausgetrieben, dass da nichts mehr übrig war, das waren ausgeblasene Ziergegenstände, die sich dann irgendwelche Ärzte aufgestellt haben und damit angeben konnten, wie siegreich und allumfassend sie diesen armen Kreaturen doch ihr Krankhaftes ausgetrieben haben, und sie hatten ja schon viele dieser Trophäen, nur auf diese Jugendlichen waren sie ganz besonders stolz, die waren nämlich nur mehr hauchdünn und einem Zerbrechen nahe, aber eben noch nicht zerbrochen, perfektest leer, und mit denen konnte man jetzt natürlich machen, was man wollte, da freuten sich ihre Familien, dass sie jetzt so unbeschriebene Blätter heimbekommen hatten, und sie konnten nun draufschreiben, was auch immer sie wollten, das war eine große Freude in vielen Häusern, weil großteils waren diese Jungen ja die Schande und das Letzte vom Letzten gewesen, so Kinder, die man besser nicht erwähnt, wenn die Tante oder die freundliche Verkäuferin nachfragt, wie es denn der Familie gehe, denn da brachte man sich ja in Teufels Küche damit, und jetzt hatten sie Blankoschecks in die Hand gedrückt bekommen von diesen famosen Gehirnfrisierern, Schecks, die nur so darum bettelten, beschrieben zu werden und sie doch zu benutzen, etwas einzulösen, und so hatten diese Orte final wirklich wieder Ruhe nach so einem Wirbel, das war ihnen aber auch irgendwie vergönnt, weil mach du das einmal mit, jahrelang so eine Tyrannei von den eigenen Nachfahren, die dir alles kleinmachen und alles neu wollen und mit nichts zufrieden sind und wirklich bei allem mit dem Schädel durch die Wand gehen wollen und nicht aufhören, auch wenn alles noch so aussichtslos und unüberwindlich scheint, und sich dabei gar nicht schämen, das mach einmal mit über Jahre hinweg und dann sag noch einmal, dass einem nun nicht ein bisschen Freude gegönnt ist, wenn es endlich einmal ruhig ist, sicher ist es gemein, dass viele von ihnen heimtückisch heimgedreht, dass sie in den Tod getrieben wurden, dass sie elendiglich hingeschlachtet wurden oder wie eine Horde aufgescheuchtes Wild in einen Abgrund getrieben und dann da unten jämmerlich zugrunde gehen mussten ganz allein, ja sicher ist das schlecht, wenn man danach aufatmet und nur an sich selbst denkt und sich freut und erleichtert ist, aber stell dir diese Marter einmal vor, das ist wie ein ständiges Unterstromstehen, und dabei kann die Spannung willkürlich hochgedreht werden und die Stärke auch, auf die kommts ja bekannterweise an, und so war das für die Familien dieser ach so tollen Aufmüpfigen, von der Wut und dem unablässigen Schämen gar nicht zu reden, weil man nie wusste, was ihnen denn heute wieder einfällt oder was sie im nächsten Moment zertrümmern oder umkrempeln wollen und dabei als ein Mähdrescher einfach bei der Tür hereinpoltern und alles niederreißen, und das war für alle anstrengend, und aufwischen mussten dann nachher immer die dummen Mütter, weil die Jungen danach bei extra lauter Musik in ihren versperrten Zimmern saßen und neue Kampfstrategien erdenken mussten, so war das tausende Male gewesen, und hingetreten und gezielt und immer geschossen, niemals nachgegeben haben sie, was soll man da noch sagen dazu, wir waren auch so, genau so, wie die Vorbilder aus der Umgebung, und in der Zeit nach diesem schrägen Abendkampf zwischen Sonne und Erdreich, den wir eigentlich gar nicht wirklich wahrgenommen haben zuerst, da schien es uns besonders herzubeuteln, richtig zu schütteln wie im Krampf, wir spürten ganz deutlich, dass es viel intensiver war als sonst, dieses Widerständige, dieses Suchen nach Lücken und Fehlern in diesem ihrem System, um es an jedem neuen Tag wieder zu stürzen, es war sonderbar und wir fühlten uns getrieben, wie ein aus sich rollendes Rad, aber im negativen Sinn, doch was auch immer es war, das uns da so ritt, wir wurden ihm erst sehr spät gewahr, denn in diesem Hallo zu dieser Jahreszeit, im Spätfrühlingsrausch und zu nahendem Schulschluss, da waren wir wie in einer schweren geistigen Umnachtung, jedes Jahr, und dieses Jahr noch viel ärger, und gleichzeitig war es auch schon richtig warm geworden und unsere Gehirne richtig überhitzt davon, und wir waren auf starken Hormonen und scharfer Euphorie unterwegs durch die ländliche Geschichte und ackerten wie im Vorbeigehen beizeiten um und scherten uns um nichts und waren recht glücklich dabei und freuten uns, und schon sollte auch das große Fest zur Sommersonnenwende stattfinden und jedes Jahr war das ein Riesenauflauf und wir Jüngeren haben schon Tage vorher Pläne geschmiedet, wer denn bei wem übernachten könne und wo Zelter aufzuschlagen seien, wie man genug Alkoholika anschaffe und wann und wo man sich treffe, und in diesem wohligen Trubel haben sowohl Junge als auch Alte das Grauen um des alten Wogers Tod fast vergessen, was auch gut war, denn was bringt denn das, wenn man das immer und immer wieder gebetsmühlenartig aufrollt und durchkaut und vom Nicht mehr zu Ändernden einfach nicht ablässt, das ändert ja rückwirkend auch nichts mehr, und über den alten Woger wurde dort am Fest und dann vor allem zu späterer Stunde noch da und dort gesprochen, der war aber danach nicht mehr lange Thema, das wurde hier schnell abgehakt und es war den Leuten bald egal, und so hat man dann nach den Aufräumarbeiten dieses Festes, am Abend danach, weil da ging diese Nachricht natürlich wie ein Lauffeuer umher, wieder etwas Neues zu erzählen gehabt, weil man am nächsten Tag wieder eine Leiche gefunden hat, und dieses Mal war es eine Prominenz, die wie jedes Jahr am See die Sommerfrische verbringen wollte und eine große Villa direkt am Wasser ihr Eigentum nannte, und darüber haben sich ja viele Dasige ständig aufgeregt, über die Zweitwohnbesitzer, die die schönsten Plätze und größten Bereiche für sich beanspruchten und den See schon fast zugepflastert hatten mit ihren Prunkvillen und dann doch nur ein paar Mal im Jahr da waren und das schien vielen schon eine rechte Ressourcenverschwendung zu sein, eine Frechheit eigentlich, aber eine von dieser Sorte war die ermordete Berühmtheit ja nicht gewesen, die war ja von einer der größten Zeitungen im Land und sie und ihr Machwerk bekannt weithin, und sie war auch sehr oft in ihrem Haus und nutzte es richtig, nicht wie so viele andere, sie kümmerte sich auch um ihren Garten, das war eine riesige Parkanlage, und sie hielt alles sehr ordentlich beisammen, und sie grüßte auch die Leute im Dorf und auch sonstwo und war nicht abgehoben oder irgendwie besser, sondern ganz freundlich und ordentlich eben, und das mochten die Menschen hier, darum haben sie sich über sie den Mund ziemlich selten zerrissen und sie schon fast wie eine Ihrige behandelt, und auch wenn man sie vielleicht nur einmal im Jahr zu sehen bekam und sie dabei nur dieses eine Mal ganz ehrwürdig grüßte, stand sie einem fast näher als der eine oder andere ungeliebte Grundstücksnachbar mit seinem nach nassen Fetzen riechenden Hund und dessen Dauerdurchfall oder die eine oder andere heckenschneidende Akustikbescherung von wem auch immer, also war man da wirklich betroffen von der Mitteilung über ihren Tod, und auch die Medien waren gesteckt voll davon, auch überregional natürlich, und weil das schon wieder so eine grausliche und plakativ hinfabrizierte Leichenausstellung war, rissen sich im wahrsten Sinne des Wortes die Berichterstatter um die Stories, und schon am selben Abend war die ganze Gegend voll von Medienleuten und

Fernsehwagen, ja und was glaubst du, die haben sich ja auch gefreut da zum schönen Sommerbeginn eine kurze Auszeit an so einem tollen Flecken Erde genießen zu können, die waren fast glücklich, dass da was zu berichten war von hier und nicht aus irgendeiner Großstadt, einem Slum, das war schon fein für die alle, ein kleiner bezahlter Urlaub, zwischen jeder Schaltung einen Eiskaffee am See und nach jedem Interview ein kurzes Sonnenbad im Klappstuhl neben dem Sendeauto, so schön konnte Journalismus sein, und wir waren diesmal viel interessierter an der ganzen Sache, das war schon spannend zuzuschauen, wie die alle gierig auf jegliche Geschichte vom noch so ahnungslosen Hinterwäldler abgefahren sind, nur weil der vielleicht einmal bei ihr im Haus was repariert oder die Katzen ab und zu versorgt hat, und man probierte sichtlich auf eine einmalige Spur zu kommen und nachdrücklich Verdächtige zu finden, um da was Neues drucken oder senden zu können, weil die seltsame Ausstellung ihrer Leiche war wirklich nicht mit glatter Ratio zu erklären, da mussten schon andere Hintergrundberichte mit Woweffekt her, gerade bei dieser Persönlichkeit, international bekannt, die Zeitungsmacherin, die schon in der xten Generation der Familie das Traditionsblatt leitete, eine Heilige, die sich um das Volk kümmerte wie um ihre eigene Gebärmutter und ihm die Wahrheit als gedrucktes Wort allmorgendlich bis vor die noch so abgelegene und noch so einfache Haustür lieferte, geradezu kostenlos, ja wahrlich ihr Schaffen war für viele der Maßstab alles Wahren und Wirklichen und das Erste und Letzte des Tages, dies Blatt wurde öfter aufgeschlagen als die heilige Schrift und das heißt schon was, und so war es für sie alle furchtbar und schmerzlich unvorstellbar, dass diese Gute nicht mehr sein sollte, nein viele konnten es lange nicht glauben und hielten es für einen bösen Scherz, und alle tüftelten sie, wie sie wohl ausgesehen hat, sie, die Reiche, Schöne und Erfolgreiche, die wie ein Falter schwebend auf ihrer Villa ruhte, weil Fotos gab es davon nicht, sie war ja schon abgenommen, als alle dort angekommen sind, sie war ja ähnlich wie der alte Wogerbauer hingehängt worden, nur doch etwas anders, ihr toter Körper war, an den Händen mit Seilen befestigt, an der vorderen Seite des Hauses, direkt an der Hauswand, hingehängt, so dass es ausgesehen hat, als wäre sie Teil der Fassade, weil die auch in so einem Beigeton gehalten war, und sie soll ja halb nackt gewesen sein, wirklich, die wurde da ganz mittig und zentralst über der Eingangstür hingehängt, die Arme in einem Winkel von vielleicht hundertzwanzig Grad nach oben gerichtet, so haben die Helfer gesagt, so hing sie da außen auf ihrem Ferienhaus, auf der alten Villa drauf und verschmolz in dieser Pose beinahe perfekt mit dem Hintergrund, und wieder fragten sich die Leute, wer denn so etwas mache, Mord sei ja an sich schon ein schweres Vergehen, und dann auch noch so entsetzlich auf die eigene Wohnstatt außen draufhängen, ihren Körper zu einem Ketterl machen, weil so soll es ausgesehen haben, als hätte das Haus eine zierliche Halskette umgehängt, sie zu einem Anhänger ihrer Villa degradiert, wie diese billigen Schutzanhänger, die man in jedem Wallfahrtsort nachgeschmissen bekommt, so war sie die Schutzpatronin ihres Hauses, und andere sagten wieder, dass diese Ausstellung zum Mord dazu das Kraut aber auch nicht mehr fett mache und so oder so sei so etwas schirch und verwerflich, und auch wir begannen uns langsam aber doch zu fragen, was das hier alles solle, wem das nütze, wo die Zusammenhänge seien, ob es überhaupt solche gäbe, weil irgendwie war das doch gar nicht so trivial und normal, wie wir anfangs glaubten, und deshalb trafen wir uns gleich ein paar Tage später, das war der Tag vor der Zeugnisverleihung, direkt nach der Schule am See und besprachen uns darüber, wir wollten uns ja sowieso treffen, immerhin sollte der Schulabschluss mit einer ordentlichen Portion Restalkohol über die Bühne gehen und daher musste schon am Vorabend penibel darauf hingearbeitet werden, und so ging es in einem Aufwaschen, also das Reden und das Besaufen jetzt, wobei das Reden dann doch eher kürzer treten musste und schnell abgehakt war, denn wir waren natürlich über alle Verhältnisse überdreht und aufgekratzt und es gestaltete sich der Abend so, wie man sich das nur heimlich auszumalen getraut und sich eigentlich zu jedem Geburtstag wünscht, weil das war wirklich eine Hetz, ein Bahö der extravagantesten Art, mit Herumschreien und Nacktbaden im See und so, mit irrem Herumturnen und unkontrollierten Verbalausfällen, und nachdem jegliche Alkoholspiegel schon so hoch lagen und wir uns unsere Umgebung tatsächlich gänzlich weggetrunken hatten, gingen wir nach und nach alle zu unserem Proberaum hinüber, um dort noch tiefer zu sinken und dem Treiben seine Krone aufzusetzen und in irrwitzigem Musizieren den letzten Rest an Grenzen und Schranken fallenzulassen, und dort vergaßen sich wirklich auch die allerletzten, bis wir nicht mehr wussten, wer und wo wir eigentlich waren und in ein scheinbar tiefes Koma versanken, ja es war ein Koma, dessen gleicher Art wir auch am Sonnwendfest anheimfielen und wie auch vor nicht allzu langer Zeit, am Tag, bevor der alte Wogerbauer tot aufgefunden wurde, und wir fielen wie gesagt da rein und erwachten morgens wie gewohnt mit Kopfschmerzen und Übelkeit in unserer Feierhütte, und es war schon viel zu spät, um da noch unsere Betten in den jeweiligen Heimen aufzusuchen und uns darin noch eine Weile zu verkriechen, so gingen wir direkt von dort in die Schule und holten uns die Ausweise unserer Schulleistungen ab und sahen die Lehrer dort noch doppelt und mussten dabei fast auf die billigen Zettel draufspeiben, aber es legte sich alles bald wieder und die Mägen beruhigten sich und wir konnten uns schon am selben Abend erneut treffen und die

Zeugnisse und den Beginn der fast freien Zeit feiern, doch ganz so ausgelassen war es heute nicht, weil es ging da herum die nächste Horrormeldung, die uns diesmal den Blick aufs aktuelle Geschehen etwas präziser richten ließ, weil du glaubst das jetzt sicher nicht, aber es wurde schon wieder ein Toter gefunden, beim frühmorgendlichen Schulweg durch den Ort von ein paar Kindern entdeckt, die Jüngeren müssen ja jeden Tag am Haus des so bekannten Schlagersängers vorbeigehen, ein Schlagersänger der besonders guten Art, ein Wohltäter, der sich für die Pensionen von armen Tieren einsetzte und dessen Name im ganzen Land bekannter war als jener des Bundespräsidenten, und dieses Sängers Steckenpferd war jetzt nicht nur die Aufopferung, nein der verbreitete aufbauende und gute Stimmung mit seiner Musik, wie man es sonst nur von ganz fundamental Religiösen kannte, und riss da Junge und Alte aus Lebenstiefpunkten heraus und bot neue Anker mit seinen durch und durch stärkenden Texten, ein Wahnsinn, so lebensnah und eingängig, und sie sagten, dass der sein Leben für die ihren gibt, der ist mit seiner unverwechselbaren Stimme in jedem Schlafraum, jedem Wohnzimmer schon gewesen, in so vielen Küchen, hat mit seinem feinen Vibrato so viele Gerichte perfektionieren können, war in so vielen Bädern hochehrlicher Begleiter und erweiterte diese oft so kleinen Waschanstalten zu großen Badesalonen mit seiner fülligen und klaren Stimme, die da wie ein Bergbach aus dem Radio prickelte und einem die Alpen vor die asphaltierte Kleingartensiedlung brachte, so ein freundliches Wesen, selbstlos, zwar schon mittelalt, aber doch noch so zart, ein ganz Fescher, und am Freitag, am letzten Schultag dann, wir waren verständlicherweise arg verkatert, da fand man den Großmeister des Schlagers in seinem Garten, genauer gesagt auf seinem Fahnenmasten in demselbigen, der gehörte nämlich zu der Art Mensch, die in ihrem Vorgarten eine Fahnenstange stehen hat, die an Festtagen mit der Nationalflagge und an Trauertagen mit einer schwarzen Fahne behangen wird, und gerade war die Stange fahnenlos gewesen, nur an ihrem oberen Ende da stak der Schlagersänger selbst, hinaufgesteckt, oder gepfählt kann man auch sagen, auf jeden Fall war der schon vorher tot, so wie es auch bei den beiden ersten Ermordeten gewesen ist, und dann nachträglich hat den jemand oder haben da mehrere, denn einen Einzeltäter konnte die Polizei nun sicher ausschließen, raufgespießt, und das sah schon grauslich aus dieses Mal, weil davon gab es nun Fotos und die kursierten herum wie die heißeste Ware und jeder hatte den schon am Handy, der sah aus wie eine Statue, wie sie sich auch so viele andere Perverslinge in ihrem Garten aufstellen, nur halt auf seiner Fahnenstange und nicht auf einem mächtigen Sockel aus Marmor oder so drauf, und es lief da unten das Blut heraus und die Gedärme hat es gleich doppelt, nämlich unten und oben herausgedrückt, oben bei dem Loch, wo die Stange wieder herausgekommen ist, das war direkt neben seinem Kopf, und es sah von Weitem so aus, als stehe er einfach in der Luft, und die Stange konnte dann auch ein phantastisch überlanger Penis sein, der ihn da hinauf hat schweben lassen, und selbstverständlich hat die Stange, die durch seinen Körper verlief, den Torso noch künstlich verbreitert und daher sah er nun seltsam ausgedehnt und unangenehm unförmig aus, die Extremitäten waren da schuld daran, die waren kleine Spießchen daneben, aber wie sollte das auch anders aussehen können, das waren halt physikalische Grundgesetze, die hier radikal vorgeführt wurden, auf vielen Fotos konnte man nämlich recht gut reinzoomen und das abartig genau anschauen, nun gut, manche interpretierten dann übermäßig viel hinein in diese Figur, Ein aus den Weiten des Kosmos herüber spazierender Bote, sagten die einen und erinnerten sich auch sogleich an das Sonnendebakel vor einiger Zeit, Ein plötzlich auftauchender Urzeitvogel mit noch nicht vollständig ausgebildeten Flügeln, sagten die anderen und verwiesen auf die Stärke der Erde in diesem Kampf, und noch viele andere dieser bizarren Bilder wurden da verkündigt und wie immer gleich zum Polarisieren hergenommen, doch uns dünkte da nicht nur dieser aufgespießte Leichnam mehr als sonderbar zu sein, wir wunderten uns auch ob der subtilen Striemen, die wir an unserer Haut entdeckt hatten, direkt an und oberhalb der Hüfte, so wie wir das auch nach ausgedehnten Klettertouren hatten, daran waren meist die zu schleißig angelegten Sicherungen schuld, und ein ebenso nur ganz sanft auffälliger Muskelkater machte uns Sorgen, weil wir ja einen völligen Filmriss hatten, nämlich alle, und wir wunderten uns also doppelt, während wir da unten standen und zu der nun schon leeren Fahnenstange des Schlagersängers hochblickten, indes wir versuchten, uns mit gegenseitigen Fragen und folgenden langen Gesprächen doch zumindest an ein paar Fetzen zu erinnern, aber es half alles Grübeln und Nachhaken nichts, es fehlten uns allen mehrere Stunden an Lebenszeit, und das betraf nun nicht nur diesen Abend, sondern wie schon gesagt auch zwei vorhergehende Umtrunke waren so heftig ausgefallen, dass sich niemand unserer Gruppe an irgendetwas erinnern hätte können, und es gab nicht einen, der vielleicht nur eine Weile dazugekommen wäre oder dieses eine Mal nichts oder nur wenig konsumiert hätte, nein es gab wirklich niemanden, der hier hätte aufklären können, und es ging uns da plötzlich der Reis, weil es wie Schuppen von unseren Augen fiel, ja es war ein Schrecken dies zu denken, furchtbar, und es gruselte uns heftigst und eine Gänsehaut jagte der nächsten über unsere Körper hinab hinterher, und niemand traute sich das, was sich uns hier gerade erschloss, auch tatsächlich auszusprechen, so schlimm schien es uns, und auch du traust dich ja gar nicht daran zu denken, dass wir hier die Täter gewesen sein könnten, denn wie kämen denn wir da dazu, was brächte uns denn das, warum hätten wir denn etwas so Abscheuliches und Grauenhaftes machen sollen, wir waren ja keine wilden Tiere oder, wie sie alle sagten, so abgedrehte Kunstfreaks, wir waren wir, nur wir und sonst nichts, wahrscheinlich nicht mehr, so hieß es doch immer, dass aus uns sicher nie was werden würde bei dieser Einstellung, und plötzlich sollten wir das sein, die sein, die das gemacht haben, dieses Spezialding gedreht haben sollen, nein es war ausgeschlossen, aber gleichzeitig doch so schlüssig und einleuchtend, das war ein erbärmlicher Widerspruch, ja eine Unmöglichkeit, doch es konnte auch schlicht überprüft werden, ob wir die Täter hier waren oder nicht, und diese Idee ist uns sofort gekommen, die da war, sich einfach erneut völlig ausgelassen und genussvoll einem wahnwitzigen Konsum von Alkohol und Drogen hinzugeben und dabei, so schlau waren wir, einfach mitzufilmen, das machten wir ja auch sonst ständig, filmen beim Skifahren, filmen beim Radfahren, beim Klettern, beim Laufen, filmen beim Skateboarden oder Fallschirmspringen, manche filmten da noch viel Intimeres, was glaubst du, ja was wurde denn heute überhaupt noch nicht gefilmt, und zu diesem Datenmüll sollte nun auch der nächste Trinkausfall dazukommen und hoffentlich Aufschluss bringen, das lag auf der Hand, denn wer wollte denn da unfreiwillig Mörder sein und es noch dazu gar nicht einmal wissen, das wäre ja noch das Schönste, also war das ganz schnell hingeplant und einstimmig beschlossen und es sollte auch durchgezogen werden, und das schon am nächsten Freitag, weil bis dahin mussten wir arbeiten, es warteten unsere alljährlichen Sommerjobs nämlich, denn jeder musste so einen haben, auch die, die eigentlich genug Geld hatten, weil sonst über einen voll abgelästert und man als fauler Hund bezeichnet wurde und man vielleicht sogar noch geldige Eltern nachgesagt bekam, auf jeden Fall ging das gar nicht, dass man nicht arbeitete, weil man dann unten durch war in den lässigen Kreisen, also war es nichts da mit gleich Loslegen und Durchchecken unseres Reinheitsgrades, des Tötungsstatus, dieser schrägen Sache hier, noch nicht, da musste jetzt noch abgewartet werden und das kam uns auch ehrlich gesagt sehr gelegen, denn wir hatten alle wirklich Riesenschiss vor diesem nächsten Wochenende, das war ein total mulmiges Gefühl in der Bauchgegend, denn was sollten wir tun, wenn wir am Bildschirm dann wirklich uns selbst als die Schlächter sehen würden, die übereifrigen Mörder, und konnte es so was überhaupt geben, nein so war es uns allen nur zu recht, dass wir da jetzt während der Woche noch in Arbeit vergraben waren, die einen als Postler oder Regalschlichter in Geschäften, die nächsten als Kellner im Yachtclub oder als Hilfsarbeiter in Fabriken, wieder andere als Putzkräfte in allen möglichen öffentlichen Anstalten oder als Betreuung in Altersheimen, und es war eigentlich überall arg und anstrengend, je nachdem was man halt als arg oder anstrengend definierte, ob es arg war, wenn man einen wichtigen Brief verschleuderte und dann Anschiss bekam, weil da einer seinen Gerichtstermin nicht erfahren hatte, oder ob es arg war, wenn man die Gurken ins falsche Regal geschlichtet hat und die alten Damen sich dann nicht mehr zurechtfinden konnten und so jammerten, oder ob es anstrengend war, die eingetrockneten Scheißespritzer in den Lehrerklos im Schulgebäude zu entfernen oder den reichen Schickimickidamen im Yachtclub ihr Bier mit Bierwärmer zu servieren, oder ob es arg war, wenn dir im Altersheim gleich am ersten Tag welche wegsterben und diese Todesserie gar nicht stoppen will und alle neuen Bekanntschaften dort so kurz bleiben, oder ob es arg war, den ganzen Tag Konservenfüllanlagen zu überwachen und zu überlegen, welche eigenen Körperflüssigkeiten man da noch alles reinmachen könnte, du kannst es dir aussuchen, es gäbe da noch Jobs zu erwähnen genug und ebenso Anekdoten zu liefern en masse, wer kennt denn das nicht, so wurden doch alle jungen Leute einmal ausgenutzt und schikaniert, immer unter dem Vorwand, dass sie dann danach die Arbeitswelt besser verstehen könnten und das Lernen mehr schätzen würden, ob wir das dann auch wirklich so begreifen konnten und uns so gut fühlten, wie sie sagten, oder nicht, sei hier dahingestellt, für uns war zu diesem Zeitpunkt all das egal, da konnte ein Klo versaut sein, so viel es wollte, und die reichen Wachteln auf ihr hochtemperiertes Bier bestehen, und selbst die nach und nach Wegsterbenden waren da nicht mehr das Zentrum, das war zu diesem Zeitpunkt einzig und allein die Schuldfrage gewesen, unsere Beteiligung, unsere Schuld, die uns da mehr als bloß beschäftigte und unsere Gedanken fesselte wie sonst noch nie etwas, ja stell dir einmal vor, dir passiert so etwas, da kannst du auch nicht mehr geradeaus denken, das war schon eine horrende Belastung und echt alles andere als ein Wunsch, doch das Wochenende rückte näher und näher und dies Fortschreiten der Zeit war nicht zu bremsen und freitags schon ganz früh am Abend trafen wir uns wie gewohnt am See unten mit diversesten Alkoholika bewaffnet und auch sonst so einigen weltverneinenden Behelfen in den Taschen, eigentlich die gleichen Utensilien wie sonst auch, nur war es diesmal komisch, sich unter solchen Bedingungen zu betrinken, vielleicht würde es uns heute gar nicht schmecken und wir würden vorzeitig abbrechen müssen, also das war ein absurdes Gefühl, sich jetzt so wegschießen zu müssen, nur um dann herausfinden zu können, ob wir hier als Serienmörder um die Häuser schlichen und dabei bedeutende Leute wegräumten, die neuen Engel, die heute echten Heiligen, die sie ja tatsächlich waren, wir hatten richtig Angst, schlimme Angst, auch vor möglichen Konsequenzen, wir würden uns dann selbst anzeigen müssen, aber auch das war heute gar nicht mehr so ungewöhnlich, es zeigen sich da ja ständig irgendwelche Berühmtheiten selbst an, das hörte man tagtäglich, und wieder hat sich einer selbst angezeigt, und wieder einer, und schon wieder einer selbst angezeigt, weil es ihm geraten wurde, und dann würden wir es halt auch machen, oder auch nicht, nein stopp, so war das auch nicht, das war schon furchtbar, wir hatten Angst vor uns selbst bekommen und die jugendliche Leichtigkeit schien uns plötzlich nicht mehr so folgenlos zu sein wie bisher, und stell dir vor, du fürchtest dich vor dir selbst, das ist ein erdrückendes Gefühl, das seinesgleichen sucht, aber nachdem wir dieses Zaudern und die wiederkehrenden Bammel schon vorhergesehen hatten, wussten wir dicse jetzt auch zielsicher zu umgehen und trotzig zu überspielen, wir spielten also aggressiv Karten, nahmen dazwischen ganz gesittet ein Bad, andere hörten harte Musik und starrten in den abendlichen Himmel über uns oder liefen ein paar Runden durch die Gegend, um das Adrenalin abzubauen, und schoben als Grund den Kauf von noch mehr Bedarfsmitteln vor, und wir zwangen uns ein Glas nach dem anderen an unsere Lippen, beständig, ohne Unterlass, später dann, als es schon echt zach wurde, mit Saufspielen und so Sachen, und schon wurden die schwereren Geschütze aufgefahren, die Höherprozentigen, und gerade die zwei, die die Stirnkameras trugen, wurden ganz besonders hartnäckig abgefüllt, doch es durfte auch nicht zu überstürzt getrunken werden, denn niederbrechen und einschlafen vor einem richtigen Filmriss war nicht drin, das durfte ganz und gar nicht sein, wir mussten jetzt alle durchhalten und das bis zum Letzten durchziehen, ganz einfach, aber natürlich kam da keine ausgelassene Stimmung auf, nie, ganz im Gegenteil, die Gespräche kreisten immer mehr um die Schuldfrage, die Täterschaft, um einen Angriff des Bösen, um einen möglicherweise geöffneten Höllenschlund, um unsere armen Familien, die das alles sicher gar nicht packen würden, auch um einen Gott, der vielleicht ja selbst dahinter steckte und die volle Aufmerksamkeit dieser Menschheit wieder bei sich alleine haben wollte, um Geister oder sogar Poltergeister, die sich hier einen wilden Spaß erlaubten, ja alle möglichen Theorien wurden da herausgepresst und jeder Funken Verstand unbarmherzig ausgeschlachtet, und zu späterer Stunde weinten sogar einige und konnten die Situation nicht mehr ertragen und es brach aus ihnen einfach heraus und sie zuckten richtig im Krampf und inneren Kampf mit sich, aber wir gaben alle nicht nach, oder doch nach, je nachdem aus welcher Richtung man das jetzt betrachtet, so wie man auch bei der Geburt irgendwann einfach nachgeben und lockerlassen und die Gewalt geschehen lassen muss und genau damit eben nicht nachgibt, so machten wir es auch, und wir glaubten uns im Wehenkrampf und hielten uns an und hielten es aus und gaben uns dem Rausch völlig hin, es musste sein, und die, die noch deutlich sprechen konnten, motivierten die, die schon halb hinüber waren, und wir zündeten Kerzen an und zogen die Gitarre aus dem Sack und schlugen darauf ganz tragikomisch ein, und die Aschenbecher füllten sich heute noch viel schneller als sonst, so nervös waren wir alle miteinander, und sogar die Nichtraucher rauchten heute, weil es dann ertragbarer war, manche hielten sich im Arm, andere schmusten plötzlich wie verzweifelt mit dem Sitznachbarn ohne vorhergehende Anzeichen ganz wild herum, so blank lag das Nervengerüst, und irgendwann war es dann soweit, wir waren alle so betrunken, dass nun die letzten Utensilien zur totalen Selbstvernichtung halb bewusstlos hervorgezogen wurden, und das waren ein Kübel Wasser und eine Flasche, die da umfunktioniert wurde zu einer mächtigen Bong, was uns final alle den Rauch der absoluten Ohnmacht bescherte, schmerzlos und ganz sicher tödlich, und dann war es wie immer aus mit uns und wir erwachten erst Stunden später wieder, da war die Sonne schon aufgegangen und es wurde bereits warm auf der Haut, wir lagen im Gras herum oder manche noch immer am Steg und zwischen uns lag der Unrat des Abends breit verteilt und eine Kerze brannte noch und verbreitete eine seltsame Stimmung, und mit großer Erleichterung stellten wir fest, dass die beiden Kameraträger unversehrt zwischen uns allen lagen und auch die Kameras ganz und noch auf ihren Schädeln waren, und wir fühlten den Schmerz der Nacht ganz deutlich schon beim Aufschlagen der Augen, weil das Licht wie ein dorniger Blitz ganz scharf über die Netzhaut bis in unser Hirn fuhr und uns nicht schonte, langsam und schleppend erhoben wir uns wie gewohnt und räumten also wie auch sonst unseren Dreck auf und waren heute nicht einmal so schlimm verkatert, das war wahrscheinlich die Wirkung des Adrenalins, das uns zwickte und fast folterte, weil wir doch unbedingt die Mitschnitte sehen mussten und das sofort, und bei jedem Gedanken daran stach es im Bauch, aber wir hielten uns ganz erwachsen zurück und haben pragmatisch und demokratisch noch in den Morgenstunden beschlossen, die Filme erst anzusehen, wenn da wieder ein Toter gefunden werden sollte, genau so sollte es gemacht werden, und die Kameraträger schworen bei ihrer Ehre, dass sie keinen Blick vorher darauf werfen und sie die Datenträger in der Lade verschwinden lassen würden und es war ihnen zu trauen, also machten wir uns auf zu den nahe gelegenen Mülltonnen und entsorgten brav den entstandenen Abfall und trennten sogar buntes und weißes Glas und schraubten auch die Stöpsel ab und führten diese dem Metall zu und warfen die Plastikbong in den Plastikcontainer, und dann gingen wir alle nachhause und damit legte sich auch die Spannung ein wenig, jetzt hieß es nur noch abwarten und Tee trinken und schlafen natürlich, und als wir dann am Abend erwachten und halbwegs wiederhergestellt und repariert waren, da war draußen der Rummel schon ohne uns losgegangen, wie sollte es auch anders sein, wir hatten zwar die Hoffnung gehabt, dass nichts mehr passieren und alles wieder ganz normal sein würde, so wie man auch nach viel zu übermäßigem Alkoholkonsum immer und immer wieder die Hoffnung hat, dass der Kater mild ausfallen möge, trotzdem er nie mild ausfällt und man immer noch und immer wieder Hoffnung hat und dessen Schwere vergisst, so war das auch hier mit der Zuversicht und dem naiven Optimismus gewesen, aber es war natürlich nicht so, und es war jetzt der Auflauf schon groß und die Bestürzung noch viel größer und die Fernsehwagen waren wieder da und fast war es so, als wären hier nun jegliche Gesetze gänzlich außer Kraft getreten und die ganze Gegend im Ausnahmezustand wie in vielen so schlimmen Filmen, so kam uns das vor, weil es da stehendes Blaulicht von Polizeiautos gab, die die Straße blockiert hatten, und sogar Sanitäterwagen standen herum und versorgten einige Leute mit Schock, und es liefen tatsächlich welche hysterisch durch die Gegend mit gerungenen Händen und gerauftem Haar und prophezeiten die Ankunft Satans und seiner fürchterlichen Heerscharen, und andere saßen alleine und bitter weinend am Straßenrand und hielten das Gesicht bedeckt oder zwischen den Beinen, und überall standen Grüppchen von

Leuten, an allen Ecken und Enden und mitten auf der Straße, und sie hielten sich die Hände vor den aufgerissenen Mund und rissen die Augen so weit wie möglich auf dabei, oder sie hielten die Köpfe tief gesenkt und die Arme dazu verschränkt, sie schüttelten den Kopf oder nickten euphorisch, sie rückten weiter zusammen, genau so war das, bei allen lief das ziemlich ähnlich ab, weil sie sich ja alle irgendwie ähnlich waren, in so einem Ort wird man gezwungenermaßen so wie die anderen, und die anderen werden so wie du, da kann man nichts machen dagegen, das ist einfach so, man wird zu einem großen Wir und das ist schon immer so gewesen und du bist dabei und gehörst an, und zwischen den Dasigen huschten die Journalisten umher wie Wiesel vor einem Adlerangriff und hielten die Mikros vor jeden Mund, auch wenn der vielleicht gar nichts sagen wollte, gefragt wurde man heute nicht mehr, nach so einer Aktion fragt man nicht mehr nach, da heißt es aggressiv Statements sammeln und das unmittelbar an Ort und Stelle und auf Pietät scheißen, und wir drängten uns durch und stießen die Mikrofone geistesabwesend von uns, denn wir mussten jetzt sofort sehen, was da passiert war, was wir hier womöglich angestellt hatten, was unser unwissentliches Verbrechen war, und wir fürchteten uns nicht dabei, alleine Klarheit musste nun geschaffen werden, sei der Preis auch noch so hoch und der Schock schwer und wir damit womöglich geliefert, so liefen wir in die Richtung, wo sich alles zu verdichten schien, direkt ins Wespennest hinein, und dann sahen wir schon von weiter weg das Elend, das Unheil, denn das war jetzt wirklich weithin sichtbar, es war das nächste Opfer, und es war die Pfarrerin, die da auf ihrer Kirche, ja wo denn sonst, oben war, nämlich ganz weit oben als Fensterbild, also vor einem solchen, einem bunten und riesigen Kirchenfenster war sie vorne drauf und schaute auf alle herunter, und die Feuerwehrleute waren gerade dabei, sich mit einer Leiter zu ihr zu begeben und sie abzunehmen, aber anscheinend war das gar nicht so leicht, und man sagte, dass sie schon Stunden probierten sie wegzunehmen vom Fenster, weil die wirklich mit Klebstoff an das Fenster fixiert war, richtig dick eingestrichen mit einer teuflischen Masse, ihre Körperhaltung perfekt inszeniert, wie ein Engel war sie da hinpositioniert, tot war sie vorher schon, so wie auch die anderen, nur war sie ein Fensterbild geworden, und dann, du denkst es dir wahrscheinlich schon, haben wir natürlich sofort kehrtgemacht und uns diese Videos angesehen, also die Mitschnitte halt, und wir waren alle so aufgeregt, dass niemand etwas gesprochen hat beim Zusammentreffen und dann beim Ansehen auch nicht, weil anfangs waren sie selbstverständlich fad, die Bänder, und wir haben auch gleich mit dem Vorspulen begonnen, bis zu dem Punkt, an dem wir den ordinären Rauch aus der Flasche im Kübel gesaugt hatten, dann sind wir alle weggebrochen, und siehe da, zuerst sah man da auf beiden Bändern nur den Himmel, oder so ein bisschen die Seite, je nachdem wie halt der Kopf gefallen war, aber auf einem Band konnte man dann schon nach kurzer Zeit erkennen, wie sich nach und nach etwas regte in den scheinbar friedlich ruhenden Körpern, zuerst war es unmerklich, ganz sanft, so wie wenn man im Schlaf zuckt, aber dann haben wir uns alle nach und nach erhoben, wie Roboter, das sah fast so aus, als würden wir an unsichtbaren Schnüren wie Puppen aufgezogen werden, grauslich wirkte es und wir wunderten uns erneut, weil wir nicht glauben konnten, dass Menschen sich tatsächlich so bewegen, so voll seltsam aufstehen, ungewöhnlichst, und es fröstelte und ekelte uns beim Ansehen und jetzt waren wir richtig baff, weil nach und nach gingen wir daraufhin alle vom See weg, nicht in Gruppen, sondern einfach irgendwie zerstreut, wie ein paar Zombies, die da erwachten aus ihrem Todesschlaf, es fehlte nur, dass wir die Arme in traditionell geisterhafter Manier nach vor streckten, und es wurden da auch keine Worte oder Blicke ausgetauscht zwischen uns, wir wussten anscheinend alle ganz genau, was nun zu tun sei, und wir gingen alle einen ganz geraden und zielsicheren Weg, ein jedes stracks vor sich hin, als würde uns ein Magnet anziehen, durch selbst dunkelste Dunkelheit ohne Stolpern hindurch, und wir marschierten dann bis zum Pfarrhaus, und diese Stelle war dann wirklich ganz abscheulich, da haben sich einige sogar wegdrehen müssen und ein paar erschrockene Nein oder Das glaub ich nicht wurden ebenfalls ausgestoßen, ja was glaubst du, wir waren fertig bis auf die Nerven, richtig zerstört, weil wir sie einfach so kaltblütig in ihrem Bett ermordet haben, so etwas hast du noch nicht gesehen, das war die Höhe aller Höhen, kein Horrorfilm kann dir so schräg einfahren wie das, weil wir waren ja die Hauptdarsteller darin, und dann haben wir sie da raufgebracht, nachdem sie recht schnell tot war, und sie ausgestellt und alles hat so professionell ausgesehen, also wirklich jetzt, als hätten wir Monate lang schon darauf hintrainiert, wie eine gewerbliche Hinrichtungstruppe sahen wir aus, und vielleicht waren wir das auch, die persönlichen Berufskiller einer Übernatur, die sich hier einfach unserer Körper bemächtig hatte und sie für ihre Zwecke missbrauchte, weil wir die so sicher rausgetragen haben, wenn du das gesehen hättest, da hättest du in anderem Rahmen sicher applaudiert, und andere wiederum sind schon mit allerlei nützlichen Behelfen an Ort und Stelle gewesen, haben gewartet auf die Träger, Leiter, Seile, kübelweise Kleber und noch vieles mehr war da zu erkennen, als gäbe es einen klaren Plan hinter diesem stillen Auflauf, einen echten Fahrplan, dem hier alles folgte und dem wir voll und ganz verschrieben waren, ohne Sprache, ohne ein einziges Wort, aber wir wussten nichts von einem Plan, wir wussten ja nicht einmal, dass wir hier Leute abgeschlachtet und danach ganz furchtbar hindemonstriert hatten, das konnte es so doch alles nicht geben, ja das würde wahrscheinlich sogar einen Exorzismus brauchen, so fuhr es uns jetzt durch den Kopf, ach wie furchtbar, wie überaus Scheiße, das war sicher voll ungut und schmerzhaft, so eine Austreibung, und wir fürchteten uns davor, so wie man auch den Zahnarzt fürchtet, obwohl man ihn dann doch braucht und es einem nachher besser geht, das war schon eine gemeine Situation, warum waren das nur wir auf diesen Bändern, warum konnten diese letzten Abende nicht einfach nur ganz normale jugendliche Ausfälle gewesen sein so wie auch sonst immer und bei allen anderen rundherum auch, aber vielleicht brauchte man auch gar nichts machen und es hörte schon von selbst wieder auf, auch ein kaputter Zahn beruhigt sich ja irgendwann wieder und man muss nicht sofort von Pontius zu Pilatus laufen, sicher würde das gehen, wir würden uns einfach eine Zeit lang nicht mehr betrinken und dann wäre die Sache freilich gegessen und es würde dies für alle Zeit, bis in den Tod ganz einfach unser gemeinsames Geheimnis bleiben, eine einmalige Sache und dann schnell gegessen für diese Menschen hier und auch für uns, so würde es sein, so musste es sein, und nachdem wir uns wieder halbwegs gefangen hatten und das Gesehene als Wahrheit begreifen konnten, beschlossen wir, ferner auf Entrückung des Leibes und des Geistes zu verzichten, und alle waren dafür, niemand zögerte, wir schworen uns, dass es vom jetzigen Tag an aus sei mit den Alkoholexzessen und dem übermäßigen Drogenkonsum, Abstinenz hieß die neue Devise, komme da was wolle, auch bei Geburtstagen oder anderen so feiernswerten Momenten eines jungen Menschen, nichts mehr, kein Bollwerk übersprudelnder Lebensenergie sollte uns davon überzeugen können, und wir gingen selbstsicher auseinander und schworen uns das bei unseren Leben sogar, und so vergruben wir uns einfach in Arbeit und vereinzelten uns in gewissem Maße, es war sicherer für die Gemeinschaft, eine Zeit lang auf die Gemeinschaft zu verzichten, und so halfen wir mit bei Dingen, die der Allgemeinheit im Orte oder der weiteren Gegend zugute kamen, und glaubten uns so von unserer Schuld zu erlösen und zu befreien und klug abzulenken, es tat gut und reinigte auch das Gewissen, und wir halfen mit die Schwimmbäder zu polieren und beim Nachbarn das Planschbecken aufzublasen, und am See wurde der Müll brav beseitigt, fast pingelig, und die Stege wurden freiwillig noch nach der Arbeit geschliffen und gestrichen und auf Hochglanz gebracht, alle waren da in ihren vermeintlich rehabilitierenden Arbeiten vergraben und wir haben uns auch richtig darauf eingelassen, weil Arbeit soll ja bekanntlich frei machen, und auf so eine ähnliche Weise war das dann auch, alle haben wir Ruhe gegeben und hielten uns ganz tapfer, aber du kannst dir jetzt schon sicher denken, dass es dabei nicht geblieben ist, sonst wäre die Geschichte hier ja einfach aus und man könnte schon ganz geschmeidig enden und dir für die Aufmerksamkeit danken, ja das ist es aber nicht, das wäre ja unwirklich, weil es so etwas natürlich nicht geben kann, wo denkst du hin, weil die Verhältnisse, sie sind nicht so, weil wir gesellschaftlich Ausgesonderten von diesem spontanen Mithelfen und einmaligen Eingliedern nicht wiederhergestellt und zurückgenommen wurden, das wäre unmöglich gewesen, eine Utopie, und natürlich sind wir Aufmüpfigen nicht einfach geheilt worden von so einem Häufchen schlechten Gewissens, das wäre ja noch das Schönste, doch so oder so wollten sie uns nicht haben und wir wollten gar nicht zurück zu ihnen, die ungewollten, ungeliebten Saukinder wollte man auch heute nicht, dem Verein, bekannt als Hochburg allen Grindes, wollten wir auch heute nicht beitreten, das ist uns nach nur einer Woche, oder nicht einmal einer ganzen, schnell vergangen, und ihnen ist es noch viel schneller vergangen, die hatten freilich noch weniger Motivation hinsichtlich einer Versöhnung, einer Rückführung, und schon gar nicht was eine Eingliederung betraf, wo denkst du hin, weil bei dieser Situation hier doch wir die plötzlich Gewandelten, die Schwankenden waren, die es sich da so unverhofft anders überlegt haben, aber da ist uns allen nach einigen Tagen richtig schlecht geworden nach und nach, wie eine misslungene Immuntherapie war das, doch wir wollten und wollten nicht immun werden und es brach schon wieder aus, weil wir viel zu nahe am Herd geruht hatten, und nicht nur weil wir so naiv waren und geglaubt haben, dass das funktionieren kann, schämten wir uns nun, und wir haben uns alle langsam zusammengedrängt, so wie früher, so wie immer schon, und wir krochen vorsichtig und von den eigenen Versprechen doch irgendwie zurückgehalten zusammen, und wir lechzten schon nach der nächsten großen Zusammenkunft, nach Unbeschwertheit, nach maßlos ausgekostetem Beisammensein und es dürstete uns nach Weltverneinung und gemeinsamen Kritikanfällen, nach Gebärden des Widerstandes, nach ewigen Gesprächen und Frieden und Freude in der geistigen Übereinkunft, nach der innigen Kampfeslust, und dieser Durst war so groß, so mächtig, das Brennen so fest und ein Verbrennen so nah, dass es unmöglich war, hier sinnvoll und entschlossen entgegenzuwirken, das war ein Unterfangen von tatsächlich aussichtsloser Art, ganz erbärmlich, weil stell dir vor, du kämpfst dann mit deinem Inneren, deinen eingeborenen Bedürfnissen, verneinst plötzlich deine Gebote und bist dadurch im Außen ein gefallener Oppositionist und im Innen ein Opportunist, und darum haben wir ganz früh schon nachgegeben und uns einfach getroffen, weil wir uns auf schnellstmöglichem Wege heilen wollten davon, mussten wir etwas machen und schleunigst zurückkehren zu unserer Originalform, zum Urgrund allen Trotzes, zur Mutter des wallenden Widerstandsherzens, und es war wie ein erneutes Erkennen, in dem wir aufgingen wie ein warmer Germteig, den man zuvor schon abgeschrieben hat, weil er einem kalten Zug ausgesetzt war, und die Wärme, die wir da empfingen und die uns so aufgehen ließ, das war wahrscheinlich unsere Gemeinschaft, die uns so fehlte und die wir erwarteten und ohne die wir nicht wären und nicht existierten, unsere Gruppe, uns, wir brauchten uns so, dass dieses Begehren uns schrittweise wieder nachhause brachte, an den einzigen für uns richtigen Ort, den einzig denkbaren und einzig existierenden, und so wurde es erneut Wochenende und wir trafen uns wieder, ganz bewusst, aber ohne einen Exzess dabei im Hinterkopf zu haben, und wir genossen diesen Abend und suhlten uns in der Gegenwart der anderen, der anderen Leib und Geist gierig aufsaugend, so waren wir im Heil zurück, erneut vereint, doch das ausführliche und sicher unangenehme Aussprechen die jüngsten Vorfälle betreffend stand noch aus, das war natürlich nicht zu umgehen, und so machten wir uns auch daran und ließen es laufen an diesem ersten Zusammentreffen nach dem Tiefpunkt, machten uns gegenseitig auf und stocherten in der jeweiligen Gefühlswelt herum, brachten erneut Theorien und Erklärungen zum Disput und erschraken dabei nicht, es war halt, was es war, da gab es nichts zu beschönigen, aber in Panikattacken oder unhaltbare Angstzustände zu verfallen war ja nicht unsere Art, wir waren Rationalisten, die vielen negativen Beispiele an diesem Ort hatten uns dazu gemacht, und wir waren abgehärtet worden von so Perversitäten an Lebensrealität, und glaub nicht, dass wir so weltfremd gewesen wären, um den Ernst der Lage nicht zu erkennen, also gespielt haben wir uns sicher nicht, wir waren ganz klar im Kopf und sicher alles andere als leichtsinnig oder fahrlässig, was glaubst du, bei so einem Ausmaß an Konsequenzen, da war nicht mehr zu lachen darüber, aber wir konnten nicht ohne uns leben, wir brauchten uns gegenseitig und wir brauchten ebenfalls das Vergessen, also dieses Sich selbst und uns Vergessen, das da mit Alkohol und Drogen so leicht erreicht werden konnte, das da meditatives Ausmaß annimmt in diesen Dingen, und Kunst und Sport und Musik und so, das war uns einfach zu wenig, das machten wir ja alles, viel öfter und viel intensiver noch als der Durchschnittsmensch hierzulande, doch das war nicht genug, wir hingen halt psychisch und physisch in einem von der Norm abweichenden Dispositiv fest, was das betrifft, und wir haben uns da auch nie dagegen gestemmt, das war unsere Freiheit, was glaubst denn du, das gibt es ja nicht genormt, wo kämen wir denn da hin, wenn auch das schon geregelt werden würde, und irgendwie haben wir dann in diesem überlangen Gespräch und den Diskussionen dahingehend auch feststellen müssen, dass es vielleicht gar nicht einmal so schlecht ist, was hier passiert, immerhin sind diese vier getöteten Leute ja nicht gerade unsere Freunde gewesen, um es freundlich auszudrücken, die standen uns ideologisch fernst, und wer weiß, wer uns da benutzt als Schlächter, vielleicht ist es ja ein guter Gott selbst, der die falschen Engel nach und nach wegräumt und der noch viele andere Schlechte zu schlachten im Sinn hat und wir mit dieser Wahl vielleicht auch übereinstimmen, weil wenn du dir ausrechnest, dass auch die Auslese der vorigen sehr mit unseren Vorstellungen, mit unserem Maß eine Überflüssigkeit betreffend, übereinstimmt, wer weiß, vielleicht sind dann auch die nächsten Opfer nicht einmal so falsch gewählt und ja eigentlich doch wegräumbar, und wir helfen damit sogar einer Menschheit, die sich unbedingt von unnötigen Menschen zu befreien hat, bevor sie weiterkommen kann, im Positiven klarerweise, und stell dir vor, Gott selbst, der Gott, der bekannte, das wäre ja fast ein Frevel sich dagegenzustellen und seinen wenn auch für uns noch undurchsichtigen Plan nicht auszuführen und damit zu durchkreuzen, und wir müssen uns dann nur daran machen, diese seine nun getroffene Wahl zu überprüfen, also jetzt in dem Sinn, ob auch wir diese Menschen auswählen würden, das kommt dir jetzt vielleicht grausam oder größenwahnsinnig vor, aber wir haben uns halt gedacht, dass, wenn wir schon einmal in so einer Situation sind und wenn das alles anscheinend ohne Konsequenzen und so gut und einfach geht und wir tatsächlich fast wie der Homo sacer völlig fernab einer Gerichtsbarkeit stehen und vielleicht sogar echt heilig sind und wenn uns da sogar ein höheres Wesen erwählt hat für seine Reinigungsaktion, wir ja möglicherweise nicht gleich den Hut drauf schmeißen, sondern uns das alles einmal in Ruhe durchdenken sollten, weil diese Gesellschaft hier böse zu sich selbst ist mit diesen von ihnen erwählten neuen Weihevollen und sich damit bedrohlich weit aus dem Fenster lehnt schon seit geraumer Zeit, und das haben wir ja schon zuvor erkannt, und so fangen wir halt an zu theoretisieren, um das zu erhellen und zu sichten, warum die da gekillt wurden, was uns denn als wahr vorgelegt wird und wir in diesem Moment glauben sollen, und die Wahrheit ist ja immer nur gebunden an so singuläre Eindrücke und Augenblicke und wir müssen sogleich sehen, dass sowieso eine falsche Waage am Fuhrwerken ist, schon seit Ewigkeiten, wenn nicht seit Anbeginn, immer schon, und damit hat sich eine gewisse Art von Mensch scheinbar wirklich verzichtbar, ja überflüssig gemacht, oder ist eigentlich per se überflüssig, und der Mensch ist allgemein ja unnütz, ein überflüssig Ding, so gesehen eine auszurottende Spezies, eine erschreckend erbärmliche Niedrigkeit und eine doch mehr als restlos abkömmliche Substanz, ein Geschöpf, das in seiner Gesamtheit ohne Skrupel eigentlich gänzlich auszulöschen sei, wenn man es konsequent durchdenkt, und manche Leute sind doch am sinnvollsten gedacht, wie sie hängen, hingeschlachtet endlich Ruhe geben, man soll das Menschwerk gleich allgemein großzügig entfernen, um diese Widerwärtigkeit unwiederbringlich zu vernichten, um dann einer neuen Lebensform, möglich allein durch einen erneuten evolutionären Prozess, eine Chance auf weniger Geistesüberdruss und Verkommenheit, auf ein klein wenig mehr Wahrhaftigkeit und Idee zu geben, und du schüttelst jetzt vielleicht erneut deinen ehrlosen Kopf und verneinst das Notwendige und versuchst diesen wahren Gedanken als einen wahnhaften und närrischen abzutun und runzelst die Stirn und tippst dir vielleicht noch mit deinen Fingern darauf und denkst dir, Wie widerlich, weil du indes hier zu kurz denkst und vielleicht nie ein großes Denken gelernt hast und nicht glauben willst und kannst, wahrlich, wir aber waren in diesem Moment da höchst erleuchtet und die Gedanken so klar wie sonst selten und wir wissen nach jahrelangem Widerstand ja sowieso schon mehr als für viele nicht einmal im vorstellbaren Bereich liegt, und in dieser Minute ist es dann so weit, obwohl wir uns das nicht ausgesucht haben, hier als diese Tötungsmaschine zu funktionieren und so radikal durchzugreifen, und also ist uns zum Wissen noch die Macht gegeben worden, und es bleibt dir eigentlich nur noch die Geschichte dieser tatsächlich menschenfeindlichen Menschheit noch zu Ende zu erzählen, von der großen Plage und was wir mit dieser ganz vorbildlich gemacht haben, mit diesen Auswüchsen, dem Menschenvolk, das es nicht anders verdient hat als seiner im wahrsten Sinne des Wortes nur noch als eines unzweckmäßigen zu gedenken, denn seine Taten sind niedrig und gemein, und wenn du das erst sehen willst, so siehst du es überall, es ist überall, und wir sehen es, und so haben wir in diesem überirdischen Sinne alsdann nachgegeben, so billig und einfach, weil wir das doch machen müssen als letzte Konsequenz, und noch ist die Zeit für dich, aber der Zeitpunkt ist abzusehen, in welchem alles gegen das hier und gegen dich und überhaupt gegen jeglichen Stumpfsinn ist, denn das kann man so nicht lassen, das ist ja so nicht zum Aushalten mit dieser unserer Menschheit, also muss sie geschmälert und gereinigt werden, damit sie sich ihres Überflusses endlich bewusst wird, und so dürfen halt wir damit beginnen und wir versuchen damit ein paar Zeichen zu setzen, und so belassen wir es dabei, wir geben uns unserer großen Aufgabe hin und lösen unser Wort auch ein, und wir treffen uns gleich am nächsten Tag und bringen den Alkohol in Fässern mit und schließen Wetten ab, wer denn der nächste sein wird, und wir fühlen uns stark und mächtig und lassen die Zweifel einfach und schlicht fahren und machen weiter und ziehen weiter und beginnen ein richtig großes Ding, du glaubst das jetzt vielleicht nicht, aber wir sind echt am nächsten Morgen einfach in einen Zug gestiegen und gleich in einen Ballungsraum gefahren, weil dort auch gleich viel mehr abzustauben ist als am Land, und wir setzen uns da rein an den Ort der höchsten

Fluktuation dieses Ungemachs, nämlich in die Untergrundbahn, weil da passiert ja allerhand, und wir vertrauen dabei auf unser Gefühl, das uns lenkt, und darauf, dass wir dabei gesteuert werden von dieser großen Macht, die mit uns ist in diesem Moment, und wir genießen dieses Herumfahren und das Trinken und das langsame Entschwinden und wir spüren schon, dass es bald wieder so weit sein wird, und als er da einsteigt, da wissen wir gleich, dass er unser nächstes Opfer sein wird, denn er ist ein klassischer Volksverführer, ein Prachtexemplar, wenn du den siehst, den kennst du sicher, eine Schönheit der ausgesprochen seltenen Art und bekannt von vielen Plakaten und Katalogen, und in seinem Hochmut und seinem Stolz glänzt er bereits bei den Fenstern herein, noch bevor die Türen sich schließen, ein großer weißer Hirsch, dessen majestätisches Geweih da fast nicht rein geht, und er geht sogleich vom Eingang zur Doppeltür gegenüber, um dort die dunklen Türenfenster als Spiegel zu benützen, und er sieht sich da ernst und entschieden an und streicht sein kurzes Haar zurecht, denn er muss als Engel perfekt sein, er ist das Maß aller Dinge, während wir nachdrücklich in uns hineinforschen hinsichtlich einer Wahl der Übermacht, vielleicht spüren wir die ja, dabei starren wir ihn an und sehen ihn eigentlich schon mehrfach, ja wie spannend ist das, bald wird es sein, wir sind hier nur die Exekutive, eine schon halb bewusstlose Masse an herumlungernden Jugendlichen in diesem

Ubahnwagen, ganz klar, dass er uns nicht bemerkt, wir bemerken uns ja selbst nicht mehr, der Rausch ist beinahe vollständig und ein Übertritt steht kurz bevor, es ist wie eine meditative Vergessenheit, ein Raumverlust, ein Ausstieg, das spüren wir noch, und wir bringen uns in dieses Stadium des völligen Ausklinkens mit ein paar großzügigen letzten Zügen aus den Flaschen, und dann ist es auch geschehen und es ist aus, und als er aussteigt, da stehen auch wir von unseren Plätzen auf, sanft und gemeinschaftlich ruhig schreiten wir hinter ihm her und warten auf den gegebenen Moment, dann beschleunigen wir den Schritt und holen ihn langsam ein und erreichen ihn auch und nehmen ihn wie ein von hinten sich langsam nähernder und alsdann sich aufsplitternder Strom in unsere Mitte und schon ist er zwischen uns und ganz von uns umgeben und nach einigen wenigen Metern nur stürzen wir uns sogleich auf ihn und drücken den von hinten so ganz unerwartet Ergriffenen auf den Boden und werfen unsere Oberkörper und Köpfe ganz weit nach hinten, um dann mit voller Wucht unsere Zähne in seinen Körper zu schlagen und ihm die Fleischstücke aus diesem herauszureißen, durch seine Kleidung, durch seine erschrocken erstickten Schreie hindurch, und wir scharen uns um und über ihn und bilden einen kreisrunden Sichtschutz aus unseren Körpern und machen alles ganz gleichförmig und sein Haar reißen wir ihm mechanisch aus und das Gesicht zerbeißen wir ihm fast serienmäßig und die Lippen ziehen wir ihm herunter und die Augen reißen wir ihm heraus und die hohe Stirne zerkratzen wir ihm bis auf den Knochen und die schöne Brust ziehen wir ihm ab am Nippel mitsamt dem Muskel und wir bearbeiten ihn ganz zielsicher und Maschinen gleich und rasch und genau, bis er sich nicht mehr rührt, und hernach machen wir ihn sogleich zu einem Bild, weil wir da planmäßig und gerade seinen Leichnam nehmen und diesen auf einem einfachen Haken beim Ausgang festmachen, direkt zwischen viel anderes Bildwerk und Plakat, dies Gemälde an einem einfachen ordinären Ubahnausgang zurücklassend, das Kunstwerk, das engelhafte Wesen, so hängend, nur für sie, für unsere zu schützende Menschheit, und wir machen uns dann ruhig, aber doch schnell davon, wie sonst auch, das wissen wir von den Mitschnitten, und wir gehen zurück zum Bahnhof und legen uns in den nächsten Zug und fahren schlafend weg mit den Kameras auf der Stirn, und wer weiß, es kann ja noch vieles kommen, es ist uns ein mächtiges Spiel, bei dem jeder einmal teilnehmen kann, auch du, da du harrest dieses deines ja wenn du ganz ehrlich bist doch auch überflüssig und schändlich gewordenen, vielleicht immer schon schändlich gewesenen Lebens, das kann schon sein, dass wir plötzlich vor deiner Tür stehen, weil auch du etwas gemacht hast, das gar nicht passt und wir zu dir ausgeschickt als reißende Rotte dich zu richten gedenken, dich und deine

Taten, und du verneinst dann in deiner Todesangst jegliche Absichten oder siehst vielleicht das Übel und deine Schuld nicht, auch das kann sein, doch wir müssen das leider in Kauf nehmen für das große Ding, das darüber steht, verstehst du, für die Sache, für die einzige Sache, und wir lernen uns vielleicht so auch noch persönlich kennen, und wenn du dann bettelst und sagst, dass das alles so gar nicht stimmt und eigentlich wir die Bösen sind und nicht du, falls du da noch zu Wort kommen kannst, bevor du noch das Urteil hörst, wenn denn ein solches gesprochen wird, denn bisher haben wir noch nie ein Urteil gesprochen oder begründen müssen oder irgendsowas wie einen Schuldspruch oder so verlesen, das ist ja kein Film, dann merkst du, dass du allein bist, so wie jetzt, mit deinem Buch, einzig, im Gegensatz zu uns, und wir werden dich dann richten, sogleich, ja aber wer weiß das so genau, es kann ja alles sein und werden, oder auch nicht, so oder so, wir haben jetzt halt mehr Macht in Händen als du und wir haben eine starke Lobby hinter uns und du nicht, wir sind alles und du bist nichts, ja wir sind so viele und du bist ganz allein.

Epilog: Maßnahmenvollzug

1.

Es war ein Alarm.

Ein so eindringlicher Alarm war das, dass die Vögel aufstiegen von ihren Bäumen und sich großräumig nicht mehr niederließen. Die Hunde heulten mit. Das Licht machte ein arges Ding dazu, denn es brach an diesem Tag längst überfällig durch die Wolken, und weil die Straßenlaternen alle schon an waren, gab es sich doppelt. Es wollte sich aufspielen.

Die Tonfolge war hoch und ganz einheitlich, aus einer Maschine aufdringlichem Mund. Natürlich nervig.

Es war also helllichter Tag, und wieder einmal ging da dieses Warnsignal.

Wir wussten freilich genau, woher die unschöne Tonfolge kam. Weit weg war es ja nicht: Der nahe Hühnermastbetrieb war es. Wieder einmal. Ständig kam von dort dieses akustische Spektakel zu uns herüber, oft stundenlang. Welchen Zweck es hatte, wissen wir bis heute nicht. Das konnte uns niemand sagen, obwohl es ständig heulte. Immer, wie es schien. An jedem der sieben Tage. Oft abends, oft morgens. Und so machte es nichts mehr. Uns nicht, den anderen nicht. Längst war es Normalität hier.

Ja, es war wieder einmal ein Alarm.

Doch an diesem Tag war es mehr. Und wer konnte das wissen?

Es war eine Offenbarung.

Eine Verkündigung, die uns gegeben war, damit uns Knechten gezeigt werde, was bald geschehen musste.

So schau dich an, eine Offenbarung.
Wir bezeugen damit dieses Zeugnis, alles, was wir geschaut haben. Und selig, wer diese Worte verliest und wer sie hört und wer sich an das hält, was geschrieben ist, denn die Zeit ist erneut nahe.
Es kam mit den Wolken, und jedes Auge hat es gesehen, jedes Ohr gehört. Und doch hat es uns nicht alarmiert, weil es kein Alarm mehr für uns war. Und alle Leute an diesem Erdkreis mussten jammern und klagen deswegen.
An diesem Tag war also erneut das blöde Signal.
Wir saßen vor dem Fernseher und versuchten damit die Zeit tot zu schlagen. Schön laut gestellt, hörte man auch die leidige Tonfolge da draußen nicht mehr. Und da wurden wir vom Geist ergriffen, mitten in einer anspruchslosen Serie, wo bellend mitgelacht wurde und wir nicht lachen konnten, wo sie es uns anzeigten. Wir blutjungen und noch so zarten Menschen, die wir nichts im Schilde führten als uns das ordinäre Leben hier erträglich zu machen, wurden so plötzlich vom Geist ergriffen, und da hörten wir also hinter uns eine Stimme, laut wie eine Posaune. Die Stimme sprach: „Schreibt das, was ihr seht, in ein Buch und schickt es an alle Gemeinden.“
Da wandten wir uns um, weil wir sehen wollten, wer zu uns sprach. Als wir uns umwandten, sahen wir sieben goldene Leuchter und mitten unter den Leuchtern einen, der wie ein Mensch aussah, er war bekleidet mit einem Gewand, das bis auf die Füße

reichte, und um die Brust trug er einen Gürtel aus Gold. Sein Haupt und seine Haare waren weiß wie weiße Wolle, leuchtend weiß wie Schnee, und seine Augen wie Feuerflammen, seine Beine glänzten wie Golderz, das im Schmelzofen glüht, und seine Stimme war wie das Rauschen von Wassermassen und aus seinem Mund kam ein scharfes, zweischneidiges Schwert und sein Gesicht leuchtete wie die machtvoll strahlende Sonne.
Als wir ihn sahen, fielen wir fast wie tot von der Couch und vor seinen Füßen nieder.
Ja Wahnsinn!
Es war der Bauer der Hühnermastanstalt!
Er stand vor uns und wir sahen nun, wie das Blut in Strömen von ihm lief, sein goldener Arbeitsgürtel mit allerlei Arbeitsgerät war zerfetzt, die Arbeitskleidung völlig zerrissen, beinahe nicht mehr vorhanden, seine Haut nicht mehr als solche zu erkennen, da sie nicht mehr existierte, und das Fleisch und alles Organhafte strahlte aus seinen tiefen Wunden hervor, dass wir fürchteten zu erblinden. Er sagte zu uns: „Ich bin der Erste. Ich bin tot. Geht und stellt den Alarm ab. Nehmt den Schlüssel." Er warf ihn uns vor die Füße. „Und schreibt auf, was ihr gesehen habt und was ist und was danach geschehen ist."
Wir bückten uns alsdann nach dem Schlüssel und schauten uns ungläubig an. Und als wir noch nachfragen wollten, da war er schon verschwunden. Der geheimnisvolle Sinn blieb uns verborgen.

So brachen wir unmittelbar auf. Das wollten wir wissen. Das war ein sonderbar Ding. Und spannend, ja was glaubst du. Auf diesem eintönig faden Land war jede Abwechslung rettend.
Wir machten uns sofort auf den Weg, und es war ein längerer Fußmarsch dorthin. Aber einerlei, so hatten wir Zeit genug, um uns darüber zu bereden. Und dann war auf dem Weg hin der Alarm einfach aus. Wir beschleunigten den Schritt.
Als wir dort mit Einbruch der Dunkelheit ankamen, da stand bereits die Polizei vor dem Bauernhaus, die Rettung mit stehendem Blaulicht ebenfalls, ein Leichenwagen dabei.
Der zerrissene Bauer wurde aus der Hühnerhalle getragen. Er strahlte jetzt nicht mehr. Sein Mund war ohne Schwert, oder das Loch, wo wahrscheinlich einmal sein Mund gewesen war. Sein Haar war nicht weiß, sondern, so es denn noch war, rot und schwarz. Keine Augen wie Feuerflammen blickten auf uns, denn Augen waren nicht mehr vorhanden, ebenso fehlte die Nase. Und sein seitlich geneigtes Gesicht war ohne jegliche Strahlen, nein, es absorbierte in seiner Zerfressenheit vielmehr das schwache, künstliche Licht.
Sie luden ihn ein. Wir ließen den Schlüssel in der Hosentasche verschwinden.
Sie sagten uns dann, dass es ein Furchtbares gewesen sein musste. Wir haben mit dem Sanitäter geraucht, und er hat uns für eine Zigarette alles erzählt. „Sie

haben ihn bedrängt, seine Hühner, seine eigenen Hühner, und ihn nicht mehr entkommen lassen, den armen Bauern, den Hilflosen." So hat er es uns gesagt, und dabei war er ganz bleich. „Er hat anscheinend standhaft ausgeharrt. Die Tür war ja verschlossen. So hat er versucht, irgendwie rauszukommen, sich nach oben gearbeitet, während sie ihn zerfleddert haben, vollkommen, diese Höllentiere, und dabei hat er alle sieben Leuchter von der Decke gerissen, der Bedrängte. Mein Gott."
Dann ist schon ein großer Tankwagen gekommen und sein Schlauch wurde rasch in die Hühnerhalle gelegt. Sie haben die Türen geschlossen und die Hühner sofort vergast.
Wir sind heimgegangen und haben uns gewundert.

2.
In allen Zeitungen stand es am nächsten Tag geschrieben, in allen Gemeinden war es das erste Gesprächsthema, und man sagte es sich beim Fleischer und beim Bäcker, und jeder wusste von den sieben Leuchtern, die mit ihm ein jeder in die Tiefe gestürzt waren. Und jeder kannte seinen goldenen Gürtel und man war entsetzt, dass selbst dieser nicht noch zerfetzter hätte sein können. So grauslich.
Jeder kannte seine Werke, seinen großen Betrieb, und jeder hatte schon einmal ein Huhn von ihm gehabt, mindestens eins, und gut war es jedesmal gewesen. Und jeder kannte seine Mühen damit, waren doch

die Preise meist im Keller, der arme Bauer nur am Jammern, so wie sie alle des jammervollen Gemüts sind, ist doch die Wirtschaftslage immer gegen sie. Und nun kannte auch jeder sein Ausharren, diesen Großmut, seine Stärke.

Nur am Schulhof wurde böse getuschelt: Die Hühner haben das nicht mehr ertragen. So sagten es die Überdrehten, und es wurde geschmunzelt. Doch laut durfte das natürlich nicht gesagt werden. Man stellte sich auf des Bauern Seite. Ja auf welche denn sonst. Denn er hat ausgeharrt und um seines Namens Willen Schweres ertragen und ist nicht müde geworden. Wir haben das Treiben des Hühnermastbauern verabscheut, immer schon. Doch: Warum hat er gerade zu uns gesprochen? Er ist uns als Geist erschienen, obwohl wir nichts von ihm gegessen hatten. Er ist zu uns gekommen, obwohl wir längst unsere erste Liebe verlassen hatten. Und bedenke, was das für die hiesige Gesellschaft bedeutete: Aus welcher Höhe wir gefallen waren. Und das haben sie uns ständig vorgeworfen. Und sie drohten sogar und sagten: „Wenn ihr nicht umkehrt, wenn ihr euch nicht endlich einfügt, so werden wir kommen und eure Leuchter von ihren Stellen wegrücken." Welch eine Drohung!

Wir waren immer das Andere gewesen, weil wir vieles als Lüge erkannt hatten, ja weil wir der geistigen Armut schon gewahr worden waren. So jung schon. Nicht nur, weil wir in Geschichte gut aufgepasst haben. Und doch kam der Bauer als Geist zu uns, obwohl

wir in ihrer Hierachie ganz unten standen, obwohl wir von solchen geschmäht wurden.
Er war der Erste, der tot war, und es sollte nicht der Letzte sein, der uns wieder lebendig wurde. Am nächsten Tag schon war es.
Wir versuchten zu unseren Werken zurückzukehren, einmal eine Hausübung zu machen, so wie sie uns aufgegeben war. Aber leicht fiel das nicht: Da dachten wir wieder an den Geist, da sprachen wir wieder über den Schlüssel. Und was es werden sollte, das wollten wir wissen.
Da ist schon wieder etwas geschehen, und es war wieder arg.
Am Nachmittag war es, und wir saßen im Haus, im Esszimmer, alle um den Tisch versammelt und über die Aufgaben gebückt, die uns die Schule stellte, um uns zu bilden, als da plötzlich die alte Großmutter am Fenster stehend zu schreien begann: „Kehr um! So kehr doch um!“ Ihr Gesicht drückte sie an die Scheibe. Ja was machte sie denn? Das war nicht ihre Art. Sie hüpfte sogar vor Nervosität. Endlich schrie sie zu uns herüber, ihr zu helfen. Sie wies mit der Hand nach draußen. Dort sah man weit auf die Ackerflächen hinaus, auf viele Wiesen und Felder, wie sie hier überall lagen. Und auf einem solchen fuhr der Traktor des hinteren Rübenbauern, der da pflügte sein Feld. Und die Alte klopfte nachdrücklich gegen die Fensterscheibe. Wir wussten nicht, warum. Endlich sahen wir es auch: Es sah aus wie das Schwert, das

sich da gestern aus des Hühnermastbauern Mund strahlend gebar. Nur war es nun ein Schwert, das tief in die Erde, in den Acker dort eingefahren war. Es markierte ein riesiges Loch, das mitten in diesem Feld klaffte. Niemals war dort eine solche Grube, fast eine schwarze Schlucht gewesen. Und der nichtsahnende Bauer fuhr mit seinem Gerät direkt darauf zu. Indes dieses Höllenloch auch noch zu wachsen begann, war das strahlende Schwert nicht mehr zu sehen. Schon war der arme Landwirt an seinem Rand, flugs kippte der Traktor, fiel in das Loch einfach hinein und war verschwunden. Da schloss sich der unendliche Graben, wie ein guter Reißverschluss, und war auch schon wieder ganz geschlossen. Das Feld war glatt und weit wie eh und je, lag so treu vor uns, als wäre es nie geöffnet gewesen.

Die Alte hielt sich die Hände vor den Mund, wir atmeten mühsam und glaubten uns nicht wach, wir treuen Zeugen.

Da hörten wir hinter uns eine Stimme, die sprach: „Wer Ohren hat, der höre, was der Geist sagt!"

Und wir erschraken erneut, denn es war der Rübenbauer, der nun hier im Zimmer hinter uns stand und doch eben in den Graben gestürzt und unter die Erde gegangen war.

Er hatte Augen wie Feuerflammen und Beine wie Golderz.

So sprach er: „Ich weiß nun, wo wir hier alle wohnen: Es ist dort, wo der Thron des Satans steht. Es ist dort, wo der Satan wohnt. Doch fürchtet euch nicht vor dem, was ihr noch erleiden müsst. Die Teufel werden einige von euch ins Gefängnis werfen, um euch auf die Probe zu stellen, und ihr werdet in Bedrängnis sein, viele Tage lang. Ich lege euch keine andere Last auf. Aber was ihr habt, das haltet fest."

Wir wussten nicht, was das sollte.

Er sprach: „Ich werde euch einen weißen Stein geben und auf dem Stein steht ein Name, den nur die kennen, die ihn empfangen."

So warf er uns einen Stein vor die Füße, und als wir uns darum bückten, da verschwand der Rübenbauer.

Und die Alte bekreuzigte sich.

Und wir schüttelten den Kopf.

Es war uns ein Rätsel, auch was da auf dem Stein geschrieben stand:

„Ihr seid die Erben des Weibes Isebel, die eine Prophetin war. Ihr wurde Zeit gelassen, von ihrer Weisheit zu lassen, umzukehren und zum ansässigen Volk zurückzukehren, aber sie wollte nicht umkehren und von ihrer Unzucht ablassen. Darum warfen sie die Leute in das Lager und brachten sie in große Bedrängnis, und ihre Kinder versuchten sie zu töten, der Tod sollte sie treffen, wie es ihre Taten nach damaligem Recht verdienten. Doch haltet fest an ihrem Namen und verleugnet die Dummheit und das Alte, ihr Erben des Weibes Isebel, die eine Prophetin war."

So wunderten wir uns erneut, mit dem Stein in Händen.

Doch wir hatten Ohren zu hören und gedachten dem, was der Geist uns gesagt hatte.

3.

Die alte Großmutter lag schwer geschockt in ihrem Bett. Sie konnte nicht glauben, was ihre Augen ihr gezeigt hatten, was ihre Ohren sie hören ließen. Und sie wusste nicht, ob sie es sagen sollte oder besser verschweigen.

Wir machten uns auf den Weg zu der Stelle, an der wir zuvor den Graben gesehen hatten und worin der hintere Rübenbauer verschwunden war. Doch es war dort nichts Verdächtiges zu entdecken. Mit den Händen strichen wir über die Erde, und sie war lau, weder heiß noch kalt, wirklich lau, und es gruselte uns dabei so, dass wir am liebsten aus unserem Mund ausgespien hätten darauf. Was konnte das nur für ein Werk sein. Eine laue Erde! Wäre sie doch kalt, wie es die Jahreszeit anzeigte. Oder zumindest heiß, damit wir einen richtigen Beweis für das sich uns zuvor Entdeckte hätten.

So gingen wir zurück nachhause, um uns dort zu bereden.

Wir befragten alle Alten nach dem Weibe Isebel und ob sie denn tatsächlich eine unserer Urahnen gewesen sein könnte. Und sie runzelten die Stirn, und sie verzogen den Mund, und widerwillig gaben sie uns Auskunft, dass sie ihre Werke kannten, dem Namen nach lebte sie, war aber schon lange tot. Eine Ver-

wandtschaft war nicht ausgeschlossen. Ja das sehe man schon daran, dass unsere Taten nicht vollwertig waren, genauso wie die Lehren dieses Weibes. Sie aber, die anständigen und demütigen Leute hier, die ihre Kleider nicht befleckt hatten, sie gingen in weißen Gewändern, denn sie waren es wert.
Wie oft nur hatte man versucht, ihren Namen aus dem Buch der Eingeweide hier zu streichen, aber es war schwer gelungen. Viele redeten schlecht über sie. Denn sie hatte stets betont, reicher an Wissen zu sein und wohlhabend an Weisem und dass es ihr an nichts fehlte ohne diese Gehörigen. Und sie behauptete, dass der Mensch hier elend und erbärmlich ist, arm, blind und nackt. Ja aber wer mochte denn so etwas hören! Natürlich waren sie entzweit.
Und es endete doch in einem Grauen. Sie gedachte keiner ihrer gutgläubigen Lehren, die sie empfangen und hören sollte. Sie hielt fest an ihrer Klarheit und kehrte nicht um. Und weil sie nicht aufwachen wollte, wie sie es ihr befohlen hatten, da kamen sie wie die Diebe und sie konnte bestimmt nicht wissen, zu welcher Stunde.
Wir hatten ihre Geschichte gehört und es schienen uns viele Gemeinsamkeiten zu sein. In diesem Wissen gingen wir zu Bett, und den Schlüssel und den Stein legten wir zu uns, um uns damit vor unserer Genossin und vor ihren Geistern zum Wahrhaften zu bekennen.
Am nächsten Tag war bereits ein weiterer Vorfall geschehen. Einer aus unserer Nachbarschaft, der

sich ganz der Bienenzucht verschrieben hatte, der war von seinen Bienen tot gestochen worden. Seinen überhitzten und von Gift völlig durchfahrenen Körper fand man in der Bienenbehausung am Abend, als man nach dem Rübenbauern suchte. Wie im Feuer geläutert lag er da am Boden, mit seinen weißen Kleidern, dichtest übersät mit dem toten Getier, von dem er verkauft hatte das Gold und damit reich wurde. Und seine Zucht hatte ihm die Synagoge des Satans bereitet und sich ihm nicht mehr länger zu Füßen geworfen.

Natürlich mussten wir hinlaufen. Es zeigte ein kleines Schwert am Nachthimmel die Stelle an. Aber sie haben uns dann nicht einmal in die Nähe der Hütte gelassen. Und sie sagten, dass es eine Grauenhaftigkeit gewesen sein muss, und der Körper des Bauern war hart wie die Säule in einem Tempel.

So sind wir wieder nachhause gegangen.

Da stand der Bienenbauer vor unserer Tür und klopfte an. „Wer meine Stimme hört und die Tür öffnet, bei dem werde ich eintreten.“ Wir machten ihm auf, wir hatten den Geist und seine Reden ja bereits erwartet. Er trat ein und er hatte nur geringe Kraft, er war bereits sehr durchsichtig und schien schon einem Verschwinden nahe. Er sprach: „Ihr seid standhaft. Ihr seid wach. So stärkt doch bitte das, was noch übrig ist und schon halb im Sterben liegt. Helft doch diesen Dürftigen hier. Ich kenne eure Werke und ich habe vor, euch noch eine Tür zu öffnen, die niemand

mehr schließen kann.“ Da warf er uns eine Salbe hin. Es war eine kleine unbeschriftete Tube. „Die Salbe ist für eure Augen, damit ihr sehen könnt.“ Und mit diesen Worten war er entschwunden.
Und wir nahmen die Salbe an uns und wunderten uns erneut.
Doch wir öffneten sie furchtlos und trugen sie auf die Augen auf. Und damit gingen wir zu Bett. Den Schlüssel, den Stein und die Salbe hatten wir bei uns.

4.

Am nächsten Morgen, als wir im Dämmern den Weg zum Bus, der uns zur Schule bringen sollte, angetreten hatten, da sahen wir: Eine Tür war geöffnet am Himmel.
Und die Stimmen, die vorher zu uns gesprochen und wie Posaunen geklungen hatten, die schienen noch nachzuhallen in unseren Köpfen. Und es dünkte uns, dass wir erneut vom Geist ergriffen würden und einer zu uns sprach: „Kommt herauf, um zu sehen, was geschehen muss.“ Und vielleicht war es die Salbe, derenwegen wir nun bemerkten, was sich da am Himmel abspielte, und es war ein Spektakel, das wir da sahen: Ein Thron stand am Himmel und auf dem Thron saß jemand, der wie ein Jaspis und ein Karneol aussah. Und über dem Thron wölbte sich ein Regenbogen, der wie ein Smaragd aussah. Und rings um den Thron standen vierundzwanzig Throne und auf den Thronen saßen vierundzwanzig Alte in wei-

ßen Gewändern und mit goldenen Kränzen auf dem Haupt. Und von ihnen gingen Blitze und Donner aus. Es war ein starkes Bild, gewaltig.
Es musste an der Salbe liegen, dass wir das sahen. Doch natürlich konnten wir dem Theater nicht den ganzen Tag zusehen. Wir mussten ja in die Schule. Und als wir nach den vielen Stunden dort in dieser Lehranstalt in Dunkelheit den ewig gleich langen Heimweg von der Busstation nachhause gehen wollten, da kamen uns sieben lodernd brennende Fackeln entgegen. Einige Leute aus der Nachbarschaft waren gekommen, uns von dort abzuholen, und mit Feuer versuchten sie dem Bösen zu trotzen, das sie da heimsuchte, gemein und hinterhältig, und so kamen sie, weil schon wieder einer umgekommen war. Sie fürchteten um ihre Leute, auch um ihre jüngsten.
Es hatte schon leicht geschneit und die Landschaft lag wie ein gläsernes Meer vor uns, Kristallen gleich, und die Leute, die uns heimbringen sollten, glichen Löwen vor diesem unpassenden Hintergrund, und mit den Fackeln sah es so aus, als wären sie Lebewesen voller Augen, vorne und hinten.
Dann sagten sie uns endlich, was geschehen war. Es war erneut ein Bauer umgekommen, der beliebte obere Stierbauer war von seinen vielen Stieren beim einfachen Ausmisten, am heutigen Morgen, aufgespießt worden. Die Hörner hatten ihn so oft und Schwertern gleich durchbohrt, dass die Sanitäter keine Chance auf eine Reanimation gesehen

hatten, denn das Herz hätten sie ihm sogar von außen massieren können. So zerfahren soll er gewesen sein, dass es aussah, als hätte er sechs Flügel, die da dem Wehrlosen einem Adler gleich das Fortfliegen hätten ermöglichen sollen. Und wie die vielen Stiere da überhaupt losgekommen waren von ihren dicken Ketten, das war allen ein Rätsel.

Und natürlich fragten wir uns, warum uns denn der nicht als Geist erschienen ist, wo es doch zuvor immer so gewesen war.

Wir kehrten zurück nachhause, da stand der Geist auch schon vor der Hintertür und schien uns zu erwarten. „Würdig seid ihr", sagte er und warf uns einen goldenen Kranz vor die Füße, fast lässig, „und ihr seht aus wie Menschen. Das ist selten hier, wie ich nun erfahren habe." Er war verärgert. Für ihn war ja schon alles zu spät.

Als wir den Kranz nahmen, da war er auch schon verschwunden. Und wir beschlossen, beim nächsten Geist doch endlich Fragen zu stellen und nicht erst die Geschenke aufzuheben. Und unfreundlich ist er auch gewesen.

„Werft euch nicht nieder vor der Unmenschlichkeit, betet nicht an die Dummheit, die hier in alle Ewigkeit lebt. Überall Nazis." Das stand da als Inschrift auf dem Gold.

Und wir nahmen den Kranz an uns und wir spürten, dass von ihm Kraft und ein gutes Denken ausging und dass er uns stärkte.

Was auch immer hier noch auf uns zukommen würde, wir waren sehr gespannt.

5.

Am folgenden Morgen mussten wir uns früh beratschlagen.

Waren sie auch gering und verwerflich in ihrem Tun, wie es da geschrieben stand, so sollten sie doch nicht so elend aus dem Leben scheiden.

Die Todesstrafe war hier abgeschafft.

Welche Gerechtigkeit da auch werkte, ihr musste Einhalt geboten werden. So etwas durfte sich niemand herausnehmen. Und es gab ja immer einen Ausweg, einen Notausgang. Und der sollte nun gefunden werden.

Wir legten also die vier Gegenstände vor uns auf den Tisch. Es waren der Schlüssel, der Stein, die Salbe und der Kranz. Und es drängte uns dabei, die Salbe erneut auf die Augen aufzutragen. Als wir es taten, da zeigte sich uns ein Weg. Der Weg ging weg von unserem Haus, auf den nahen Hügel zu, und er war gemacht aus Blut, eine frische Spur. Wir machten uns auf und nahmen sogleich den Schlüssel, den wir alle in unsere Münder steckten, und es nahm uns die Sprache. Und die fragende Mutter ließen wir so zurück, und den neugierigen Nachbarn ebenfalls. Der Jäger, der uns im Wald begegnete, und auch die Gruppe Wandernder bekamen von uns kein Wort.

Die Spur verlief zu einem kleinen Haus, im tiefen Wald versteckt, und niemand wohnte darin, das war uns bekannt. Wir nahmen den Kranz und hielten ihn an eine runde Einbuchtung in der schweren Tür, und die Tür öffnete sich.

Der rote Weg wies uns weiter, in den ersten Stock hinauf. Es war ein dunkler Raum, in den wir kamen, und wir warfen den Stein fest auf den Boden, und die vielen Fledermäuse flogen rasch auf und aus dem Kamin und die Türe hinaus.

Die Spur endete an einem mächtigen Bücherregal im hinteren Teil des Raumes. Es lag neben vielen schweren Büchern auch eine Rolle darauf. Sie war von einer goldenen Hand gehalten. Die Buchrolle war das, was wir finden sollten.

Wir versuchten sie vorsichtig aus der Hand zu ziehen. Sie war innen und außen beschrieben und mit sieben Siegeln versiegelt. Die Siegel konnten nicht gelöst werden, ohne die Rolle schwer zu beschädigen und sie unlesbar zu machen. Die Hand ließ sie nicht los. Und wir hörten eine gewaltig laute Stimme, die aus der Rolle heraus sprach: „Wer ist würdig, die Buchrolle zu öffnen und ihre Siegel zu lösen? Niemand im Himmel, auf der Erde und unter der Erde kann dies Buch öffnen und es lesen."

Es war ein seltsames Gefühl, das sich unserer bemächtigte. Das konnte nicht der Ausweg sein, den wir suchten. Und doch schien es so, als müssten wir sehr weinen, weil wir nicht für würdig befunden wurden, das Buch zu öffnen und es zu lesen. Aber wir sprachen zu uns, dass wir nicht weinen mögen! Gesiegt hat hier bereits einmal eines Löwen Verstand, dessen Spross wir uns nennen durften, aus der Wurzel des Weibes Isebel. So konnten wir naturgemäß das Buch und seine sieben Siegel öffnen, wenn wir nur wollten.

Nun zeigte sich uns eine starke Sache: Zwischen dem vielen Unrat hier stand ein großer Spiegel. Wir sahen darin uns und es entdeckte sich uns Erschreckendes: Wir sahen aus wie geschlachtet. Die Spur aus Blut am Boden, die uns hierher geführt hatte, musste aus unserem eigenen Blut gewesen sein.

Wir betasteten uns und griffen dabei tatsächlich ins Fleisch, und wir fühlten die Organe und die Muskeln ganz zart.

Und es war noch mehr: Wir nahmen die Gestalt nicht von Menschen, sondern von schon geschlachteten Lämmern an. Und wir hatten ein jeder sieben Hörner und sieben Augen. Mit diesen sieben Augen erblickten wir das, was die sieben getöteten Bauern gesehen hatten, es waren die sieben Geister, die zu uns ausgesandt wurden. Sieben?

Und wir erinnerten uns und erkannten, dass nur vier uns erschienen waren, die restlichen drei hatten wir also nicht bemerkt, oder sie waren zu den Falschen gekommen. Es tat dies nichts zur Sache. Wir sahen ja nun, einem Film gleich vor unseren vielen Augen, ihre Geschichten.

Wir fleischigen Lämmer traten also heran und empfingen das Buch aus der rechten Hand, die auf dem Regal stand.
Als wir das Buch empfangen hatten, da fielen wir auf die Knie nieder, weil es so steil war, und wir hörten Harfen und sahen goldene Schalen voll von Räucherwerk, die uns einrauchten.
Und die Buchrolle sprach plötzlich freundlicher als zuvor: „Würdig seid ihr, das Buch zu nehmen und seine Siegel zu öffnen, denn ihr wurdet bereits geschlachtet und ihr habt mit eurem guten Blut Menschen für wahren Verstand erworben, aus allen Stämmen und Sprachen, aus allen Nationen."
Wir sahen und wir hörten Stimmen von ringsum und die Zahl der Stimmen war zehntausend mal zehntausend und tausend mal tausend. Sie riefen entsetzlich laut und irre durcheinander: „Würdig sind die Lämmer, die geschlachtet wurden, Macht zu empfangen, Kraft und Ehre, Herrlichkeit und Lob."
Und alle Geschöpfe im Himmel und auf der Erde, unter der Erde und auf dem Meer, alles, was in der Welt war, hörten wir sprechen und rufen: „Den Lämmern gebührt Lob und Ehre und Herrlichkeit und Kraft in alle Ewigkeit."
So kauerten wir da auf dem Boden in dem kleinen Haus im Wald, mit der Buchrolle in unseren nackten Händen, weil wir doch geschlachtet waren: geschlachtet von dieser Gesellschaft hier, geschlachtet von ihrem schmerzlichen Gedankengut.

Und um uns war das Tosen aus den Stimmen, die sich überschlugen und die Decke des Hauses und alle Dinge um uns wie so eine schlechte Diskoakustik mitzuschwingen zwangen, und in diesem Erschüttern und schonungslosen Vibrieren glaubten wir uns in einem Krieg, der hier ewig schon gewütet hat und nun endlich hörbar wurde.

6.

Obwohl wir so entschlossen waren, zitterten unsere Hände, als wir anfingen, die starken Siegel von der Buchrolle zu lösen. Sieben waren ihrer, und sie sahen nicht gefährlich aus, doch sie waren es.

Wir saßen auf dem einfachen Holzboden, rund um die Rolle verteilt.

Langsam öffneten wir das erste Siegel und zogen es ab, und leicht war das nicht, ohne Haut, mit fleischigen Fingern, die Hufen gleich waren. Und unwillkürlich entfuhr uns ein „Komm!“, und wir hörten uns selbst wie mit Donnerstimme rufen. Welch eine Kraft war das in uns! Welch Druck entfuhr da unserer Brust!

Da sahen wir ein weißes Pferd, das wie selbstverständlich aus der Rolle heraus sprang und nun mitten im Zimmer vor uns stand, und der, der auf ihm saß, der gab uns einen großen, weißen Bogen. Kränze hat er uns sodann entgegengestreckt und auch schon um die Hälse gehängt, denn als Sieger sollten wir ausziehen, um zu siegen.

Als wir das zweite Siegel öffneten, entfuhr uns erneut ein „Komm!“. Da erschien ein anderes Pferd, das war feuerrot. Und der, der auf ihm saß, ermächtigte uns, der Erde den Frieden zu nehmen, damit die Menschen sich gegenseitig abschlachten. Und es wurde uns ein großes Schwert gegeben. Es glich dem Schwert, das wir schon im Zusammenhang mit der Bauern Tode gesehen hatten, nur war es noch größer und so scharf, dass es selbst die Luft schneiden konnte.
Als wir das dritte Siegel öffneten, riefen wir wieder: „Komm!“ Vielleicht musste es auch schwer gehen und richtig reizen. Da sahen wir ein schwarzes Pferd herausspringen, und der, der auf ihm saß, hatte eine Waage. Die gab er uns in die Hand, um damit abzuwiegen, was wir auch wiegen wollten. Wir sollten dort Wert nehmen, wo der Wert groß war, denn wir sollten stets das größere Gewicht haben.
Als wir Lämmer das vierte Siegel öffneten, da riefen wir erneut: „Komm!“, und es klang schon abgedroschen, aber was hätten wir sonst rufen sollen. Da sahen wir ein fahles Pferd, das uns entgegen kam, und der, der auf ihm saß, hieß Tod, und die Unterwelt zog hinter ihm her. Und uns wurde da die Macht gegeben über ein Viertel der Erde.
Wir hatten nun die Macht, zu töten durch Schwert, Hunger und Tod und durch die Tiere der Erde. Und unsere Augen wurden immer größer.
Als wir das fünfte Siegel öffneten, sahen wir plötzlich einen Altar im Zimmer erscheinen, und unter ihm

kauerten die Seelen aller, die bereits hingeschlachtet worden waren wegen des Wortes gegen die Menschlichkeit, wegen Verrat am Verstand und wegen des Zeugnisses, das sie abgelegt hatten. Da hatten welche Lager erbaut und Gaskammern eingerichtet. Und so viele hatten es befürwortet. Und so viele hatten mitgemacht und helfend ihre Hand gereicht. Unter diesen waren auch die Bauern gewesen.
Unter dem Altar war ein Gedränge und ein gemeines Ringen unter diesen armen Seelen. Sie riefen mit lauter Stimme uns zu: „Wie lange zögert ihr noch, ihr letzten Heiligen hier, ihr Wahrhaftigen, Gericht zu halten und das Blut dieser vielen Unschuldigen an den Bewohnern der Erde zu rächen? So viele sind da noch immer unter euch, waren es damals, und heute geht es so weiter. Macht es doch endlich. Es muss ein Ende finden."
Da wurde jedem von uns ein weißes Gewand übergezogen. Wir ließen es geschehen. Und als wir die Elenden unter ihrem Altar erneut sahen, da graute es uns. Und als von ihnen der Geruch von verbrannten Leichen ausging, von jenen, die sie über so viele Jahre hinweg in der Glut beseitigt hatten, da mussten wir einen starken Brechreiz unterdrücken. Ein großer Hass überkam uns, und fast ballten wir die Hand zur Faust. Und ihnen, diesen verfluchten und geläuterten Seelen, sagten wir, sie müssten nur noch kurze Zeit warten, bis die volle Zahl erreicht sei durch den Tod ihrer Mitknechte, der vielen Handlanger und

Schuldigen, wie sie hier noch unbedarft wandelten und die noch sterben mussten wie sie.
Damit es gerecht sei.
So sagten wir es plötzlich.
Da hielten wir uns auch schon die Hand vor den Mund und wir blickten uns erschrocken an: Also waren wir doch auf die Seite geraten, die wir eigentlich nicht einzunehmen bereit waren. In dies Haus waren wir gekommen, um das Sterben zu beenden. Anscheinend musste es aber sein.
Oder nicht?
Wie sollte man dem anders begegnen?
Wir wussten keine Antwort. Vielleicht kam sie noch.
Wer durfte hier richten?
Und wir sahen uns erneut im Spiegel: Wir Lämmer öffneten schon das sechste Siegel. Es entstand da plötzlich ein gewaltiges Beben. Das Haus zitterte, alles klirrte und das Mobiliar begann sich zu bewegen. Wir wichen zurück und gingen rasch an die Fenster, da aus der Rolle niemand weiterer zu entspringen schien. Was war da draußen los?
Es war eine große Furchtbarkeit: Es wurde dunkel an diesem hellen Tag, zu dieser Mittagsstunde. Die Sonne wurde einfach schwarz wie ein Trauergewand. Am anderen Ende wurde der ganze Mond wie Blut. Die Sterne des Himmels schienen einfach auf die Erde herabzufallen, wie wenn ein Feigenbaum seine Früchte abwirft, wenn ein heftiger Sturm ihn schüttelt. Wo sie einschlagen sollten, konnten wir nicht sehen.

Der Himmel verschwand wie eine Buchrolle, die man zusammenrollt, und alle Berge hier und selbst so seelige Inseln wie dieser Wald mit seinem kleinen Haus, worin wir uns befanden, wurden schlicht von ihrer Stelle weggerückt, mindestens um einen Meter. Das konnten wir freilich spüren.

Was war da draußen doch Schreckliches passiert.

Was musste da noch Schreckliches kommen.

Es musste der große Tag des Zorns gekommen sein. Wer konnte da bestehen? Wir selbst überhaupt? So fragten wir uns.

Dann gingen wir, schon schwitzend, vom Fenster zurück zur Rolle.

7.

Wir ließen uns zu der Rolle auf den Boden nieder. Die Luft war geladen, es knisterte fast, und wir waren in einer Stimmung, wie wir sie nur aus Actionfilmen kannten, wo Bombenentschärfer sich entscheiden mussten, ob sie den roten oder den blauen Draht durchschneiden.

Danach sahen wir: Vier seltsame Gestalten standen da überraschend in den vier Ecken des Zimmers. Doch sie beachteten uns und unser Tun mit der Rolle nicht, sondern blickten konzentriert wie in leere Fenster und so zueinander hin.

Es waren sonderbar große Wesen, und es schien, als wären sie eben direkt durch die Wand gekommen, ein jedes auf seinen zugewiesenen Platz. Sie waren hier, um die vier Winde der Erde festzuhalten, damit der Wind weder über das Land noch über das Meer wehte, noch gegen irgendeinen Baum, damit wir mit dem letzten Siegel nicht gestört wurden. Für das siebte Siegel brauchte es nämlich große Fertigkeit.

Dann sahen wir, dass die Gestalt, die in der östlichen Ecke stand, emporstieg und den drei anderen, denen ebenso die Macht gegeben war, dem Land und dem Meer Schaden zuzufügen, mit lauter Stimme zurief: „Fügt dem Land, dem Meer und den Bäumen keinen Schaden zu, bis alle Fürsprecher das Siegel auf die Stirn gedrückt haben."

Und wir erfuhren von ihnen auch die Zahl derer, die bereits mit dem Siegel gekennzeichnet waren. Es waren dies hundertvierundvierzigtausend aus dem Landkreis hier, die das Siegel trugen: Aus unserem Ort trugen zwölftausend das Siegel, aus dem Nachbarort zwölftausend, aus dem Ort, worin das Lager gebaut wurde, zwölftausend, aus dem Ort mit dem Nebenlager zwölftausend, aus dem Ort mit dem Endbahnhof zwölftausend, aus dem Ort der damaligen Versuchsanstalt zwölftausend, aus dem Ort, wo sie die Leichen stapelten, zwölftausend, aus dem nächsten Ort zwölftausend, aus dem Ort, wo sie stets beteten und sich alles rechtfertigten, zwölftausend, aus dem Ort mit der großen Verbrennungsanlage trugen zwölftausend das Siegel. Und es sollten noch viel mehr werden. So sagten sie es.

Danach sahen unsere vielen Augen, die uns auch schon die Präzendenzfälle der Bauern gezeigt hatten, eine große Schar aus allen Nationen und Stämmen, Völkern und Sprachen, und natürlich konnten wir sie ob der Masse nicht mehr zählen. Sie standen in dieser Unzahl vor uns Lämmern, und einige trugen Waffen in ihren Händen. Und sie sahen grimmig aus. Sie riefen mit lauter Stimme: „Die Rettung kommt von einem Gott, der bereits auf dem Thron sitzt, sie kommt von einer Führung, die uns schon immer die liebste war, nicht von diesen Lämmern hier. Das Alte muss bleiben, es muss bewahrt werden. So ist es, und es war auch schon immer so. Also faltet die Hände und haltet das Mundwerk."
Und schon warfen sie sich vor ihren alten Thronen nieder. Da beteten sie ihren Gott an und sprachen: „Lob und Herrlichkeit für dieses Gewohnte." Da warfen sie sich erneut nieder und beteten ihren Führer an und sprachen: „Dank unserer Diktatur, der guten Lenkung. Ehre und Macht und Stärke unserem Geschlecht in alle Ewigkeit."
Und plötzlich fragte einer aus der Masse: „Wer sind diese, die die weißen Gewänder tragen, und woher sind sie gekommen?"
Wir erwiderten ihm: „Das musst du doch wissen."
Und er sagte zu uns: „Es sind die, die aus der großen Bedrängnis kommen. Sie haben ihre Gewänder gewaschen und im Blut der Lämmer, durch sich selbst, weiß gemacht.

Deshalb stehen sie nicht so wie wir Törichten vor dem Thron eines Gottes, sie dienen ihm nicht. Und unsere Führerschaft, die ebenfalls auf dem Thron sitzt, hat ihr Zelt über ihnen aufgeschlagen. So sie es nicht akzeptiert haben, mussten sie Hunger und Durst erleiden, und die Sonnenglut und die sengende Hitze haben auf ihnen gelastet. Diese Lämmer wollten uns Hirten weiden und zu den Quellen führen, aus denen das Wasser des Lebens strömt. Welch anmaßendes Unterfangen!
Wer wird zum Schluss die Tränen von seinen Augen abwischen? Wir werden es sehen!"
Das hat er gesprochen, und die Masse hinter ihm jubelte ihm zu und befeuerte seine Rede.
So sahen wir es, und so hörten wir ihre Stimmen. Doch da waren sie auch schon wieder verschwunden und wir mussten mit diesen irren Augen nachdrücklich zwinkern, um uns zurechtzufinden. Es war wieder das vorige Zimmer, die Rolle lag vor uns am einfachen Flur.
Wir wussten nicht, wie uns geschah. So viel Hokuspokus war selbst uns Kindern einer Mediengeneration zu steil.

8.

Wir beratschlagten uns also. Noch konnten wir das Ding einfach abbrechen, nachhause gehen und uns vor den Fernseher legen, die Mutter sollte eine Schüssel Popcorn bringen. Durften wir das hier vollenden?

Konnte Gewalt diese Gewalt sühnen? Was bedeutet sühnen? Und wir haben am Handy auf Wikipedia nachgesehen und dann weiter verhandelt.
Ja, wir wollten es tun. Zur Not würde sich uns noch ein Ausweg anbieten, so glaubten wir.
Als wir Lämmer nun das siebte Siegel öffneten, da trat im Himmel Stille ein, etwa eine halbe Stunde lang. Wir gingen erneut ans Fenster und sahen auf die weite Landschaft hinaus. Und wir wussten, dass es die bekannte Ruhe vor dem großen Sturm sein musste, also haben wir uns entspannt und das Fenster geöffnet und tief durchgeatmet. Wir haben erneut die Salbe aufgetragen, um auch alles gut sehen zu können und das Geschehen zu überwachen. Und es erinnerte uns an Drei D Brillen, auf die man so oft angewiesen war, um scharf zu sehen, nur war das mit der Salbe in unserem Fall praktischer.
Und wir sahen, wie sieben überdimensionale Gestalten erschienen, Riesen gleich, die sieben riesige Posaunen bei sich hatten. Doch die Menschen hier sahen sie nicht.
Und ein weiteres Wesen kam und trat mit einer goldenen Räucherpfanne dazu. Dieses ging gelassen herum, nahm die Räucherpfanne, füllte sie immer wieder mit glühenden Kohlen und warf sie auf die Erde und die Menschen. Das sollte das Geschehen scheinbar einläuten.
Da begann es auch schon. Und es donnerte und dröhnte, blitzte und bebte.

Dann machten sich die sieben Gestalten bereit, die sieben Posaunen zu blasen. Sie setzten an. Sie holten Luft.

Der Erste blies seine Posaune. Da fielen Hagel und Feuer, die mit Blut vermischt waren, auf das Land. Es verbrannte ein Drittel des Landes, ein Drittel der Bäume und alles grüne Gras, was wir von unserem erhöhten Platz aus gut sehen konnten.

Es sah schrecklich aus. Viele liefen aus ihren Häusern und wollten ihren Besitz, die Ländereien und ihre schönen Gärten retten. Sie versuchten es zu löschen, doch es war zwecklos. Was niederbrennen sollte, brannte nieder.

Der Zweite blies seine Posaune. Da wurde etwas, das einem großen brennenden Berg glich, in unseren See geworfen, mitten hinein. Da wurde ein Drittel des Sees zu Blut.

Und ein Drittel der Geschöpfe, die im See lebten, kam um und ein Drittel der Boote darauf wurde unmittelbar vernichtet.

Da schrien erneut viele und rangen die Hände und liefen zum See, und sie weinten kniend auf den Stegen um ihre gesunkenen Yachten und fluchten auf das tote Getier, das da so zu Hauf an der roten Wasseroberfläche trieb und auf ihre Grundstücke gespült wurde, und sie ekelten sich und schüttelten sich schon.

Der Dritte blies seine Posaune. Da fiel ein großer Stern vom Himmel, der loderte wie eine Fackel und

fiel auf ein Drittel der Flüsse und auf die Quellen, wie sie hier so zahlreich waren. Da wurde ein Drittel des Wassers bitter und viele Menschen sollten durch dies Wasser sterben. Das wussten sie natürlich nicht. Und schon krampfte es viele im Magen und sie erbrachen sich. Drinnen und draußen, wo sie auch waren.
Der Vierte blies seine Posaune. Da wurde ein Drittel der Sonne und ein Drittel des Mondes und ein Drittel der Sterne getroffen, sodass sie ein Drittel ihrer Leuchtkraft verloren und der Tag um ein Drittel dunkler wurde, und ebenso sollte es die Nacht sein.
Und schon kamen sie erneut in Scharen aus ihren Häusern und blickten verstört nach oben. Es war so sonderbar, dass sie sogar den blutigen See, das vergiftete Wasser und all das brennende Grünzeug herum zu vergessen schienen, und so standen sie auf den Straßen und auf den Wegen und wunderten sich. Obwohl die Luft so dicht mit Rauch gefüllt war, blieben sie und ergötzten sich an des Lichtes Spiel, und obwohl viele Menschen schon kreidebleich am Wegesrand lagen und sich die Bäuche hielten, starrten sie weiter nach oben.
Alles ging so schnell. Sie wussten nicht, was es war. Sie wussten nicht, was es noch werden sollte.
Da flog ein Adler hoch am Himmel und rief mit lauter Stimme: „Wehe! Wehe! Wehe den Bewohnern der Erde! Noch drei Mal wird in diese Posaunen geblasen."
Wir wussten nicht, ob wir jetzt schon eingreifen

sollten. Vielleicht war es schon genug und sie würden sich bessern.
Würden sie?

9.

Noch immer standen wir an dem Fenster und verfolgten staunend das Geschehen. Wir zweifelten stark an der Vorgehensweise der Wesen: Wir hätten es doch von Anfang an anders machen sollen.
Und doch warteten wir noch zu.
Die fünfte Gestalt blies nun in ihre Posaune. Da sahen wir einen Stern, der vom Himmel auf die Erde fiel: Der Stern war ein Schlüssel zu einem Schacht, der in den Abgrund führte. Und schon öffnete das Wesen den Schacht des Abgrunds mit dem Schlüssel. Da stieg Rauch aus dem Schacht auf, wie aus einem großen Ofen, und Sonne und Luft wurden verfinstert durch den Rauch aus dem Schacht.
Aus dem Rauch kamen Heuschrecken geflogen und sie zogen über die Erde und sie hatten Kraft, wie sie Skorpione auf der Erde haben. Sie fügten dem Gras auf der Erde, den grünen Pflanzen und den Bäumen keinen Schaden zu, sondern nur den Menschen, die das besagte Siegel auf der Stirn hatten. Die Törichten wussten natürlich nichts von den Siegeln, dass sie eines hatten, oder von der Art der Heuschrecken.
Die grauenhaften Heuschrecken sahen aus wie Rosse, die zur Schlacht gerüstet waren. Auf ihren Köpfen trugen sie etwas, das goldschimmernden Kränzen

glich, und ihre Gesichter waren wie Gesichter von Menschen, ihr Haar war wie Frauenhaar, ihr Gebiss wie ein Löwengebiss, ihre Brust wie ein eiserner Panzer, und das Rauschen ihrer Flügel war wie das Dröhnen von Wagen, von vielen Pferden, die sich in die Schlacht stürzen.

Einige dieser Untiere waren zu uns heraufgeflogen und wir konnten sie durch das Fenster ganz genau besehen.

Und wir sahen, dass die Tiere mit ihrem Gift die Menschen nicht töteten, sondern sie nur quälten. Doch der Schmerz, den sie zufügten, war sichtlich so stark, wie wenn ein Skorpion einen Menschen sticht. So wanden sich da viele der Leute im Todeskampf. Doch so sie in diesem Schmerz auch den Tod suchten, sie fanden ihn nicht, und obwohl sie sogar sterben wollten, weil es ihnen so entsetzlich weh tat, konnten sie es dennoch nicht, denn sogar der Tod machte mit und wollte diese hier Ansässigen mutwillig fliehen.

Das sechste Wesen blies seine Posaune. Da hörten wir seine Stimme, wie es zu den anderen sprach: „Ich binde nun die vier Engel los, die am großen Strom, an der Donau unten, gefesselt sind."

Es ging und band die vier Rächer los, die auf Jahr und Monat, auf Tag und Stunde dort bereitgestanden waren und die nur darauf gewartet hatten, doch endlich zum Zug zu kommen und ein Drittel der hiesigen Menschheit zu töten, weil sie alles mitangesehen hatten.

So erhoben sich also diese Mächtigen, und sie waren nicht alleine. Ein jeder hatte ein Heer hinter sich ziehen, das er befehligen wollte. Und die Zahl der Reiter ihrer Heere sollte viertausend mal tausend sein. Diese Zahl hörten wir ebenso.
Als sich die Schlächter von ihren Plätzen erhoben und die schweren Ketten von den Armen streiften, da trat erneut eine große Stille ein. Die vielen Feuer überall legten sich, als hätte ein starker Wind sie soeben ausgeblasen. Die Heuschrecken verkrochen sich flink. Selbst der blutrote See schien nicht mehr so rot zu sein wie zuvor. Und der große Strom stand einfach still und floss nicht mehr. Alles hielt inne.
Schon glaubten die törichten Menschen, dass es nun vorbei sei und sie das Unbegreifliche überstanden hätten. Und viele rafften sich vom Boden auf und klopften die gemeine Hose ab, andere kletterten aus dem Straßengraben und versuchten die Spuren des Erbrochenen vom Gesicht zu wischen. Die im Todeskrampf sich wanden wie Würmer, glaubten den Schmerz kurz nachlassen zu spüren. Und so hoben sogar diese verwundert den Kopf und waren still.
Da sahen wir sie: Sie kamen von hinter dem Horizont hergeritten, über Felder und Wiesen, und nichts konnte sie stoppen. Der Boden vibrierte, die Vögel hoben in großen Schwärmen ab, und schon wieder heulten die Hunde.
Sie liefen über Häuser und Bäume hinweg, eine

Schlucht hinauf, über das Wasser darüber, und Tier und Mensch wurden unter ihnen zerhauen.
Und so sahen die Pferde und die Reiter aus: Sie trugen feuerrote, rauchblaue und schwefelgelbe Panzer. Die Köpfe der Pferde glichen Löwenköpfen, aus ihren Mäulern schlug Feuer, Rauch und Schwefel, und die Reiter ritten über die Menschen hinweg.
Ein Drittel wurde durch sie sofort getötet: durch Feuer, Rauch und Schwefel. Denn die tödliche Macht der Pferde war in ihren Mäulern und in ihren Schwänzen. Ihre Schwänze glichen Schlangen, die Köpfe hatten, mit denen sie so manchen bissen.
So fuhren sie über das Land, wie eine Druckwelle, und sie kamen auch zu uns herauf, und wir fürchteten uns nun doch und duckten uns unter das Fenster, als sie über den Wald und das Haus herfielen. Erstmals waren auch wir in Angst.
Wir pressten uns auf den Boden und gingen ganz eng in Deckung. Doch keiner der Reiter kam zu uns herein. So mancher sah durch das Fenster auf uns herab und wir spürten auch die Hitze und wir rochen den Schwefel, der von den Pferden ausging. Sogar die Schlangen hörten wir zischen. Und ganz schlimm war es, als einer der vier Engel ganz dicht an uns vorüber zog, und es fühlte sich an, als würden wir auf der Stelle entleibt werden. Doch er sah uns nur scharf an und ging dann weiter.
Als sie weg waren, krochen wir von unseren Plätzen auf und schauten erneut hinaus, auf die schlimme

Verwüstung, wie sie da vor uns lag. Überall stiegen Rauchfahnen auf. Viele Leichen lagen entstellt auf der Erde.

Es war eine Zerstörung der unbarmherzigen Weise gewesen.

Wir gingen nun endlich hinaus und den Weg zurück, den wir vor nicht allzu langer Zeit in diesen Wald nach oben gegangen waren.

Da sahen wir die vergifteten Menschen, wie sie da und dort zusammengekauert gestorben waren. Wir sahen das blutrote Wasser des Sees und griffen auch hinein, um uns zu vergewissern, ob es tatsächlich rot sei. Und wir ließen es zwischen den Fingern hinauslaufen, und es war keine Täuschung.

War es das gewesen?

Vielleicht war es nun vorbei. Vielleicht kam nun ein neues Zeitalter. Doch wie zeigte sich uns ein solches?

Und schon sahen wir erneut viel Unrecht, denn die übrigen Menschen, die nicht durch diese Plagen umgekommen waren, schienen sich nicht von den Machwerken ihrer Hände abzuwenden: Sie hörten nicht auf, sich niederzuwerfen vor diesen falschen Führern, vor dem verwerflichen Gedankengut, noch vor ihrem Götzen, jenem aus Gold, Silber, Erz, Stein und Holz, dem Götzen, den sie weder sehen noch hören konnten.

Sie ließen nicht ab von Mord und Zauberei, von Unzucht und Diebstahl. Und in diesem Tumult hatten sie es noch leichter damit als zuvor.

Darum war es noch nicht vorbei.
Es waren auch zu viele mit Siegel übrig.

10.
So haben wir kehrtgemacht und sind erneut in das Haus gegangen.
Wie auch immer es weitergehen sollte: Hörte es jetzt auf, wäre es umsonst gewesen.
Ja vielleicht hätte es sie in ihrem armseligen Tun noch weiter bestärkt.
Oder nicht?
Wir nahmen den Platz in unserem Zimmer am Fenster wieder ein, und wir warteten.
Langsam wurde es dunkel an diesem außergewöhnlichen Tag. Wir waren müde, verständlicherweise.
Und wir sahen: Ein großer, dicker, ja ein gewaltiger Bauer kam aus der Ebene zu uns herauf gerannt. Er war von einer Wolke umhüllt und es schien, als würde ein Regenbogen über seinem Haupt stehen. Oder war es ein goldenes Schwert? Sein Gesicht war wie die Sonne und seine Beine waren wie Feuersäulen.
In der Hand hielt er ein kleines, aufgeschlagenes Buch. So lief er den Weg zu uns durch den Wald herauf. Als er vor der Tür zu unserem Haus stand, konnten wir ihn vom oberen Stock aus gut sehen. Er setzte flugs seinen rechten Fuß auf eine Lache neben der Tür und den linken auf das Land und rief dann laut, so wie ein Löwe brüllt. Nachdem er gerufen hatte, da öffnete sich ihm die Tür. Wer war das?

Er kam sofort in den obersten Stock gelaufen, und als er in unser Zimmer eintrat, da hielt er das kleine Buch noch immer geöffnet in seinen großen Bauernhänden.

Ganz aufgeregt sprach er zu uns, und wir hörten seine Stimme wie von einer weiten Ferne her rufen: „Haltet geheim, was hier geschieht! Schreibt es nicht auf! Womöglich machen es sonst wieder welche nach, und das soll nicht geschehen! Es muss eine andere Lösung geben."

Dann erhob der Bauer seine rechte Hand gen Himmel, und wir fürchteten schon, dass er uns damit grüßen wollte.

Doch er sprach: „Wer diesen hier macht, dem muss anders begegnet werden."

Und wir fragten: „Was schlägst du vor?"

Und er warf sich vor uns auf die Knie und er schwor bei seiner Freiheit und der Brüderlichkeit: „Es wird keine Zeit mehr bleiben, denn in den Tagen, wenn die siebte Gestalt ihre Posaune erhebt und sie bläst, wird auch das Geheimnis dieser elenden Ewiggestrigen vollendet sein, so hat es seinerzeit bereits Hitler seinen Knechten verkündet."

Und wir sahen uns nun verwundert an.

Er wusste sehr viel, vielleicht sollte ihm Gehör geschenkt werden. „Was ist dieses Geheimnis?", fragten wir ihn.

Er sprach: „Ich war dabei. Als kleiner Junge bin ich in den Wiesen hinter dem Lager umhergestrichen.

Die Stimme, die ich gehört habe, sprach zu einem hohen Beamten, und ich habe alle ihre Geheimnisse aufgeschrieben und in diesem Buch verewigt.
Sie haben geahnt, dass es einst eine Revanche geben würde, dass ihnen der Tag des jüngsten Gerichts kommen werde, und sogar von solch Widerständigen wie euch, aus dem Geschlecht der Isebel, haben sie gesprochen und dass ihre eigenen vielen Anhänger, seien sie auch heute verborgen oder nicht, durch euch hingeschlachtet werden sollten."
So fragten wir ihn, was nun zu tun sei.
Und seine Stimme, die wieder wie von Ferne klang und so gar nicht zu diesem Bauern passte, sprach noch einmal zu uns: „Geht, nehmt das Buch, das ich seither aufgeschlagen halte, Tag und Nacht, auf dem Meer und auf dem Land."
Und wir gingen zu dem Bauern ganz dicht hin und baten ihn, uns das kleine Buch zu geben. Er sagte zu uns: „Nehmt es und esst es! In eurem Magen wird es bitter sein, in eurem Mund aber süß wie Honig."
Da nahmen wir das kleine Buch aus der Hand des Bauern und aßen es. In unserem Mund war es süß wie Honig. Als wir es aber gegessen hatten, wurde unser Magen bitter.
Und er sagte uns: „Jetzt wisst auch ihr um das Geheimnis. Es ist ein Grauen, nicht wahr? Ihr müsst also noch einmal weissagen, über die vielen Völkischen und Nationalsozialisten, mit ihrer verdammten Sprache und ihren geheimen Königen."

Ja, wir sahen nun, dass es wirklich notwendig war. Auch sie hatten da noch Trümpfe im Ärmel. Und diese Trümpfe waren schlagend.
Man musste diesem Denken anders begegnen.

11.
Er sagte uns: „Ich will sodann meinen zwei Zeugen auftragen, im Bußgewand aufzutreten und prophetisch zu reden, zwölfhundertsechzig Tage lang. Es waren nämlich manchmal zwei Freunde bei meinen Lauschaktionen dabei."
Er erzählte uns von diesen Freunden: „Es sind mächtige Zeugen, sie sind wie zwei Ölbäume, wie zwei Leuchter, die vor keinem Herrn auf dieser Erde zurückschrecken. Und wenn ihnen jemand Schaden zufügen will, schlägt Feuer aus ihrem Mund und verzehrt ihre Feinde. So musste bisher jeder sterben, der ihnen und dem guten Denken schaden wollte. Sie haben sogar die Macht, den Himmel zu verschließen, damit kein Regen fällt an den Tagen ihres Wirkens als Propheten. Ziemlich genial. Sie haben auch Macht, das Wasser in Blut zu verwandeln und die Erde zu schlagen mit allen möglichen Plagen, sooft sie wollen. Aber das ist weniger speziell, das können ja heute schon alle."
Wir waren richtig baff.
Das war ein schräger Typ.
Aber wir mussten einwenden: „Deine Vorgehensweise dauert dann aber recht lange, oder? Wir haben ge-

dacht, dass die Auslöschung kurz und bündig über sie ergehen soll."

Er sagte: „Welche Auslöschung? Was sollte das bringen? Ich dachte, ihr habt das Geheimnis gesehen? Vielleicht funktioniert diese Sache mit dem Essen des Buches doch nicht so gut wie ich dachte. Ich werde es euch erklären:

Auch wenn für diese Leute alles zu spät scheint, bringt es auch nichts, ihre Anhänger hinzuschlachten. Das Gedankengut wird bleiben und die Verbleibenden noch darin bestärken. Das Gedankengut ist wie ein Pestbazillus, der nie stirbt und nie verschwindet. Ihr Glaube ist wie dieser Bazillus, der jahrzehntelang in den Möbeln und in der Wäsche schlummern kann, der in Zimmern, Kellern, Koffern, Taschentüchern und Papieren geduldig wartet und dann im günstigen Moment wieder empor steigt. Glaubt mir doch! Wir müssen dem anders begegnen. Wir müssen die Erkrankten Ärzten gleich zu heilen versuchen! Wenn ihr nur weissagt, das Volk aufklärt und ihnen den Weg weist, wie man sich dagegen schützen kann, wird es gut ausgehen."

Er weihte uns auch ein in den Plan, den er mit den zwei Freunden beschlossen hatte: „Wenn meine zwei Zeugen ihren Auftrag erfüllt und sie die Armen beredet haben, wird sie das Tier, das daraufhin aus dem Abgrund heraufsteigt, bekämpfen, besiegen und die beiden töten. Und ihre Leichen bleiben einfach auf der Straße liegen. Es wird genau dort sein, wo schon so viele den Tod haben finden müssen, wo so viele vergast wurden. Und das wird sie dann aufrütteln! Alle!“

Wir konnten ihm noch immer nicht in allen Punkten zustimmen.

Doch er sprach weiter: „Menschen aus allen Völkern und Stämmen, Sprachen und Nationen werden ihre Leichen dort sehen, dreieinhalb Tage lang. Und sie werden nicht zulassen, dass die Leichen begraben werden: Weil es so furchbar war, was dieser Teufel mit ihnen gemacht hat, was schon wieder an diesem verfluchten Erdenfleck geschehen ist. Und weil die Menschen die beiden Propheten lieben, weil sie ihnen folgen wollten, obwohl die beiden die Bewohner der Erde auch gequält haben, war es eine große Sache: die vielleicht größte positive Sache seit Langem hier.

Und sie werden Geschenke bringen und die toten Propheten beglückwünschen, weil sie das Volk so bekehrt haben.

Dann wird es geschehen und die zwei werden wieder auferstehen, es wird wieder Lebensgeist in ihnen sein, weil die Menschen sie so brauchen, weil sie sie so verehren. Und die Vernunft wird siegen, alle werden in Brüderlichkeit zusammensein, das Alte wird verworfen, die Reaktionären werden niederbrechen und freiwillig ihren Shit lassen. Sie alle werden sehen, dass es gut ist so. So wird es dann sein.“

Wir wollten uns bereden. Der Bauer sollte draußen unsere Entscheidung abwarten.

Er hatte wahrscheinlich recht.
Konnte das die Lösung sein?
Und wenn ja, wie konnten wir das jüngste Gericht hier beenden?
So setzten wir uns nieder und schauten uns eindringlich an. Wir schauten auch eindringlich in unser Inneres: Wieder würden wir uns zwischen die Fronten setzen, das war klar. Und es würde nicht so einfach sein wie bisher.
Unrecht geschah da, und es ging von allen Seiten aus, und wir hatten es tatsächlich nicht bemerkt. Gut, dass der Bauer gekommen war. Gut, dass er uns rechtzeitig darauf hingewiesen hat.
Diese Gottheit wollte uns da einfach für ihre Zwecke missbrauchen, und wir sonst so Widerständigen, wir Deserteure waren darauf hereingefallen.
Als wir uns schon entschlossen hatten, gegen die Parteien zu treten, und uns gerade erhoben hatten, da hörten wir eine laute Stimme rufen, so wie am gestrigen Morgen, und sie rief wieder: „Kommt herauf! Steigt vor den Augen eurer Feinde in der Wolke zum Himmel herauf! Dann wird das siebte Wesen seine Posaune blasen und ein gewaltiges Erdbeben alles zum Einstürzen bringen. Sodann sollt ihr den Tempel im Himmel öffnen und die Lade des Bundes auf die Erde bringen, das neue Gesetz!"
Dabei begann es zu blitzen, zu dröhnen und zu donnern, es gab ein Beben und schweren Hagel. Es hatte schon angefangen.

Wir sahen, dass tatsächlich eine Wolke, die uns schützend in den Himmel bringen sollte, vor unserem Fenster wartete und wir einsteigen sollten. Wir gingen hin und öffneten.
In diesem wütenden Wetter sahen wir den guten Bauern unten vor dem Haus stehen und auf unsere Antwort warten, und er blickte auch kurz zu uns fragend nach oben, als wir am Fenster standen.
Da schauten wir uns bestätigend in die Augen und wir nickten uns zu: Der Mensch hier brauchte das nicht. Er war auch so schon missbraucht genug. Warum sollte er dafür auch noch bestraft werden.
Der Mensch hier brauchte etwas Anderes.
Und wir sprangen übermütig auf die Wolke und schrien gen Himmel: „Wir scheißen auf dieses neue Gesetz! Es wird nichts Neues bringen!"
Und wir warfen uns auf die Wolke nieder und steuerten sie durch das krachende Wetter in die Dunkelheit hinein und in eine ganz andere Richtung, als es die Stimme geplant hatte: nämlich auf das siebte Wesen mit seiner siebten Posaune zu, das wir noch immer gut sehen konnten. Denn dieses holte eben tief Luft und wollte schon dareinblasen, damit der Zorn komme und die Zeit, die Toten zu richten, die Zeit, die Knechte zu zerhauen, allen das Fürchten zu lehren, den Kleinen und den Großen, die Zeit, alle zu verderben, die die Erde verderben.

12.

Wir rasten also auf der Wolke in Richtung des siebten Wesens und wir mussten uns dabei gut festhalten. Eben wollte es blasen, doch gerade noch rissen wir diesem die riesige Posaune aus den Händen, nahmen sie unter großen Mühen an uns und flogen damit einfach davon. Das Wesen verschwand daraufhin, das Wetter legte sich.

Wir konnten natürlich nicht mehr in das Haus zurück. Also begaben wir uns dorthin, wo das Unheil einst so furchtbare Ausmaße angenommen hatte: in das Lager, das zu Gedenkzwecken erhalten wurde und wo wir in Gegenwart dieser Tragödie mit Sicherheit alleine sein würden.

Natürlich hatten wir das Schwert, den Bogen und die Waage bei uns, um uns in einem Kampf, sollte es zu einem solchen kommen, gekonnt verteidigen zu können, so auch alle anderen wichtigen Dinge, die uns von der gemein richtenden Macht gegeben waren.

Wir würden sie nun sinnvoll einsetzen.

Als wir von der Wolke stiegen, wussten wir schon, dass wir uns ziemlich weit aus dem Fenster lehnten mit dieser Aktion. Aber was sollte schon sein: Schlimmer konnte es nicht mehr werden. Die Zustände waren untragbar, also mussten sie verändert werden.

Wir wollten uns dort etwas umsehen und kampfbereit machen, um zu schützen jene, die es nicht verdienten, so einfach dahingemetzelt zu werden, denn niemand verdiente das.

Da ging es schon los.
Es erschien ein großes Zeichen am Himmel: Es war eine Frau, und sie schien mit der Sonne bekleidet, der Mond war unter ihren Füßen und ein Kranz von zwölf Sternen auf ihrem Haupt. Sie war schwanger und schrie vor Schmerz in ihren Geburtswehen.
Wir wussten nicht, was es sollte.
Ein anderes Zeichen erschien am Himmel: Es war ein Drache, groß und feuerrot, mit sieben Köpfen und zehn Hörnern und mit sieben Diademen auf seinen Köpfen.
Der Drache stand vor der Frau, die gebären sollte. Er wollte ihr Kind verschlingen, sobald es geboren war, und dann auch sie.
Da hörten wir erneut die Stimme: „Gebt sofort die Posaune zurück! Wenn ihr nicht folgt, dann werden die Frau und ihr Kind, die eure Verwandten sind, zur Strafe von dem Drachen verschlungen werden! Ihr könnt jetzt nicht mehr aussteigen, ihr müsst es zu Ende bringen, oder sie werden eines entsetzlichen Todes sterben."
Und sie gebar schon das Kind, und der Drache leckte sich die Mundwinkel.
Wir erhoben uns. Wir wollten mit dem Drachen kämpfen. Also nahmen wir den Bogen und schossen auf das Untier, und es war ein Bogen, der niemals sein Ziel verfehlte, darum war es leicht.
Der Drache hatte Helfer und sie kämpften dagegen an, aber sie konnten sich gegen uns und den Bogen

nicht halten und sie verloren ihren Platz im Himmel. Er wurde gestürzt, der große Drache, die alte Schlange, die Teufel oder Satan heißt und die ganze Welt verführen soll. Den Drachen haben wir auf die Erde gestürzt und mit ihm wurden seine Helfer hinabgeworfen.

Die Frau aber floh zu uns, wo wir ihr einen Zufluchtsort geschaffen hatten. Wir wollten sie versorgen.

Da hörten wir wieder eine laute Stimme vom Himmel her rufen: „Jetzt ist er fast da, der rettende Sieg, denn gestürzt wurde der Ankläger, der uns bei Tag und bei Nacht verklagte. Ihr Lämmer habt ihn auf die Erde stürzen lassen, jetzt habt ihr ihn da unten. Darum jubelt, ihr Himmel und alle, die darin wohnen, denn jetzt werden erst recht alle dahingefegt werden. Weh euch, Land und Meer! Denn der Teufel ist zu euch hinabgekommen und seine Wut ist groß, weil er weiß, dass auch ihm nur noch eine kurze Frist bleibt. Also vernichtet euch gegenseitig."

Als der Drache erkannte, dass er auf die Erde gestürzt war, verfolgte er die Frau, die eben zu uns gekommen war.

Die Schlange spie einen Strom von Wasser aus ihrem Rachen hinter der Frau her, damit sie von den Fluten fortgerissen werde.

Aber wir kamen der Frau zu Hilfe und öffneten mit dem Schwert die Erde, und die aufgetane Schlucht verschlang den Strom aus Wassermassen, den der Drache aus seinem Rachen gespien hatte.

Da geriet der Drache in Zorn über uns und die Frau und er wollte Krieg führen mit uns, ihren Nachkommen, die ihren eigenen Geboten gehorchten und an dem guten Zeugnis Isebels festhielten und das sogar verteidigten.
Und der Drache trat feindselig an den Rand des Lagers.

13.
Und wir sahen: Ein Tier stieg aus der Donau mit zehn Hörnern und sieben Köpfen. Auf seinen Hörnern trug es zehn Diademe und auf seinen Köpfen Namen, die eine Lästerung für die hier zu Tode Gekommenen waren.
Wir konnten das Tier gut sehen, denn hier vom Lager aus hatte man den besten Ausblick weit und breit. Der Mond schien hell und beleuchtete es.
Das Tier, das wir sahen, glich einem Panther, seine Füße waren wie die Tatzen eines Bären und sein Maul wie das Maul eines Löwen. Und der Drache hatte ihm strategisch seine Gewalt übergeben und seine große Macht. Einer seiner Köpfe sah aus wie tödlich verwundet, aber die tödliche Wunde wurde geheilt.
Die schon schwer verstörten Leute hier kamen aus ihren Häusern und sahen das Tier staunend an. Und immer mehr kamen und schon standen alle da.
Plötzlich warfen sie sich vor dem Drachen nieder, weil er seine Macht dem Tier gegeben hatte, und sie

beteten das Tier an und sagten: „Wer ist dem Tier gleich und wer kann den Kampf mit ihm aufnehmen?“

Und das Tier wurde ermächtigt, mit seinem Maul anmaßende Worte und Lästerungen auszusprechen. Es öffnete sein Maul, um die Toten und deren Namen zu lästern, ihre Familien und alle, die hier Widerstand getan hatten und so getötet wurden.

Und alle Bewohner fielen aus Angst nieder vor ihm.

Das konnte doch so nicht wahr sein!

Da hatten wir auch schon einen guten Einfall: Sie hatten Ohren, und wir konnten zu ihnen sprechen.

Wir nahmen die Waage und machten unsere Stimme lauter als die des Tiers und die des Drachen und wir sprachen mit dieser Lautstärke zu den Menschen hin: „Kein Mensch ist zur Gefangenschaft bestimmt, somit geht auch niemand in die Gefangenschaft. Kein Mensch soll getötet werden, somit wird auch niemand getötet. Ihr müsst daran festhalten, sonst ist es nicht so. Alle müssen es. Und ihr müsst euch durch Standhaftigkeit bewähren.“

Und sie sahen zu uns her und sie hörten es. Und sie fühlten, dass es die Wahrheit war. Es machte sie glücklich und stark, und sie erhoben sich aus ihrem Kniefall und stimmten sogar ein Lied an: „Erinnert euch an die Ungerechtigkeit und die Gewalt von damals: Es soll nie wieder so sein.“

Nun ärgerte sich der Drache, und auch alle im Himmel ärgerten sich.

Da sahen wir: Ein anderes Tier stieg aus der Donau herauf. Es hatte zwei Hörner wie ein Lamm, aber es redete wie ein Drache. Die ganze Macht des ersten Tieres übte es vor dessen Augen aus. Und es riss die Leute erneut an sich. Es brachte die Bewohner plötzlich dazu, das erste Tier anzubeten, dessen tödliche Wunde geheilt war.

Es tat große Zeichen, sogar Feuer ließ es vor den Augen der Menschen vom Himmel auf die Erde fallen.

Es verwirrte die Bewohner durch die Wunder, die es im Auftrag des Tieres tat, und es machte ein großes Feuerwerk, das sich in den Wellen der Donau spiegelte und hübsch glitzerte und die Menschen staunen ließ, und es zog da unvermittelt ein riesiges Standbild aus der Donau zu Ehren des Tieres, das mit einem Schwert erschlagen worden war und doch wieder zu Leben kam.

Das Standbild des Tieres stellte es zwischen die Menschen und es konnte auch sprechen und wollte bewirken, dass alle getötet wurden, die das Standbild des Tieres nicht anbeteten. Die Kleinen und die Großen, die Reichen und die Armen, die Freien und die Sklaven, alle wollte es zwingen, auf ihrer rechten Hand oder ihrer Stirn ein Kennzeichen anzubringen. Leben sollte nur, wer das Kennzeichen trug: den Namen des Tieres oder die Zahl seines Namens.

Hier brauchte man Kenntnis. Wer Verstand hatte, berechnete den Zahlenwert. Denn es war die Zahl für die Anrufung eines Menschennamens: Die Zahl war achtundachtzig.

14.

Und wir sahen: Die Situation war kompliziert.

Aber wir waren keine Lämmer mehr, und wir hatten die Instrumente der vier Reiter der Apokalypse, und das war nicht nichts.

Und noch viel mehr: Wir haben, und das haben wir ja schon einmal gesagt, in der Schule immer gut zugehört.

Wir Exlämmer standen also im Lager auf dem Berg und verfolgten das Geschehen, und bei uns war die Frau. Und es war eine große Spannung.

Dann hörten wir erneut die ungute Stimme vom Himmel her, die dem Rauschen von Wassermassen und dem Rollen eines gewaltigen Donners glich. Die Stimme, die wir hörten, war uns so peinlich wie der Klang der Harfe, die ein Harfenspieler schlägt.

Und die Stimme sprach nun nicht, nein sie sang, und es war ein neues Lied, das von der kommenden Zeit mit der Lade des Bundes und den Ältesten und ihren Thronen handelte. Aber niemand konnte das Lied singen lernen außer denen im Himmel, die sich freigekauft und von der Erde weggegangen waren und andere für sich kämpfen lassen wollten. Und sie wollten uns mit dem Lied wieder ins Boot zurückholen. Sie wollten aus uns passable Lämmer für sich machen. Und sie sangen, dass sie allein unter allen Menschen freigekauft waren, denn in ihrem Mund fand sich keinerlei Lüge. Sie waren ohne Makel. Ja.

Dann sahen wir: Am Himmel tat sich ein Loch auf. Und es rief mit lauter Stimme heraus zu den Leuten: „Fürchtet euch und erweist dem Himmel die Ehre! Denn die Stunde des Gerichts ist gekommen. Betet das Höhere an, das euch Niedrigen den Himmel und die Erde, das Meer und die Wasserquellen geschaffen hat."
Und eine andere Stimme rief heraus: „Gefallen, gefallen seid ihr damals, alle Völker waren betrunken vom Zornwein eures Faschismus."
Und eine dritte rief mit lauter Stimme: „Wer das Tier und sein Standbild anbetet und wer das Kennzeichen auf seiner Stirn oder seiner Hand annimmt, der muss den Wein des Zornes dieses Gottes trinken, der unverdünnt im Becher seines Zorns gemischt ist. Und er wird mit Feuer und Schwefel gequält vor den Augen aller und der Lämmer."
Und die Leute waren natürlich wieder verwirrt und wussten nicht, wohin sich wenden. Schon kam Randale auf, und die einen drängten zum Tier hin, die anderen in Richtung des Himmels und fielen schon demütig auf die Knie nieder und ließen sich von den anderen schlagen.
Es war abscheulich, richtig schlimm.
Wir nahmen erneut die Waage und riefen mit donnernder Stimme zum Himmel zurück: „Lasst uns ab sofort aus dem Spiel! Wir sind nicht mehr eure Lämmer!"
Und als wir uns wieder beratschlagten, was denn hier nun zu machen sei, da sagten wir uns, dass un-

bedingt einer von uns das alles mitschreiben sollte, damit nichts von diesem lächerlichen Wortlaut verloren gehe, denn es ist tatsächlich so geschehen, und nachher würde man es uns sonst nicht glauben.
Dann sahen wir eine weiße Wolke aufgehen und aus dieser wurde eine goldene Sichel geschleudert, die über die Erde fuhr, sie abzuernten. Wir gebrauchten erneut die Salbe, um auch alles genau sehen zu können.
Die scharfe Sichel erntete die Trauben von allen Weinstöcken der Erde hier, deren Beeren schon reif waren. Alle Beeren flogen mit der Sichel zum Himmel auf, wo sie in die große Kelter des Zornes der Alten da oben geworfen wurden. Die Kelter wurde sofort getreten und Blut strömte aus der Kelter, und der gesamte Nachthimmel wurde plötzlich blutrot. Es lief das Blut herab auf die Menschen und stieg überall an, und sie schrien und liefen in die Häuser zurück und konnten es natürlich nicht fassen.
Es war ekelhaft, was da abging.

15.
Da fiel es uns ein: Das würden jetzt die Plagen sein! Und wir überlegten schon, wie ihnen zu trotzen sei. Ja konnten die überhaupt kommen, ohne die siebte Posaune?
Und wir stellten uns sofort gemeinsam hin und bliesen in die riesige Posaune, die wir ja mitgenommen hatten. Mit der Waage machten wir unsere Münder

groß und unseren Atem stark genug dafür. Und das Schwert in der Hand gab uns die Kraft dazu, um das alles hier zu dirigieren.
Da sahen wir ein anderes Zeichen am Himmel, groß und wunderbar: Wir sahen die sieben Plagen herausfliegen, die sieben letzten, denn in ihnen sollte der Zorn dieser Gewalt sein Ende erreichen.
Und die Plagen kamen zu uns her geflogen und stellten sich in Reih und Glied vor uns auf, denn sie gehorchten nun uns, weil wir die Posaune hatten.
Die sieben Plagen waren in reines, glänzendes Leinen gekleidet und trugen um ihre Brust einen Gürtel aus Gold. Sie hielten sieben goldene Schalen, die waren gefüllt mit Zorn, der in alle Ewigkeit lebt.
Dann sahen wir etwas, das einem gläsernen Meer glich und mit Feuer durchsetzt war. Und die Sieger über das Tier, über sein Standbild und über die Zahl seines Namens standen auf dem gläsernen Meer und trugen Harfen. Sie spielten ein Lied vom neuen Gesetz, so eines, wozu alle marschierten, und viele lagen getötet unter ihren Füßen. Die Toten waren jene mit den Siegeln.
Und die da vorne marschierten und die Harfen hielten und sangen, das waren wir. Und wir schritten über ihre zertretenen Köpfe hinweg und schämten uns dabei nicht. Ihre Standbilder waren zerhauen drunter, ihre Uniformen ebenfalls. Und wir traten in die tote Brust, liefen über das geschundene Gesicht, mit Harfen und singend.

Wir mussten uns kräftig schütteln, um diese Vision zu beenden, vor der wir uns so ekelten und die uns so anwiderte, dass wir das Erbrochene schon im Hals zu spüren glaubten.
Wieder hatten sie versucht, uns zurückzuholen.
Diese Törichten da oben!

16.
Wir begrüßten die Plagen ganz höflich. Sie sahen nicht gerade sympathisch aus, aber mit Mitarbeitern redet man freundlich. Aber was soll man auch von Plagen erwarten.
Die Erste hatte die Macht, böse und schlimme Geschwüre zu bilden.
Die Zweite und die Dritte konnten mitsammen alles Wasser zu Blut machen und alle Lebewesen darin töten.
Die Vierte konnte die Sonne dazu benutzen, mit ihrem Feuer die Menschen zu verbrennen.
Die Fünfte würde Finsternis bringen und sie sagte, dass sich dann die Menschen vor Angst und Schmerz die Zunge zerbeißen würden.
Die Sechste sollte den großen Strom austrocknen lassen.
Und die Siebte sollte Blitze und Donner folgen lassen und ein gewaltiges Erdbeben entstehen lassen, so gewaltig, wie es noch keines gewesen war, seitdem es Menschen auf der Erde gibt. Und gewaltige Hagelbrocken, zentnerschwer, sollen dann auf die Menschen herabstürzen.

Doch wir wollten mit ihnen noch abwarten.
Dann sahen wir, dass sich die drei Teufel ebenfalls kampfbereit machten. Aus dem Maul des Drachen und aus dem Maul des Tieres und aus dem Maul des zweiten Tieres, des falschen Propheten, kamen drei unreine Geister hervor, die wie Frösche aussahen. Es waren Dämonengeister, die Wunderzeichen tun konnten. Sie schwärmten aus zu den Nazis der ganzen Erde, um sie zusammenzuholen für den großen Krieg. Die Geister wollten sie an diesem Ort zusammenführen.
Langsam wurden wir missmutig.
Was kam denn da noch alles daher.
Wann war da endlich Ruhe?
Und wir wollten unsere Verwandte fragen, aber sie war plötzlich verschwunden.
Wir nahmen den Stein mit der Inschrift und sahen auf der Rückseite einen weiteren Text eingemeißelt: „Wenn sie euch einst entschwindet, dann wurde sie in den Himmel entführt, wo sie sie zwingen werden, den Becher mit dem Wein des rächenden Zornes zu trinken. Dann müsst ihr euch beeilen.“

17.
Und wieder wollten sie uns mit Isebel zwingen.
Doch wir stiegen mit der Wolke zum Himmel hinauf und nahmen den Schlüssel, um ihn zu öffnen.
Und als wir eintraten, da sagten sie zu uns: „Kommt, wir zeigen euch das wahre Gesicht der Isebel, die an

den vielen Gewässern sitzt. Denn mit ihr haben die Könige der Erde Unzucht getrieben und vom Wein ihrer Hurerei wurden die Bewohner der Erde betrunken."

Die Geister ergriffen uns und entrückten uns in die Wüste. Dort sahen wir eine Frau auf einem scharlachroten Tier sitzen, das über und über mit lästerlichen Namen beschrieben war und sieben Köpfe und zehn Hörner hatte.

Die Frau war in Purpur und Scharlach gekleidet und mit Gold, Edelsteinen und Perlen geschmückt. Auf ihrer Stirn stand ein Name, ein geheimnisvoller Name: Babylon, die Große, die Mutter der Huren und aller Abscheulichkeiten der Erde.

Und wir sahen, dass die Frau betrunken war vom Blut der Toten. Beim Anblick der Frau ergriff uns großes Erstaunen.

Sie aber fragten uns: „Warum seid ihr erstaunt? Wir wollten euch das Geheimnis eurer so geliebten Isebel enthüllen."

Und wir sagten zu ihnen: „Wir haben die Gewässer gesehen, an denen die Frau sitzt: Sie bedeuten Völkisches und Menschenmassen, Nationalismus und Sprachenpatriotismus. Doch Isebel hat das alles abgelehnt! Daher kann sie das nicht sein. Ihr wolltet uns betrügen! Ihr wolltet uns benutzen für eure Zwecke!"

Da waren wir schlagartig wieder zurück im Himmel. Die Alten standen zornig rund um uns. Da rissen sie

die Arme in die Höhe und die Münder weit auf und stürzten auf uns zu. Sie wollten unser Fleisch fressen, weil sie keine Lösung für ihr Apokalypseproblem mehr finden konnten. Und so hätten sie es auch mit Isebel gemacht, nachdem sie ihr den bösen Wein eingeflößt hatten.
Doch wir bedrohten sie mutig mit dem Schwert und dem Bogen und zogen uns zurück, und natürlich nahmen wir Isebel sofort zu uns. Mit ihr flogen wir wieder nach unten.
Wir wussten, was nun zu tun war.
Die langwierige Geschichte musste abgekürzt werden.

18.
So.
Aber alles der Reihe nach.
Zuerst sollten der Drache und die beiden Tiere getötet und für immer unschädlich gemacht werden. Um diese war es uns nicht leid.
Wir schossen also einfach mit dem Bogen auf die beiden Untiere hinunter und sie waren bald getötet.
Der Drache fiel durch das mächtige Schwert, das wir mit der Waage noch viel stärker machten. Und wir hatten auch noch die Macht des Todes aus der Rolle mitgenommen, also besorgten wir damit, dass die drei auch sicher tot waren und nie wieder auferstehen sollten. Auf ewig lagen sie nun darnieder und waren mehrfach hingestreckt.

Mit dem Schwert öffneten wir erneut eine große Schlucht in der Erde und ließen darin das viele Blut abfließen. Auch das war schnell gemacht. Die drei toten Unwesen fielen auch gleich hinein.
Und dann wandten wir uns an die Plagen, die so brav warteten, so wie wir es ihnen aufgetragen hatten.
Sie alle mussten nun auf die Wolke steigen und gemeinsam zum Himmel hochfliegen.
Zu ihnen legten wir alle Waffen und alle Gaben, die sie dorthin mitnehmen mussten.
Alleine die siebte Posaune behielten wir.
Sie sollte das ewige Backup der Menschheit werden: Das Backup gegen jegliche himmlische Willkür, gegen jegliches zukünftige Armagedon, sollte sich ein solches jemals wieder an das Wesen Mensch richten.
Die uns befohlenen Plagen stiegen also auf und flogen schon los, und als sie in den Himmel eintraten, da gossen sie dort gleichzeitig ihre Schalen hinein.
Und dem Schwert hatten wir aufgetragen, dort selbsttätig herumzufahren, und der Bogen schoss bis ins Letzte seine Pfeile los. Die Waage verstärkte alles, auch das unglaubliche Beben, das ihre Throne stürzte, und auch die Explosion verstärkte sie, die es gab, weil alle Schalen gleichzeitig ausschütten, das geht gar nicht.
Es war ein Knall am Himmel, so wie er noch nie und wie er nie wieder zu hören war.
Das war ein so langes und schlimmes Poltern, als hebe ein gewaltiger Engel einen Stein auf, so groß

wie ein Mühlstein, und werfe ihn auf den Himmel selbst und rufe dabei: „So wird das alles mit Wucht verworfen werden und man wird es nicht mehr finden. Die Musik von Harfenspielern und Sängern, von Flötenspielern und Trompetern hört man nicht mehr. Einen kundigen Handwerker zum erneuten Aufbauen gibt es nicht mehr in dir. Das Geräusch des Mühlsteins hört man nicht mehr in dir. Das Licht der Lampe scheint nicht mehr in dir."

Und so war es dann auch.

Die Menschen kamen wieder aus den Häusern und verfolgten schweigend das wahnsinnige Geschehen. Es knallte und krachte und tobte da oben. Da schauten sie.

Ja, wir hatten uns tatsächlich getraut.

Und wir ließen uns erschöpft und zufrieden auf den Boden sinken und zückten erleichtert eine Zigarette, während wir dem dramatischen Spektakel am Himmel folgten.

Es schien ein maßloses Silvester zu sein.

Da zischte und brannte und explodierte es in einem fort.

Dabei stimmten wir garstig ein Lied an: „Freu dich über deinen Untergang, du Himmel, freut euch alle!"

In einer einzigen Stunde war er verwüstet worden.

Nie mehr wird man das finden.

Denn wir haben mit ihnen gemacht, was sie uns gelehrt haben. Einst sagten sie zu uns: „Zahlt ihnen nun mit gleicher Münze heim, gebt ihnen doppelt zurück, was sie getan haben. Mischt ihnen den Becher, den sie gemischt haben, doppelt so stark." Und sie wollten uns dazu missbrauchen, das mit den Leuten hier zu machen.

Doch ihre Sünden haben sich gleich hoch aufgetürmt, wie wir sahen, und wir haben ihre Schandtaten nicht vergessen. Deshalb waren in einer einzigen Stunde alle Plagen gleichzeitig über sie gekommen, die nur für sie bestimmt waren.

Am nächsten Morgen schon veranlassten wir, die mächtige Posaune auf dem Stadtplatz aufzustellen: als Mahnmal, von dessen Art es sonst noch keines gab.

Und nur wir wissen, was man damit tatsächlich alles machen kann.

Und weil wir jetzt einen Weg wissen und weil wir auch schon Mitstreiter gefunden haben, wie den gewaltigen Bauern mit dem Buch oder unsere weise Verwandte Isebel, ja darum sind wir uns sicher, dass wir mit der anderen argen Sache hier auf Erden, die zwischen uns lebt, die mit uns lebt, schon selber fertigwerden.

Wir haben ja in Geschichte gut aufgepasst.

Die Zeit der Gesundung ist angebrochen.

Dank gilt

Anna, Helmut, Hannelore, Marlene, Johannes, Lukas, Bettina und David Haiders Kinderbetreuung

Anton Granzners Illustrationskönnen

Attwengers most

Bert Brechts Gedichten

bibel-online.net

Death Grips' Exmilitary, Government Plates, No Love Deep Web, The Money Store

Ernst Jandl

Friedrich Nietzsches Also sprach Zaratustra

Gesprächen mit und Ideen von Josua Oberlerchner

Grünem Tee

IG Autorinnen Autoren

Johannes Oberhubers Musik

Les Trucs' Schönen Gruß vom Getriebe und The Musical

Metallicas S&M

Muses The Origin Of Symmetry

The White Stripes' Icky Thump und The White Stripes

Thomas Bernhard

Wege von Christoph Moik, Doris Bauer, Greta Egle, Ines Pilz, Jedida Oberlerchner, Konrad Diwold, Magdalena Stammler, Magdalena Uebleis-Lang, Marlene Haider, Mathias Bauchinger, Matthias Göttfert, Mia Kager, Nadine Kegele, u.v.a.m.

Die Arbeit an diesem Roman wurde durch ein Start-Stipendium des Österreichischen Bundeskanzleramtes gefördert.

Bibliografische Information der Deutschen Nationalbibliothek
Die Deutsche Nationalbibliothek verzeichnet die Publikation in der Deutschen Nationalbibliografie; detaillierte bibliografische Daten sind im Internet über http://dnb.ddb.de abrufbar.

Salzburg – Wien
Lektorat: Andres Müry, Mona Müry
Gestaltung: Müry Salzmann Verlag
Druck: Theiss, St. Stefan im Lavanttal
ISBN 978-3-99014-129-8
www.muerysalzmann.at

Literatur im Müry Salzmann Verlag

Jens Wonneberger ist ein famoser Beobachter mit feinem Witz und sprachlicher Brillanz.
Sächsische Zeitung

ISBN 978-3-99014-128-1
160 S., EUR 19

Bettina Wohlfender gelingt es, mit ihrer Sprache gefangen zu nehmen. Ich lese atemlos. Grandios!
Jan Kuhlbrodt in Fixpoetry

ISBN 978-3-99014-100-7
136 S., EUR 19

Kappachers Monolog-Erzählung ist, auch wenn in dem fiktiven Monolog Georg Trakl spricht, ein Kappacher-Text.
Hans Höller, Der Standard

ISBN 978-3-99014-104-5
96 S., EUR 19

müry salzmann

In diesem Band materialisiert sich das österreichische Literaturwunder.
Heinz Sichrovsky, ORF

ISBN 978-3-99014-091-8
128 S., EUR 19

Ein Sprachkunstwerk ersten Ranges
Neue Zürcher Zeitung

ISBN 978-3-99014-093-2
128 S., EUR 19

Einfühlsam ist Wicke mit ihren Figuren und lässt ein abgründiges Panoptikum entstehen.
Die Welt

ISBN 978-3-99014-092-5
324 S., EUR 24

www.muerysalzmann.at